KIM FIELDING

BLYD AND PEARCE

DREAMSPINNER
PRESS

KIM FIELDING

BLYD AND PEARCE

Publié par
DREAMSPINNER PRESS

5032 Capital Circle SW, Suite 2, PMB# 279, Tallahassee, FL 32305-7886 USA
www.dreamspinnerpress.com

Blyd & Pearce
Copyright de l'édition française © 2019 Dreamspinner Press.
Titre original : Blyd and Pearce
© 2018 Kim Fielding.
Première édition : juillet 2018
Traduit de l'anglais par Christine Gauzy-Svahn.

Illustration de la couverture :
© 2018 Tiferet Design.
http://www.tiferetdesign.com
Les éléments de la couverture ne sont utilisés qu'à des fins d'illustration et toute personne qui y est représentée est un modèle

Édition e-book en français : 978-1-64405-375-1
Édition imprimée en français : 978-1-64405-376-8
Première édition française : février 2019
v 1.0

Édité aux États-Unis d'Amérique.

Remerciements

Mille mercis à Karen, à Amy et aux personnes bienveillantes de Dreamspinner qui ont cru au potentiel de cette histoire.

I

J'OBSERVAI MYGHAL Tren tandis qu'il se tenait nu devant la fenêtre ouverte, regardant dehors. La lueur de la lune faisait briller sa peau comme s'il était un spectre fluvial, et la fumée sortant de l'apaiseur entre ses doigts s'enroulait autour de sa tête, renforçant l'illusion. Les années avaient ajouté peu de poids à sa grande silhouette puissante, et son fessier était aussi magnifique que jamais. Si ses cheveux blond cendré s'étaient striés de gris, c'était bien camouflé.

— J'ai entendu des rumeurs te concernant, dit-il sans se retourner.

— Oh ?

Je glissai légèrement sur le lit au matelas bosselé et dur, la paille me piquant à travers les draps bon marché. Si c'était moi qui payais la chambre, je me plaindrais à l'aubergiste. Peut-être Myghal proférerait-il une menace avant de partir. Peut-être n'avait-il pas remarqué le lit de mauvaise qualité, vu qu'il m'avait principalement chevauché.

Après avoir tiré quelques bouffées de son apaiseur, Myghal se détourna de la ville baignée par le clair de lune. Je n'arrivais pas à déchiffrer son expression.

— J'ai entendu dire que tu travaillais pour la racaille et la populace maintenant. Prenant leurs maigres pièces pour pourchasser enfants indociles et époux en fuite.

— Je dois bien manger de temps à autre.

— Tu parais assez maigre, en effet.

— La racaille et la populace ne payent pas aussi bien que la Couronne.

La lueur de la lune jouait aussi sur ma peau, bien qu'à moindre effet. Je suis maigre – et l'ai toujours été, même en des temps plus prospères – et la vie m'a marqué de cicatrices, grandes et petites. Mes cheveux couleur charbon, bien que rasés de près sur mon crâne, sont couverts de mèches argentées bien visibles. Mais la vanité n'a jamais été l'un de mes vices, et de toute façon, Myghal aimait suffisamment mon apparence pour forniquer avec moi.

— Tu aurais été lieutenant à présent, dit Myghal.

— Ou même capitaine, comme toi.

— Peut-être. Et ta bourse serait pleine, Daveth. Tu aurais un joli appartement dans l'*Argent* au lieu de… *où* vis-tu ?

— Dans le Bas, répondis-je en haussant les épaules.

J'avais toujours vécu dans cette ville, et depuis un moment, je m'étais installé dans le Quartier Bas. Le fleuve Tangye, qui circulait à travers la ville et lui donnait son nom, circulait aussi dans mes veines.

Il prit une dernière bouffée de l'apaiseur avant de le jeter par la fenêtre, et je me levai pour commencer à m'habiller : chausses maintes fois rapiécées, tuniques brun gris, ceinture à couteaux en cuir et cape noire simple qui contrastait grandement avec celles, vermillon et écarlate, que portaient les gardes civils. Mes bottes étaient en cuir noir uni, mais elles étaient bien faites. Je ne lésine jamais sur mes chaussures, même si cela implique d'être affamé pendant un certain temps.

Ne faisant aucun mouvement en direction de ses propres vêtements raffinés, Myghal me regarda.

— Que feras-tu quand tu seras vieux ? demanda-t-il. Tu n'as aucune famille pour te soutenir.

— Je doute d'avoir besoin de m'en inquiéter.

Je nouai plus solidement ma cape autour de mon cou, mais ne me dirigeai pas vers la porte. C'était difficile de partir quand Myghal était toujours nu, appuyé contre le mur.

— Tu n'es plus tout jeune, Daveth.

Je souris.

— Je pensais justement la même chose.

— Je me rappelle quand tu nous as rejoints… vert comme l'herbe printanière et prêt à affronter le monde. Désireux de plaire aussi, ajouta-t-il avec un mouvement sardonique des lèvres. Que s'est-il passé ?

Quelle était la bonne réponse ? Le temps était passé. La vie était passée, chaque petite peine et hésitation s'ajoutant à mon fardeau comme des cailloux s'accumulant dans un sac, jusqu'à ce que j'en sois courbé et ralenti. Un jour, le sac serait trop lourd à porter pour moi. Mais c'est ainsi que fonctionne le monde, et celui qui dit le contraire est un menteur ou un idiot.

— J'ai envie de bière, dis-je à Myghal.

Il s'habilla avec des mouvements plus gracieux que les miens, et une fois qu'il eut lacé ses bottes décorées de façon voyante, il alluma un autre apaiseur. Puis il me suivit hors de la chambre, et nous traversâmes un couloir obscur avant de descendre une volée de marches étroites. J'envisageai momentanément de m'arrêter dans la salle commune, mais bien que je puisse tolérer une mauvaise boisson, les clients conversaient trop fort pour moi et les lanternes brûlaient trop vivement. Je ne regardai pas derrière moi pour voir si Myghal me suivait, mais j'entendis le bruit ferme de ses pas sur le parquet, puis nous fûmes dehors, sur les pavés.

Les bâtiments de ce quartier étaient très proches les uns des autres, bloquant la lueur de la lune, mais je connaissais mon chemin. Myghal me rattrapa et nous marchâmes plusieurs minutes. Même aussi tard, nous n'étions pas seuls. Mendiants, ivrognes et Rêveurs dormaient sur des pas-de-porte, des coursiers épuisés effectuaient des commissions pour leurs maîtres d'un pas traînant ; des amants s'embrassaient dans des alcôves et des ruelles. Bientôt, les marchands remballeraient leurs marchandises et commenceraient à pousser leurs chariots. Mais pas encore.

Le *Dragon Vert* n'était pas ma taverne préférée, mais elle était tout près et correspondait à mon humeur. Quelques rares hommes et femmes – tenant fermement leur chope en mains – étaient installés, seuls ou à deux, aux tables éparses. Le feu n'était plus qu'un doux rayonnement.

La tenancière s'avança en boitant tandis que nous prenions place sur des tabourets près du fond. C'était une grosse femme ayant des cicatrices de brûlure sur la moitié du visage et des cheveux gris coupés courts. Je n'avais jamais appris son nom, mais de toute façon, elle ne connaissait pas non plus le mien.

— Quatre briquets, aboya-t-elle, la main tendue.

Elle regardait Myghal, puisque sa bourse était de toute évidence plus lourde, mais son air renfrogné véhiculait son opinion sur la garde civile. Il chercha les pièces et les laissa tomber dans sa main.

— Charmant, dit-il en regardant un autour de lui une fois qu'elle fut partie.

— J'ai vu pire.

Bien pire, en réalité.

Myghal avait fini son apaiseur pendant que nous marchions, et il sortait à présent la boîte en argent où il les rangeait. Il m'en offrit un, mais je secouai la tête. C'était une habitude trop chère pour que je la prenne.

— On dirait presque que tu te complais dans ta pauvreté, dit-il en soufflant un nuage de fumée avec emphase. Comme si tu l'appréciais.

— Tu préférerais que j'en pleure ?

— Tu pourrais faire quelque chose. T'élever.

J'éclatai de rire.

3

— Tu sous-entends qu'il y a de nombreuses opportunités pour un homme comme moi ? Le fils d'une putain ? Un ancien garde en disgrâce ? Peut-être ma personnalité étincelante convaincra-t-elle des gens.

— Tu pourrais obtenir un emploi en tant que garde privé pour un marchand ou un petit noble. Je te recommanderais.

— Tu le ferais ?

Je le regardai un instant avant de secouer la tête.

— J'ai eu mon lot d'ordres à suivre. Je suis peut-être pauvre, mais au moins, je décide des emplois que j'accepte. Je choisis quand travailler et quand boire.

Comme fait exprès, la tenancière arriva pour poser nos chopes. Elle partit sans un mot.

— Est-ce qu'au moins tu te soucies de ce qui se passe en dehors du Bas ? demanda Myghal.

— Pourquoi le devrais-je ?

— Parce que, Daveth, la merde dévale toujours les collines de haut en bas. Et le Bas est au pied de cette colline.

Je ris dans ma chope.

— Peut-être qu'un peu de merde de l'Argent ou du Royal améliorerait l'odeur du Bas. La nôtre pue.

Il se pencha en avant et baissa la voix.

— Elles puent toutes. La reine est vieille, le prince héritier est inutile, le Grand Conseil a ses têtes…

— Est-ce que ces rumeurs ne sont pas une violation de ton vœu de loyauté ?

Mon sarcasme était volontaire. Entre eux, les gardes se plaignaient toujours de la noblesse, mais aucun d'eux n'oserait dire ce genre de choses à des étrangers. Et j'étais tout à fait un étranger.

Myghal grogna et détourna le regard.

Nous bûmes et Myghal fuma, et même si nous nous regardâmes, aucun de nous ne parla. Je me souvenais d'un jouvenceau qui avait idolâtré un collègue légèrement plus expérimenté – jusqu'à ce que mon aveuglement se dissipe et que je voie la réalité. J'ignorais à quoi pensait Myghal.

J'avalais le fond de ma troisième chope quand il s'adressa à nouveau à moi.

——Tu as d'autres options, tu sais.

— Je pourrais me jeter du haut de la Tour Tangate et espérer qu'il me pousse des ailes avant que je touche le sol. Je pourrais voler un navire et voguer jusqu'au bout du monde. Je pourrais…

— Toujours autant de répondant. C'est ce qui te tuera un jour. Souviens-toi de mes paroles.

— Mais je mourrai en ayant le dernier mot, répondis-je avec un sourire.

— Et si ce n'est pas le cas, il ne fait aucun doute que ton fantôme reviendra le délivrer.

Il reposa sa bière et passa le revers de sa main sur ses lèvres. C'était distrayant – je me rappelai ce que ces lèvres avaient fait un peu plus tôt dans la soirée. Cependant, à présent, elles étaient juste pincées alors qu'il me regardait.

— Et si je t'offrais une position ? demanda-t-il.

— Tu l'as déjà fait. Plusieurs fois, en fait. Je vais être tout endolori demain matin.

— Un *emploi*. Un qui paye suffisamment bien pour te sortir du trou à rat dans lequel tu vis. Tu pourras acheter des vêtements convenables et de la bonne nourriture. Attirer un flot d'amants à ta porte.

— Comme les filles et les garçons qui viennent frapper à la tienne ?

J'avais entendu des rumeurs concernant ceux qui désiraient payer de leur corps pour s'assurer qu'un capitaine de la garde civile détourne le regard au bon moment. Non pas que je les blâme. Lutter pour vivre est un peu plus facile si on oublie de payer de temps à autre certaines taxes à la Couronne ou si on mélange un peu de contrebande à ses ventes légales.

— Un peu de compagnie ne me déplaît jamais, répondit Myghal en souriant. Même lorsqu'elle va de pair avec une langue acerbe.

Il alluma son dernier apaiseur et s'adossa à son siège. Il savait à quel angle tenir son cou pour mettre son menton carré et ses pommettes saillantes à son avantage. On aurait dit qu'il posait pour un portrait.

À la table la plus proche de nous, un vieil homme s'était effondré tête la première et commençait à ronfler. J'enviai son sommeil profond et serein. Je ne semblais jamais le trouver moi-même, peu importe la quantité de bière que je buvais. Mais Myghal souffla un nuage de fumée en direction de l'homme et secoua la tête.

— Un noble de ma connaissance cherche quelqu'un pour livrer des colis dans la ville, commença Myghal.

— Je suis un peu vieux pour être coursier.

5

— Mais tu as le bon âge pour être garde. Ces colis ont de la valeur. La plupart du temps, il s'agit de bijoux et d'argent, mais parfois, ce sont des œuvres d'art ou des livres précieux. Il collectionne des choses. Certaines personnes et certains endroits peuvent être légèrement… imprévisibles. Il aurait besoin de tes services uniquement une ou deux fois par semaine, et tu pourrais passer le reste de ton temps comme tu le souhaites. À boire ou ce que tu veux.

De son apaiseur, il indiqua ma chope vide.

— Il paiera généreusement.

Soit Myghal avait inventé cette opportunité à l'improviste, pour des raisons que je n'arrivais pas à comprendre, soit il m'avait volontairement cherché, prétendant seulement me rencontrer par hasard sur le Pont Royal. Je traversais souvent ce pont ; avec ses contacts, ce n'était pas difficile à découvrir. L'un comme l'autre, je n'arrivais pas à déterminer ses motivations – j'y parvenais rarement quand il s'agissait de Myghal – et cela me perturbait.

— Je te l'ai déjà dit. Je suis heureux comme je suis, je ne cherche pas à m'élever.

Myghal lança le mégot de son apaiseur en direction de l'homme endormi. Il rebondit sur son cou, le faisant tressauter, mais cela ne le réveilla pas. Myghal ricana.

— J'espérais que tu serais devenu plus raisonnable avec l'âge, mais on dirait que tu es seulement devenu plus entêté. Tu choisis la saleté quand tu pourrais avoir l'or à la place.

Il secoua la tête.

— Je ne te comprendrai jamais.

Il n'avait pas dû essayer très fort. J'étais un homme simple.

La tenancière nous ignora avec soin. Aucun doute qu'elle préférait quelques heures de sommeil plutôt que de servir d'autres bières. Alors je me levai, m'étirai et replaçai la cape sur mes épaules.

— Ça m'a fait plaisir de te revoir. C'était bien de baiser encore une fois… tu t'es amélioré.

— Réfléchis. Tu sais où me trouver.

— Dans la partie chic de la ville, là où la jeunesse s'agglutine à ta porte.

Je lui fis un petit salut, une altération volontaire de celui que j'utilisais en tant que garde et tournai les talons.

Une lumière du jour chétive illuminait les bouts de ciel entre les bâtiments qui se dressaient au loin et l'air empestait les déjections humaines des pots de chambre récemment vidés. Je tentai d'éviter les pires flaques tandis que je retournais chez moi. La plupart des gens que je croisai près du *Dragon Vert* étaient des commerçants en route vers leurs échoppes. Beaucoup mordaient dans des petits pains tout en avançant, et bien que leurs vêtements soient simples et pratiques, leurs yeux ne montraient aucun signe de désespoir.

Cela changea lorsque je me rapprochai de ma demeure dans le Quartier Bas. Alors que les rues devenaient plus étroites et plus tordues, les bâtiments se faisaient plus décrépis, les boutiques et les tavernes plus miteuses, les caniveaux plus nauséabonds. Et les gens portaient des haillons ; même les enfants semblaient vieux et rabougris.

Myghal n'aurait pas craint cet environnement, parce qu'il arborait une cape écarlate de garde et portait une lourde épée de marque. Mais la plupart des résidents de Tangye évitaient cette zone autant que possible – pour de bonnes raisons. Tout ce qui restait ici étaient les oubliés et les rejetés de la ville, les fous, les malades, les exclus.

Et moi, j'étais né ici, rejeton d'une putain qui utilisait ce qu'elle gagnait pour acheter des goutterêves au sorcier du coin. Quand elle ne travaillait pas, ma mère Rêvait, et elle ne m'avait rien dit de l'endroit d'où elle venait ni de sa famille. Quant à mon père, cela aurait pu être n'importe quel homme de Tangye.

Le Quartier Bas avait été mon berceau et mon camarade de jeu. J'en connaissais les coins cachés et les recoins obscurs. Ma mère négligente était morte quand j'étais jeune, et si je n'avais pas grandi en sachant me battre, je n'aurais pas survécu à mon enfance. Quand j'avais vu les beaux uniformes et les armes reluisantes des gardes civils, je n'avais pas été révulsé, comme avait tendance à l'être la majorité du quartier. À la place, j'avais eu envie de devenir l'un d'eux.

Et je l'étais brièvement devenu, avant que l'espoir ne devienne poussière et que je retourne dans le Bas.

À présent, j'avais deux pièces au rez-de-chaussée d'un bâtiment de quatre étages qui semblait constamment sur le point de s'effondrer. Je gardais la pièce de devant pour mon travail et la pièce du fond pour dormir, et quand je me sentais particulièrement argenté, j'achetais un sort qui tenaient les cafards et les rats à distance pendant un moment. Je ne m'étais plus senti argenté depuis des mois ; lorsque je déverrouillai ma porte, un rongeur sortit avec audace comme si j'étais son serviteur.

J'entrai et verrouillai la porte. Sans me donner la peine d'allumer une lanterne, je me dirigeai vers la pièce du fond, où je délaçai mes bottes et suspendis ma cape à un crochet. Puis je m'allongeai sur mon misérable matelas, remontai la couverture et attendis que les cauchemars débutent.

II

La vieille dame serra son châle et me dévisagea de ses yeux humides.

— Mais je n'ai pas vingt briquets, dit-elle d'une voix chancelante.

J'écartai les bras.

— Alors je ne peux pas vous aider. Je suis désolé.

— Mais ma petite-fille… elle dit que l'homme était riche. Il avait de beaux vêtements.

Riche était quelque chose de relatif dans le Bas, et les gens du coin étaient de piètres juges en matière de fortune. Ils supposaient qu'une personne portant plus que des guenilles possédait des trésors cachés. Mais je ne le dis pas ; de toute façon, la vieille dame ne m'aurait pas écouté si je l'avais fait.

— Écoutez, dis-je à la place, il est peut-être riche, mais moi, non. J'ai un loyer à payer pour cet endroit.

J'agitai mes mains pour indiquer la totalité de ma pièce de devant.

— Je dois payer ma nourriture.

— Quand vous le trouverez, nous vous paierons. Quand il nous donnera l'argent pour le bébé.

— Oui, et vous me paierez vingt briquets de plus. Mais d'abord, vous devez m'en donner vingt maintenant, ou je ne cherche pas.

Je trouverais sans aucun doute celui qui avait mis enceinte la petite-fille de cette femme, mais même s'il avait de l'argent, il n'y avait aucune garantie qu'il paye. Il nierait très probablement que l'enfant était de lui, et les preuves de paternité étaient très difficiles à trouver. Ou peut-être paierait-il et cette pauvre femme et sa famille prendraient l'argent avant de fuir, me laissant aussi affamé qu'avant. Cela m'était arrivé une ou deux fois avant que j'ouvre l'œil.

— Mais c'est un bébé, et ils ont besoin de tellement de choses.

— Apportez-moi vingt briquets et je retrouverai votre homme riche… et ensuite le bébé pourra avoir ce qu'il lui faut.

Je me levai et la pressai doucement à faire de même, puis la guidai par l'épaule vers la porte. Elle m'adressa un dernier regard réprobateur avant de sortir rejoindre la foule. Il était fort probable qu'elle revienne dans

9

quelques jours avec dix ou quinze briquets, et j'accepterais le travail pour cette somme. J'accepterais probablement pour moins si aucun client ne venait entre-temps. Mes placards s'étaient vidés au cours du mois ayant suivi mes ébats avec Myghal, et mes perspectives n'étaient pas devenues plus brillantes.

Une fois qu'elle fut partie, je portai sa tasse à thé à l'évier sec qui était installé contre un mur et la nettoyai rapidement dans la bassine d'eau. Puis je la reposai sur l'étagère. Je ne possède pas grand-chose, mais je réfléchis plus clairement quand tout est propre et rangé.

Mon estomac gargouilla, me rappelant que je n'avais pas mangé, aussi revêtis-je ma cape et me rendis-je à un stand de nourriture à quelques rues de là. C'était quelque chose que j'appréciais concernant mon quartier – je savais où trouver de la nourriture bon marché qui ne m'empoisonnerait pas. J'étais assez sage pour ne pas demander quel genre de viande rôtissait au-dessus du petit feu du vendeur. Aujourd'hui, j'achetai deux brochettes et les mangeai sur-le-champ, les faisant suivre d'une petite miche de pain au goût de sciure.

Ma faim apaisée, j'envisageai d'aller à la *Vouivre Pleureuse* pour une pinte de bière diluée, mais je retournai plutôt chez moi au cas où la vieille dame reviendrait avec un paiement. Ou peut-être un autre client apparaîtrait-il. Ou encore la déesse Lyadra se matérialiserait-elle pour me couvrir de pièces d'or versés depuis son panier.

Alors que je me tenais devant ma porte, luttant avec le sort de verrouillage récalcitrant, quelqu'un approcha derrière moi. Je fis volte-face, ma main sur la poignée de l'un de mes couteaux à ma taille.

— Daveth Blyd ?

L'homme ne portait pas d'arme. Il était plus vieux que moi d'une dizaine d'années, de taille moyenne et de corpulence mince, sa chevelure réduite à à peine plus que quelques mèches. Il portait une tenue grossière d'ouvrier, mais elle n'était pas à lui. Ses dents étaient trop belles et sa peau trop claire, ses ongles coupés avec soin bien trop propres. Il avait probablement emprunté les vêtements d'un serviteur.

— Oui, dis-je prudemment.

— J'aimerais vous employer.

Hmmm. Peut-être Lyadra se montrerait-t-elle vraiment.

Je vainquis le verrou, ouvrit la porte et lui fit signe d'entrer. Pendant que j'allumais les lanternes pour dissiper la tristesse habituelle de la pièce et suspendais ma cape, mon visiteur regarda autour de lui, un mépris évident sur le visage. Il prit une chaise avant que je la lui offre, s'asseyant prudemment comme s'il avait peur qu'elle ne s'effondre. Je m'assis en face de lui à la petite table branlante. Je ne lui offris pas de thé.

— Que voulez-vous ? lui demandai-je avec brusquerie.

— Je suis Lord Uren.

S'il s'attendait à ce que je hoquette de surprise ou que je me mette à genoux, il fut déçu. Je n'étais pas du tout surpris qu'il soit noble – il était soit ça soit un riche marchand. Son nom ne me disait rien, mais Tangye – en tant que capitale du royaume – regorgeait d'hommes et de femmes titrées.

— Que voulez-vous, Lord Uren ?

Il tira sur la manche de sa tunique, puis examina ses ongles. J'aurais parié le trésor de la Reine que ses mains étaient douces.

— Je souhaite vous employer, dit-il.

Ce qu'il m'avait déjà dit, mais je ne le fis pas remarquer.

— Pour quelle mission ? Vous voulez que je voie si je peux surprendre votre femme au lit avec un autre lord ?

En réalité, elle était plus probablement en train de batifoler avec le jardinier ou un commerçant, en partie parce qu'ils étaient plus pratiques pour des aventures rapides et en partie parce que plus d'un sang bleu s'était retrouvé attiré par des muscles bandés et de la sueur luisante.

— Lady Uren ne ferait jamais une telle chose ! rétorqua-t-il. Sa réputation est intacte.

Je me retins de ricaner, mais uniquement parce que j'avais vraiment besoin de ce travail.

— Si ce n'est pas une épouse, alors quoi ? Un serviteur voleur ?

Je l'espérais – c'était un travail facile. Mais il secoua la tête.

— Pas exactement. Toutefois, je veux effectivement que vous retrouviez un objet qui m'a été dérobé. Et que vous me rameniez également le voleur.

Intéressant. Avant que je puisse accepter quoi que ce soit, j'avais besoin de savoir pourquoi il s'était adressé à moi et pas à la garde civile. Ses membres étaient habituellement réactifs quand il fallait servir et protéger les riches et les puissants. Surtout s'ils reniflaient la possibilité d'une récompense.

— Cette personne vit-elle dans le Quartier Bas ?

Même certains gardes hésitaient à venir jusqu'ici.

Lord Uren fit une moue de dégoût.

11

— Non, bien sûr que non. En réalité, je ne sais pas précisément où est sa demeure, mais je suis persuadé que ce n'est pas ici.

— Et pourtant vous êtes venu ici pour m'embaucher. Était-ce mon extraordinaire réputation ?

— Non.

Il se gratta distraitement la jambe. Peut-être une puce l'avait-elle piqué. Je l'espérais.

— Vous voyez, cet incident est assez… gênant. Je préférerais que personne ne l'apprenne. Je paierai pour votre discrétion tout autant que pour vos… talents.

Ah. J'avais rarement de riches clients, mais quand j'en avais, la plupart me choisissait pour les mêmes raisons : je n'évoluais pas dans leurs cercles restreints et n'avais aucune cohorte à qui raconter mes histoires. Les gardes faisaient circuler les rumeurs pires qu'un groupe de sorcières enivrées. On pouvait supposer sans aucun doute que si un ou une garde savait quelque chose, alors tous ses collègues et toute sa famille aussi. Et les paroles circulaient rapidement. Quand j'étais garde, j'avais vu des cas où la moitié de la ville connaissait le mobile du meurtrier avant même que la victime ne réalise qu'elle était morte. Alors si une personne ne voulait pas que le monde entier soit au courant pour son épouse badine ou autres humiliations, elle se tournait vers moi et je restais bouche cousue.

— Quelle est votre histoire alors ? demandai-je, plus à l'aise maintenant que je comprenais la situation.

— Il y a plusieurs jours, j'ai embauché, euh… un saltimbanque.

J'eus un petit sourire.

— Quel genre de saltimbanque ?

— C'est un chanteur, répondit Lord Uren, les yeux plissés. Assez talentueux. J'organisais une petite fête, alors je l'ai embauché en même temps que quelques musiciens et danseurs. Mais le lendemain, je me suis rendu compte qu'un objet de valeur avait disparu.

— Quel objet ?

Obtenir des informations de cet homme était une tâche fastidieuse, mais je n'étais pas pressé. Je n'étais attendu nulle part.

— Une bague. Les pierres et la qualité du travail suffiraient à la rendre précieuse, mais c'est surtout un héritage. Elle est dans ma famille depuis plus de six cents ans.

Je me demandai ce que mes ancêtres faisaient six siècles plus tôt. Ils rodaient très probablement dans le Bas, se demandant d'où viendraient leurs prochains repas.

— Êtes-vous sûr que la bague n'est plus là ? demandai-je.

— Absolument, je la garde dans une boîte, dans mes appartements privés. Je la porte souvent lors des prières matinales afin de me sentir plus proche de mes ancêtres. Lorsque j'ai ouvert la boîte le lendemain matin de la fête, elle était vide.

— Vous veniez juste d'avoir une fête, ce qui signifie que votre maison était pleine de gens, y compris vos serviteurs. Qu'est-ce qui vous fait penser que ce chanteur... quel est son nom ?

— Jory Pearce.

— Qu'est-ce qui vous fait penser que ce Jory Pearce est votre malfaiteur ?

— La boîte était dans la pièce la plus reculée de mes appartements. Je garde cette pièce fermée et n'autorise jamais mes serviteurs à y entrer à moins que je ne m'y trouve. Aucun des invités n'aurait pu s'en approcher.

J'inclinai la tête sur le côté.

— Mais Pearce, si.

Même à la lumière de la lanterne, je pus voir la rougeur s'emparer de ses joues.

— Oui.

— Donc, la réputation de Lady Uren est intacte, mais la vôtre... pas autant ?

Il pinça les lèvres.

— Ma dame et moi avons un accord. Elle sait que mes goûts sont... variés. Elle a perdu son intérêt pour les aventures galantes il y a quelques années et préfère rendre visite aux Pinsons, aussi me permet-elle de faire ce que je souhaite. Tant que cela ne met pas en danger notre fortune ou notre réputation.

Que son épouse soit réellement aussi permissive me rendait sceptique, mais cela arrivait. Beaucoup de nobles se mariaient par convenance plutôt que par amour, et beaucoup de ces couples maintenaient un mariage public tout en batifolant chacun de leur côté. Si c'était le cas, Lady Uren vivait très certainement ses propres aventures galantes quelque part ailleurs – avec une jolie femme de chambre, peut-être – et se souciait peu de ce que son mari faisait de son temps libre.

— D'accord, dis-je. Vous l'avez donc laissé entrer dans votre chambre et il vous a diverti avec plus que son chant. Aurait-il eu une occasion de vous voler ?

— Oui. C'était idiot de ma part et j'aurais dû être prudent, mais je suis sorti quelques minutes pour trouver un serviteur. Je voulais plus de vin.

Il avait probablement déjà eu assez de vin à ce moment-là. Suffisamment pour se convaincre que montrer sa précieuse babiole à un « saltimbanque » était une bonne idée. Je ne le mentionnai pas, principalement parce que je ne pouvais pas le blâmer. J'avais moi-même fait des choix peu judicieux après avoir avalé bien trop de bières.

Je me renfonçai dans mon siège.

— Pourquoi ne pas laisser tomber ? Je sais que la bague signifie beaucoup pour vous, mais je suis sûr que votre palais est rempli de babioles anciennes ayant une valeur monétaire et sentimentale. Pourquoi entraîner quelqu'un comme moi dans cette histoire ?

Malgré mon envie, je ne posai pas l'autre question : pourquoi poursuivre un pauvre chanteur pour cette chose ? Si Pearce était attrapé, un juge le déclarerait immédiatement coupable de vol d'objets de valeur sur un lord, et à la fin de la journée, il se balancerait au bout d'une corde sur la Place du Pendu. Personne ne méritait de mourir pour un bijou, peu importe le nombre de générations de lords l'ayant porté.

Mais les yeux de Lord Uren étaient dénués de compassion.

— J'ai évité les prières matinales toute cette semaine, j'ai dit aux serviteurs que j'étais malade. Je ne peux pas le faire plus longtemps, et bientôt, quelqu'un remarquera que je ne porte pas la bague. Ma bonne épouse, les autres membres du Sous-Conseil. Comme je l'ai déjà dit, ce sera une gêne. Et mon fils sera profondément déçu de ne pas pouvoir porter la bague un jour.

— Gêne et déception valent le coup de pendre un homme ?

— Oui.

Je pouvais refuser le travail. Mais quel était l'intérêt ? Lord Uren trouverait un autre moyen de déterrer Pearce. De plus, ce Pearce ne pouvait s'en prendre qu'à lui d'avoir été un idiot envieux. Et j'avais besoin de cet argent.

— Puis-je seulement vous rapporter la bague ? Cela résoudra vos problèmes.

Lord Uren n'était pas un homme imposant et ne semblait pas avoir la moindre idée de la façon de se battre. J'aurais pu l'étriper en quelques secondes. Pourtant, quelque chose dans son regard me glaça le sang, et je fus soudain certain que mon aspirant-employeur était un homme dangereux. *Vas-y doucement.*

— Je vous demande de me rapporter la bague *et* Pearce, dit Lord Uren d'un ton ferme.

Bien sûr – parce que sa fierté avait été blessée. Les gens réagissaient plus violemment à une fierté endommagée qu'à des coups physiques. Je le savais aussi bien que n'importe qui.

Je soulevai le menton.

— Combien paierez-vous ?

Avec un bref sourire de triomphe, Lord Uren retira une bourse de sa ceinture. Il défit le nœud et vida le contenu sur ma table.

Je dois l'avouer : j'en restai bouche bée.

Une petite montagne de pièces se trouvait sur le bois, et ce n'étaient pas des briquets de cuivre ou des rémis de bronze. Non, c'étaient des couronnes, chacune étant une œuvre d'art miniature en or et argent, chacune valant vingt rémis ou une centaine de briquets. Assez pour payer chambre et couvert pour une bonne partie de l'année.

Je fermai la bouche et regardai durement Lord Uren.

— Ça suffira pour l'instant. Je demanderai la même somme quand je vous le ramènerai.

Il ne cilla même pas.

— Bien.

Par toutes les déités ! Que pouvais-je faire avec une telle fortune ? Presque deux années entières sans m'inquiéter d'avoir un toit au-dessus de la tête. J'en aurais peut-être même assez pour m'acheter ma propre maison – au bord du Bas ? – et ne jamais plus avoir à m'inquiéter des propriétaires impatients. La seule fois de ma vie où je m'étais senti en sécurité concernant mon lit et mon couvert avait été des années auparavant quand j'étais garde.

— D'accord, dis-je à Lord Uren. Dites-moi tout ce que vous savez sur Jory Pearce.

Il s'avéra que Lord Uren ne savait presque rien sur Pearce, hormis le nom de l'endroit où il chantait souvent. Et même si le lord affirmait que Pearce ne vivait pas dans le Bas, c'était à peine plus qu'une supposition, bien qu'il ait probablement raison – je n'avais jamais entendu parler de cet homme. Quoiqu'il en soit, Lord Uren me donna les quelques bribes d'informations qu'il possédait, puis il partit. Il semblait désireux de se débarrasser de moi et de mon voisinage. J'aurais parié qu'il prévoyait de prendre un bain dès qu'il rentrerait chez lui.

Plus tôt je cherchais Pearce, plus j'avais de chance de le trouver. De plus, je voulais me libérer de ce travail aussi rapidement que possible. Il pesait inconfortablement sur mes épaules malgré la paye généreuse.

En réalité, ce paiement fut ma première tâche. Je sais que de nombreuses personnes gardent leurs objets précieux dans des coffres scellés. Mais je me fiche de savoir si le coffre est bien fait ou si le sorcier qui l'a fabriqué a une bonne réputation ; je connais un contre-sort capable de l'ouvrir. Et si je connais un contre-sort, alors une centaine d'autres Baseux aussi. Ce qui est la raison pour laquelle, quand je possède quelque chose digne d'être volé, je le confie à une banque.

Naturellement, aucune de ces belles maisons des finances – toutes soutenues par des hommes et des femmes tels que Lord Uren – n'avait souhaité s'installer dans le Bas. Je devais faire le trajet jusqu'au Quartier d'Argent. Aussi cachai-je ma nouvelle bourse dans les plis de ma tunique et quittai-je mon appartement.

Le nom de mon quartier ne provient pas du statut de ceux qui y vivent, mais plutôt de sa localisation géographique : un creux au pied de deux collines. Le fleuve coupe cette étroite plaine et déborde chaque décennie – noyant des vies désespérées et créant encore plus de misère –, mais malgré tout, cahutes et bâtiments décrépis en envahissent les rives. En grimpant les collines jumelles de Tangye, la situation des habitants s'améliore.

Le Quartier des Forgerons, de mon côté du fleuve, regroupe des artisans talentueux et les commerces qui interagissent avec eux. Au-dessus d'eux, des temples petits ou grands offrent une magnifique vue d'ensemble depuis le haut de Mont Sevi. Leurs prêtres et prêtresses daignent rarement se mêler aux gens ordinaires. Mais quand les personnes de haute lignée ont terminé leurs prières, ils descendent la route large, traversant le Quartier des Forgerons jusqu'au Bas, généralement transportés par des serviteurs sur des litières closes. Le Pont Royal – flanqué d'anciennes statues de dirigeants oubliés depuis longtemps – traverse le fleuve et vous dépose dans l'autre partie du Bas.

Occupant le bas de la pente du Mont Seli, sœur jumelle de Sevi, se trouve le tentaculaire Quartier d'Argent. C'est le domaine des boutiques onéreuses et de leurs riches propriétaires, du quartier financier et de divers endroits de divertissement, incluant celui où chante supposément Pearce.

16

Au-dessus de cette zone se trouve le Quartier Royal, qui regroupe les palais de la noblesse, et au sommet du Mont Seli trône Château Tangye, la demeure de notre reine.

Je ne m'étais approché du château qu'une seule fois, quand j'étais entré dans la garde. Je n'entretenais aucun désir particulier de le visiter à nouveau.

Les rues étaient bondées cet après-midi, et l'air avait un goût de cendre. Je traversai la foule, descendant jusqu'au fleuve, m'arrêtant là où je le faisais toujours lorsque je commençais à traverser le pont. Je me penchai par-dessus la rambarde et regardai l'eau nauséabonde en dessous.

Plusieurs dizaines d'hommes et de femmes se trouvaient dans le fleuve jusqu'à la taille, jetant des filets. Quand ils me remarquèrent, quelques-uns me firent un signe de la main, et je fis de même.

— La pêche est bonne aujourd'hui ? demandai-je.

— Pas encore, me cria une grande femme. Mais mon prochain filet me rapportera un panier de rémis !

Elle gloussa à cette vieille plaisanterie.

La marée était basse ; des enfants marchaient à quatre pattes sur la plage, tapotant la boue avec des bâtons et retournant des pierres et des débris échoués.

Dans la ville de Tangye, presque tout ce qui était cassé, mort, perdu ou jeté finissait dans le fleuve. Pas très loin de la Porte Est, toutes les ordures étaient emportées vers le large, à moins qu'elles ne soient capturées dans des filets ou s'échouent sur les berges durant la marée basse. Les pilleurs d'épaves triaient les objets, gardant ceux qui avaient la moindre valeur. Les objets cassés pouvaient être réparés ou sauvés et leurs composants réutilisés. Les objets perdus pouvaient être vendus. Les cadavres d'animaux, s'ils n'étaient pas trop décomposés, fournissaient peaux et graisse. Dans tous les cas, les os étaient ramassés et broyés pour faire de l'engrais.

Les pilleurs d'épaves et moi avions un accord permanent – ils me prévenaient de tout corps humain qu'ils repêchaient. Je me fichais de ce qu'ils prenaient sur les cadavres – vêtements, bijoux, argent. Je voulais juste savoir qui était mort, parce que, parfois, des clients m'avaient payé pour retrouver ces personnes-là. Bien sûr, les clients espéraient que je leur rendrais un parent vivant, mais rien que d'apprendre la mort de ceux qu'ils aimaient leur apportait un certain réconfort. Et j'étais payé quoi qu'il arrive.

J'avais toujours supposé qu'un jour ce serait mon corps boursouflé que les pilleurs d'épaves sortiraient du fleuve. Dans ce cas-là, ils seraient libres de prendre tout objet présent sur mon cadavre. Personne ne me rechercherait.

Je leur fis un nouveau signe de main avant de reprendre ma traversée du pont. La foule était tout aussi dense sur la rive opposée qu'elle l'avait été de mon côté. Soucieux du petit trésor dans ma bourse, je fus soulagé lorsque j'arrivai au Quartier d'Argent – moins bondé et considérablement mieux parfumé.

Mon institution financière faisait partie des plus modestes, mais elle tenait ferme depuis plus de cinq cents ans. J'avais confiance en sa capacité à durer au moins quelques décennies supplémentaires ; c'était tout ce qui m'importait. Devant le bâtiment se trouvaient d'épais piliers en pierre avec des scènes d'abondance et de prospérité, bien que des siècles de mains traînantes aient rendu les gravures les plus basses presque indéchiffrables.

Des gardes privés encadraient l'entrée. Ils me jetèrent un regard noir en voyant mes vêtements élimés et placèrent leurs mains sur la poignée de leurs épées.

— Daveth Blyd, dis-je, montrant le pendentif en argent autour de mon cou qui prouvait que je possédais un compte.

Ils s'éloignèrent de la porte et m'autorisèrent à passer, les sourcils toujours froncés.

Une grande partie de l'entrée était consacrée à la déesse Lyadra. Derrière un autel se dressait son immense statue dorée tenant un panier débordant de nourriture dans une main et une bourse bien remplie dans l'autre. Je me demandai en quoi les déités avaient besoin d'argent. Je ne suis pas vraiment du genre religieux, mais je laissai quelques briquets sur l'autel en offrande, au principe que cela ne pouvait pas faire de mal.

La grande pièce était aussi silencieuse qu'un temple ; banquiers et clients parlaient en chuchotant. Le bruit de mes bottes résonna bruyamment tandis que je parcourais le sol en pierre polie. Je me dirigeai vers l'employé inoccupé le plus proche : une jeune fille ronde aux cheveux couleur sable.

— Daveth Blyd, dis-je en montrant à nouveau le pendentif.

Elle toucha brièvement le morceau d'argent avec le bout d'une fine baguette métallique. Lorsque le pendentif émit un éclair de couleur verte, elle hocha la tête avec satisfaction, mit la baguette de côté et sourit.

— En quoi puis-je vous aider, Citoyen Blyd ?

Le titre était une politesse. Mes ancêtres n'en avaient pas possédé et je n'avais pas assez d'argent pour m'en acheter un moi-même – chose

18

dont elle se doutait très certainement. Mais je lui souris en retour et ne la contredis pas.

— J'aimerais déposer de l'argent sur mon compte.

Cela la rendit heureuse. Les banquiers préféraient toujours les dépôts aux retraits. Je me demandais s'ils avaient tous une goutte ou deux de sang de dragon en eux, juste assez pour leur donner envie d'entasser.

Après quelques minutes de recherche, elle sortit un registre des immenses étagères derrière elle et le rapporta au comptoir. Elle l'ouvrit à l'aide d'un sort et fronça les sourcils en voyant le montant près de mon nom.

— Citoyen Blyd, vous n'avez que…

— Je sais. Ceci va arranger les choses.

Je mis la main dans ma tunique et me palpai de manière indigne jusqu'à ce que je sorte la bourse, que je lui tendis.

Son sourire revint lorsqu'elle vit le contenu.

— Très bien, Citoyen Blyd !

J'attendis pendant qu'elle comptait précautionneusement chaque couronne – excepté celle que je gardais pour mon utilisation immédiate. Elle plaça les pièces dans une boîte en bois gravé, la ferma avec un sort et écrivit un nouveau montant près de mon nom dans le registre. Ou du moins, je supposais qu'elle le faisait ; comme la plupart des Baseux, je n'avais jamais appris à lire. Je plaçai mon pouce contre le parchemin enchanté pour signifier mon approbation. Un petit symbole alambiqué apparut là où je l'avais touché. On m'avait dit que chaque personne avait un signe distinctif, mais j'ignorais si ce dernier reflétait un aspect de la personnalité. Si c'était le cas, le mien était tordu.

— Y a-t-il autre chose que je puisse faire pour vous aider, Citoyen Blyd ?

Il me semblait qu'elle flirtait, mais je n'en étais pas sûr.

— Non. Merci.

— Alors bon après-midi, monsieur.

Je remis la bourse contenant l'unique couronne dans mon vêtement et quittai la banque. Il était tard dans l'après-midi, et bien que le ciel soit déjà en train de s'obscurcir, il était encore trop tôt pour trouver Pearce. De plus, j'avais d'abord une autre course à faire.

La boutique dans laquelle j'entrai était loin d'être la meilleure du quartier, et pourtant elle me submergea. J'avais l'habitude d'acheter mes vêtements chez les vendeurs d'occasion près de mon appartement. Sauf pour mes chaussures, que je me procurais chez un cordonnier sur le Mont

Sevi. Le petit homme qui s'approchait à présent de moi semblait loin d'être ravi de mon arrivée.

— Oui ? demanda-t-il en arquant les sourcils.

Il portait des chausses orange vif, une tunique émeraude et une veste brodée assortie au pantalon. Ses cheveux pâles étaient huilés contre son crâne.

— Je veux acheter de nouveaux vêtements, dis-je.

Il fit une pause, puis renifla.

— Nos prix sont plutôt…

— Plutôt ridicules. Mais j'ai les moyens.

Je sortis la pièce.

Son comportement changea immédiatement, avec un sourire aussi huileux que ses cheveux.

— Bien sûr, bien sûr. Je suis vraiment désolé. Ce n'est que…

— Ça m'est égal. Aidez-moi simplement à trouver quelque chose à porter.

Je finis avec une immense pile d'affaires, et le vendeur me reluqua ouvertement tandis que je les essayais. Cela ne me dérangeait pas d'être nu devant lui – je ne suis pas vaniteux, mais pas non plus particulièrement modeste – pourtant, je détestais avoir ma ceinture à couteaux loin de moi. J'avais toujours mes armes sur moi sauf quand je dormais, et même à ce moment-là, je les gardais à portée de main.

Je choisis une tenue qui me convenait et qui était considérablement plus discrète que celle du vendeur. Chausses noires en laine de qualité, tunique pourpre avec boutons en nacre et une épaisse cape couleur charbon avec une fine bordure rouge. Je faillis m'étouffer devant le montant : presque une demi-couronne.

— Que souhaitez-vous que je fasse de ceux-là, monsieur ? demanda le vendeur, tenant mes vieux vêtements avec précaution, même s'il les avait enveloppés dans du tissu et avait noué le paquet avec une ficelle.

Il était évident qu'il aurait jeté le tout dans le fleuve avec joie.

— Pouvez-vous les garder ici pour moi ? Je passerai les prendre demain.

Il n'aimait pas cette idée, mais il hocha malgré tout la tête.

— Nous nous assurerons de les garder en sécurité pour vous.

Il laissa son sarcasme couler.

Je me contentai de lui adresser un sourire enjoué.

— J'y compte bien.

La nuit était entièrement tombée, et les lanternes vacillantes à l'extérieur des magasins créaient des ombres dansantes des personnes sur la place. Les résidents de ce quartier aimaient se promener le soir, exhibant leurs enfants, leurs animaux de compagnie et leurs plus récents atours. Vêtu comme je l'étais, je reçus des hochements de tête amicaux – une expérience inhabituelle – au lieu des coups d'œil suspicieux.

Quand une délicieuse odeur flotta par une porte ouverte, je décidai de prolonger ma soirée de richesse temporaire avec un bon repas. La mystérieuse viande rôtie était digérée depuis un moment.

Je ne souhaite pas souvent être riche. Oui, c'est agréable de ne pas avoir à s'inquiéter du loyer, mais tant que j'ai un toit au-dessus de ma tête et de bonnes chaussures, je suis satisfait. Mais ce dîner... un bœuf succulent suffisamment tendre pour fondre sur ma langue, des légumes frais avec une sauce au beurre, du pain doux sentant la levure et aromatisé aux herbes. Je dus me retenir de gémir de joie. Même la bière était une révélation pour mon palais, bien que je la boive avec modération.

Avec ce que je payai pour ce dîner, j'aurais pu manger pour deux semaines dans le Bas. Mais ce fut sans un seul regret que je tendis mes pièces.

Comme dans tout Tangye, les rues de l'Argent formaient un labyrinthe tortueux, et je ne les connaissais pas aussi bien que mon propre quartier. J'errai pendant un certain temps, demandant plusieurs fois mon chemin, avant de trouver l'endroit dont m'avait parlé Lord Uren. Je m'installai discrètement dans une file d'attente silencieuse ; un homme extrêmement musclé se tenait devant la porte sculptée.

— Qui donc joue ce soir ? demandai-je, tentant le niveau précis de dédain utilisé par les hommes riches quand ils parlaient aux sous-fifres.

Il débita plusieurs noms, mais aucun ne me sembla familier.

— Et Jory Pearce ? demandai-je. Un ami m'a dit qu'il avait beaucoup de talent.

L'homme-ogre grogna.

— Il ne chante plus ici.

Je n'avais pas l'impression qu'il mentait – pas exactement –, mais je soupçonnais qu'il y avait autre chose. Je me demandais si Pearce avait changé d'endroit parce qu'il ne voulait pas être attrapé à cause de la bague volée.

Avec un soupir tourmenté, je sortis un rémi – plus que je n'avais l'habitude de payer pour de telles informations, mais je devinais que les prix étaient élevés par ici. Je lui fis voir la pièce dans ma paume.

— Pensez-vous pouvoir me dire *où* il chante ?

Son expression de marbre ne changea pas.

— Non.

— En êtes-vous sûr ? insistai-je en ajoutant tristement un second rémi dans ma main.

— Il ne chante plus ici.

Malheur ! J'avais trouvé le seul garde incorruptible de tout Tangye. J'allais devoir creuser davantage pour trouver ma proie.

III

ALORS QU'IL y avait certainement des personnes au sein du Quartier d'Argent qui pourraient me dire où trouver de Jory Pearce, je n'en connaissais aucune. Je ne pouvais pas simplement arrêter de riches piétons pour le leur demander ; la garde civile me ferait déguerpir pour nuisance. Je me rendis donc au seul endroit où j'étais raisonnablement sûr de pouvoir trouver ma réponse.

L'*Antre du Renard* se trouvait dans le Bas, mais à peine, avec un décor plus chic que la normale pour le quartier et avec des prix plus élevés. La plupart des clients – des hommes et des femmes bien nanties d'autres coins de la ville – venaient uniquement pour s'encanailler pour la soirée. De nom, l'*Antre* était une taverne, mais personne ne venait pour les boissons. Les principales attractions ici étaient les jeux de dés – et les jolies jeunes choses qui étaient ravies de prendre vos gains en échange de galipettes dans l'une des chambres de l'étage.

Un couple de femmes imposantes dirigeait l'endroit. Je ne savais pas si elles étaient sœurs ou épouses, mais dans tous les cas, je n'aurais pas voulu affronter l'une comme l'autre dans un combat. L'*Antre* employait quelques gardes pour maintenir l'ordre, mais les tenancières constituaient la principale source de dissuasion pour les méfaits. Ce soir, elles me virent au moment où j'entrai – très peu échappaient à leur attention – et hochèrent toutes les deux la tête dans ma direction. Je me contentai de leur faire signe de la main, puisque ce n'était pas à elles que j'étais venu parler.

Redigon était facile à repérer malgré la foule. Elle était plus grande que la plupart des hommes, et ses cheveux flamboyaient, aussi rouges que des baiejoyeux. Elle m'avait juré une fois qu'ils avaient cette couleur peu naturelle parce que sa mère avait été bénie par Howl, le dieu du soleil couchant. Les mensonges de Redigon étaient toujours difficiles à distinguer de ses vérités. Ce soir, elle avait tressé ses cheveux et les avait enroulés autour de sa tête, ajoutant quelques fleurs blanches pour faire contraste. Elle se tenait au milieu d'un groupe assez dense, regardant un homme et une femme jeter des dés à tour de rôle.

— Daveth ! s'écria-t-elle quand elle me vit.

Ses yeux scintillaient d'une joie avaricieuse.

— Qu'est-ce qui t'amène de ce côté du fleuve ce soir ? Et aussi bien habillé ?

— Ce sont des vêtements de chasse.

— Vraiment ?

— Est-ce que tu prendrais un verre avec moi ? demandai-je.

— J'en serais enchantée.

Nous nous installâmes dans le coin le plus calme disponible, une petite table coincée dans un coin. La table la plus proche était occupée, mais les deux hommes étaient tellement accaparés à se peloter sous leurs vêtements que je doutais qu'ils nous remarquent. L'une des tenancières arriva à notre table avec deux chopes pleines. Bien sûr, je payai.

Peut-être Redigon avait-elle été une belle femme autrefois, mais son penchant pour les goutterêves avait dérobé un peu de rondeur et de vitalité à son visage, laissant à peine plus qu'un crâne couvert de peau et des yeux étonnamment vifs. Et ses cheveux, bien sûr, comme une flamme qui la consumait. Un jour, les gouttes la tueraient tout comme ils avaient tué ma mère, mais excepté son appétit, le plus gros de Redigon était déjà mort.

— D'où vient cette nouvelle fortune, Daveth ? demanda-t-elle après avoir pris une grande lampée de sa bière.

— Ce n'est pas une fortune. Mais un paiement pour un travail.

— Tu es beau quand tu es soigné. Tu devais être un plaisir pour les yeux dans ton uniforme de garde à l'époque.

Je fis un effort pour garder un visage calme. Je n'appréciais pas Redigon et on ne pouvait pas lui faire confiance – mais elle avait un incroyable don pour connaître toutes les rumeurs de quartier, et elle partageait avec plaisir ces rumeurs moyennant finances.

— Je cherche quelqu'un, lui dis-je.

— Je pourrais être ce quelqu'un. Moyennant finances.

— Tu n'es pas à mon goût. Tu le sais.

Elle haussa les épaules.

— Éteints les lanternes et quelle différence que la bouche autour de ton sexe appartienne à un homme ou une femme ?

— Il y en a une pour moi. Et dans tous les cas, je ne parlais pas de ça. Je ne cherche pas un compagnon de lit ce soir.

— Tu n'en cherches jamais. C'est un de tes problèmes.

Elle pointa vers moi un doigt semblable à une griffe.

— Si tu t'encanaillais plus souvent, peut-être qu'un peu de cet air renfrogné disparaîtrait.

Je me demandai si elle était au courant du dernier homme avec qui j'avais couché – Myghal Tren. Si c'était le cas, elle gardait cette information pour elle pour le moment. Je bus ma chope d'une seule traite.

— J'ai besoin de trouver un chanteur nommé Jory Pearce. Il jouait à la *Harpe*, mais il n'y est plus. Où est-ce que je peux le trouver ?

Elle me regarda fixement pendant plusieurs minutes, puis sirota sa bière. Sa main tremblait un peu. Bien – cela signifiait qu'elle serait bientôt en manque de goutterêves et, par conséquent, plus désireuse de m'aider.

— Je ne pense pas que tu puisses te le payer, chéri, dit-elle enfin. Sauf si ton employeur s'est montré très généreux. Non pas qu'il n'en vaille pas le prix.

Son sourire me fit presque frissonner.

— Où est-il, Redigon ?

— C'est une grande ville, n'est-ce pas ? Tellement d'endroits où un homme pourrait être.

Feignant la réticence, elle traça un motif dans une flaque de liquide sur la table.

Je pouvais lui soutirer l'information à coups de poing, mais ce n'était pas mon style. De plus, les tenancières seraient en colère contre moi et se vengeraient probablement, parce que j'aurais perturbé leur taverne. Je pouvais attendre que la main de Redigon devienne trop tremblante pour tenir sa chope, que ses yeux brûlent du manque de goutterêves, et à ce moment-là, elle accéderait à mes demandes pour presque aucun paiement. Mais je ne voulais pas attendre, alors je sortis un rémi et le tins entre mon pouce et mon index.

— Où ? répétai-je.

Son regard se fit plus dur.

— Cinq, Daveth.

— Je n'en ai pas cinq, mentis-je. Et même si je les avais, cette information ne vaut pas autant.

Mais j'ajoutai une seconde pièce à la première.

Elle souleva le menton.

— Quatre. Ça me suffira pour acheter mes Rêves ce soir.

Je me levai et secouai la tête.

— Tu devras les acheter ailleurs. Je le trouverai d'une autre manière.

Ce que je pouvais faire, en fin de compte.

Après la plus brève des hésitations, elle sauta sur ses pieds, s'empara des rémis et les cacha quelque part sur elle.

— Il est aux *Deux Chats Gris*.

Et, apparemment ravie de sa prochaine rencontre avec ses goutterêves, elle m'indiqua même le nom de la rue et me donna de vagues directions.

Je retournai dans la nuit, rêvant agréablement de la capture facile qui m'attendait et des couronnes qui s'ajouteraient bientôt à mon compte en banque.

Quel naïf !

JE ME sentais considérablement moins joyeux après avoir passé presque une heure à errer dans le Quartier d'Argent à la recherche des *Deux Chats Gris*. Le quartier était assez plaisant, mais ce n'était pas chez moi. J'avais envie de quelques pintes supplémentaires de bière, puis de mon lit bombé.

Après avoir interrogé quelques passants, je trouvai enfin la rue que je cherchais. J'étais déjà passé devant plusieurs fois dans le noir. L'entrée se trouvait sous un immense bâtiment en pierre, à travers un passage dallé que j'avais initialement supposé mener sur une cour. Au lieu de cela, le chemin ressortait à l'arrière de la structure et grimpait en pente raide. Des bâtiments de pierre massifs se dessinaient à ma gauche, la plupart d'entre eux ayant leurs fenêtres éclairées par des lanternes, alors que le sol chutait sévèrement à ma droite. Si l'atmosphère n'avait pas été aussi brumeuse, j'aurais pu avoir une jolie vue sur le fleuve et les temples en haut de Mont Sevi.

L'espace entre la route et la falaise s'élargit enfin et permit l'accès à d'autres bâtiments ; j'arrivai à destination. Du moins, je supposai être au bon endroit : deux immenses félins en pierre encadraient les larges portes. Deux ogres gardaient l'endroit, portant des uniformes assortis gris tourterelle. Ils me firent un signe de tête.

— Qui donc joue ce soir ? demandai-je, prétendant ne pas voir l'affiche clouée près de la porte.

J'étais doué pour masquer le fait que je ne savais pas lire.

Celui de gauche débita trois noms que je ne connaissais pas, et un que je connaissais : Jory Pearce. Excellent.

Mais avant que je puisse entrer, l'homme de droite sourit en s'excusant.

— Désolé, citoyen. Nous devons nous assurer que vous ne portez pas d'épée.

Je soulevai ma cape afin qu'ils puissent voir ma taille.

— Merci, dirent-ils à l'unisson avant de me faire entrer.

Ainsi les dagues étaient autorisées, ce qui était heureux bien qu'idiot. Je pouvais faire bien plus de mal avec mes lames que la plupart des épéistes en faisaient avec les leurs.

J'étais allé au théâtre deux fois dans ma vie. La première fois, je m'y étais faufilé quand j'étais petit et, la deuxième, j'avais payé pour y entrer quand j'étais garde. Dans les deux cas, les théâtres avaient été à ciel ouvert, avec une grossière scène en bois d'un côté et une rangée de bancs alignés devant.

Les *Deux Chats Gris* arboraient un décor bien plus somptueux : un sol en marbre, des rangées de fauteuils rembourrés avec de petites tables juste devant et un haut plafond couvert de scènes peintes saisissantes où pendaient des lampesprits formant un lustre qui avait dû rapporter une fortune à un sorcier. D'autres fauteuils remplissaient les balcons, et de luxuriants rideaux bordeaux ressortaient sur une scène en bois verni.

Je me tins sur le pas de la porte, m'imprégnant de la splendeur pendant un instant, avant de passer la foule en revue. À peu près la moitié des sièges était occupée par des hommes et des femmes bien habillées. Sur scène, deux jolies femmes jouaient de la flûte pendant qu'une troisième chantait sur les joies du printemps. Elles étaient douées, je supposai, mais je n'étais pas un expert en musique.

Un jeune homme tout vêtu de gris se faufila jusqu'à moi.

— Un siège, monsieur ? demanda-t-il doucement.

— Oui. Aussi près du devant que possible.

Il ne sembla pas attendre d'argent de ma part et me montra simplement le chemin. Je finis à trois rangées de la scène, légèrement décalé par rapport au centre, avec deux femmes d'âge mûr d'un côté et un grand groupe mixte de l'autre.

— À boire, monsieur ? demanda mon jeune homme.

Je jetai un rapide coup d'œil autour de moi pour voir ce que prenaient les autres. Du vin, principalement, bien que certains boivent des spiritueux. Je me souvins de quelque chose que j'avais essayé quand je célébrais mon premier chèque en tant que garde.

— Rakia, dis-je.

Un brandy à base de fruits. Habituellement bien au-delà de mon budget, mais pas ce soir.

— Bien sûr, monsieur.

Je bus trois verres – payant dix briquets pour chacun – pendant que la fille sur scène roucoulait sur des amours adolescentes et des héros courageux. Les autres clients semblaient s'amuser, mais je m'ennuyais de plus en plus.

Quand les filles partirent, je commençais un quatrième verre, et Jory Pearce apparut sur scène.

Il était... à couper le souffle.

Littéralement. Un simple coup d'œil sur lui et mes poumons semblèrent trop comprimés pour s'emplir d'air. Il était grand, peut-être presque aussi grand que moi, mais là où j'étais tout en os et en angles étranges, il était aussi élancé qu'un selkie, avec des muscles fermes et souples apparaissant à travers ses vêtements artistiquement étroits. Ses cheveux, de la couleur du beurre fraîchement battu, poussaient en boucles étroites pour former un nuage autour de sa tête. Il avait une mâchoire carrée et ferme, et même à trois rangées de là, je pouvais distinguer l'ambre chaude de ses immenses yeux et le rose de ses lèvres pulpeuses. Peut-être son nez était-il un tantinet long, mais cela ne faisait qu'embellir son allure.

Je n'avais jamais rien vu de comparable aux vêtements qu'il portait : une chemise épousant son corps et un bas tout aussi étroit, tous les deux en soie bleu pâle si fine qu'elle en était presque transparente. Tout ce qui empêchait son corps d'être complètement visible était un pan de soie indigo plus épais, noué sur une hanche. Il était pieds nus – de longs orteils aux ongles vernis – et il bougeait avec toute la grâce des artistes de théâtre.

— Bonsoir, dit-il en prenant place sur la scène.

Il regarda le public, mais je jure qu'il ancra son regard dans le mien et me fit un petit sourire.

Puis il se mit à chanter.

C'était étrange. Si je fermais les yeux et me contentais d'écouter, il semblait assez bon, mais rien d'exceptionnel, cependant, si je le regardais, je me sentais emporté comme si j'écoutais un dieu. Cela devait provenir d'un sort, un charme qu'il avait acheté chez un sorcier doué, mais cela ne me gênait pas. J'étais, au sens littéral, envoûté.

Je n'eus pas à endurer des chants parlant de jolies fleurs et de servantes rougissantes. Il chanta des complaintes – un amant pleurant un être cher perdu en mer, une mère faisant le deuil d'un enfant mort, un guerrier déplorant une bataille inutile, une fermière regardant ses cultures flétrir. Je ne suis pas sentimental. Contrairement à certains clients assis près de moi, je ne sanglotai pas. Mais mon esprit me semblait lourd, et chaque note qu'il

28

chantait résonnait profondément en moi. Il jouait aussi du luth, quelques notes ici ou là, juste assez pour mettre en avant certaines parties des paroles. Il n'avait aucun autre accompagnement. Il n'en avait pas besoin.

Je me plongeai dans son chant, perdant la notion du temps et oubliant pourquoi j'étais là. Et quand il s'arrêta, le sort se rompit. Il s'inclina légèrement devant les applaudissements bruyants, accrocha mon regard un nouvel instant et quitta la scène.

Je sortis précipitamment du théâtre, marchant accidentellement sur des pieds en chemin. Quand je poussai les portes d'entrée, je vis les deux gardes, mais aucun signe de Pearce. Espérant que cela signifiait qu'il était encore à l'intérieur, je descendis la colline de quelques pas et trouvai un endroit obscur où attendre. Je supposai qu'il ne se dirigerait pas vers le haut de la colline, vers les hauteurs plus raréfiées de la ville.

Le temps s'écoula. Des gens passèrent occasionnellement devant moi – certains montant et d'autres descendant – mais aucun d'eux n'était Pearce. Ma nouvelle cape me protégea du froid de la nuit, ce pour quoi j'étais reconnaissant, mais ma vessie devint urgemment pleine. En fin de compte, je m'enfonçai davantage dans l'obscurité et urinai contre un mur. Je retournai à mon poste de surveillance, nouant toujours les lacets de mes chausses, quand une silhouette solitaire arriva à portée de vue, marchant lentement en provenance des *Deux Chats Gris*. J'identifiai immédiatement Pearce, avec ses cheveux brillant même sous la faible lueur de la lune et sa silhouette étrangement distordue par le luth qui pendait dans son dos.

Restant dans les ombres et à plusieurs pas derrière lui, je le suivis.

Il s'avéra que Lord Uren avait eu tort – Pearce vivait dans le Bas. Cependant, sa maison était au bord du quartier, dans une rue presque respectable à quelques minutes de marche seulement de l'Argent. D'après ce que je pouvais discerner à la lueur des quelques lanternes de la rue, ces maisons étaient en bon état, avec des façades récemment peintes et même quelques parterres de fleurs. Aucun mendiant ne se cachait dans les alcôves, et l'air sentait le feu de cheminée plutôt que la merde et la pourriture.

Pearce s'arrêta devant une maison étroite, mettant un certain temps à désenchanter la serrure. Il ouvrit la porte, mais au lieu d'entrer, il tourna la tête pour regarder par-dessus son épaule.

— Alors ? dit-il. Vous venez ou pas ?

Haussant les épaules, je quittai les ombres et le suivis à l'intérieur.

29

IV

L'ÉTROIT ESCALIER montait de manière abrupte, chaque marche grinçant sous nos pieds et nous emmenant dans une obscurité croissante. Je sentis l'odeur d'oignons et de poisson – un peu fort, mais mieux que les odeurs de mon appartement – et je m'accrochai aveuglément à la rampe. Il m'apparut que Pearce était en bonne position pour m'attaquer, puisque j'aurais du mal à me défendre dans l'obscurité d'un territoire peu familier. Mais je n'avais pas peur de lui. Peut-être qu'un peu de son enchantement s'attardait.

Nos grimpâmes quatre volées de marches jusqu'au dernier étage, où il déverrouilla une autre porte. Quelques lampesprits éparpillés s'enflammèrent en même temps, mais il alluma aussi deux lanternes.

Ce n'était pas un grand appartement, et le toit descendait en pente raide des deux côtés aussi dut-il se baisser un peu quand il suspendit son luth et sa cape couleur nuit à un crochet. Des tissus vifs décoraient les murs – soies et cotons brodés – et un épais matelas ainsi qu'une pile d'oreillers étaient entassés dans un coin. Des tapis et des coussins pour s'asseoir recouvraient le grand plancher. L'appartement ne contenait rien d'autre qu'un évier sec, quelques étagères, un petit support avec un pot de chambre, une armoire peinte. Mais c'était un espace douillet, et deux vases de fleurs en porcelaine reposaient sur le rebord de la fenêtre.

— Vous voulez du vin ? demanda-t-il.

Ce n'était pas ce à quoi je m'attendais, aussi ne répondis-je pas immédiatement.

— Euh, oui. Bien sûr.

Il prit une bouteille en verre vert sur une étagère, retira le bouchon et versa un liquide rouge dans deux gobelets en grès simple.

Il ne portait plus les soies transparentes dans lesquelles il avait joué, mais sa tenue actuelle était à peine discrète. Des serpents brodés – assortis au bleu vif de ses chausses – bordaient une tunique couleur soleil et, au lieu de bottes pratiques, il portait des bas écarlates et des chaussons jaunes aux bouts pointus et recourbés. Sur un autre homme, la tenue aurait été tapageuse, mais elle lui allait bien.

Je restai près de la porte fermée. Il s'approcha d'une démarche féline, avec un léger sourire en coin. Il tendit l'un des gobelets de vin, que je pris, et, lorsque j'hésitai à boire, il but une petite gorgée du sien.

— Il est médiocre, je le crains.

Incapable de distinguer un bon vin d'un mauvais, j'avalai une pleine gorgée. Il me semblait bon.

— Comment dois-je vous appeler ? ronronna-t-il en se tenant tout près.

Il était plus âgé que je ne l'avais cru, mais les fines rides au coin de ses yeux ne le rendaient pas moins beau.

— Daveth Blyd.

— C'est un plaisir, Citoyen Blyd.

— Je ne suis pas un citoyen.

Il pencha la tête sur le côté.

— Oh ?

Il portait un parfum – quelque chose d'épicé et chaud – qui me faisait tourner la tête. Et sa voix…

Quand j'étais une jeune recrue de la garde civile, mes tâches incluaient de porter les uniformes sales de ma capitaine à la laverie. Ce n'était pas l'une de mes tâches préférées. Mais c'était une femme flamboyante, et elle faisait tailler ses capes non pas dans de la laine teinte mais dans du velours. J'avais rarement touché quelque chose d'aussi doux, et je caressais souvent discrètement le velours en transportant ses vêtements.

La voix de Jory Pearce était comme ce velours : riche, doux et somptueux. Et, me rappelai-je, cher.

Je fis un pas en arrière, cognant contre la porte, mais il me suivit, souriant, et fit courir un doigt doux le long de ma joue.

— Êtes-vous timide, Daveth Blyd ?

Au fil des années, on m'avait traité de beaucoup de choses – peu d'entre elles flatteuses –, mais jamais de timide. Mon éclat de rire brisa le sort qui m'enveloppait.

— Non, pas du tout.

J'avalai le reste du vin, repoussai délicatement Jory Pearce et le dépassai à grands pas. Il me regarda en silence tandis que je posais le gobelet vide dans l'évier sec, puis faisais le tour de l'appartement. Je ne m'attendais pas à trouver la bague de Lord Uren à la vue de tous, mais j'espérais avoir une meilleure vision de qui était Pearce.

Il aimait les jolies choses : les tissus sur les murs, les fleurs, les tapis colorés, les vêtements qu'il portait. Il avait même arrangé bouteilles, boîtes

31

et jarres sur les étagères avec un goût pour la symétrie et la fluidité. En contraste, je gardais simplement les choses là où elles étaient pratiques.

Mais je regardai alors de plus près et remarquai les défauts. Ses décorations murales étaient fanées ou méticuleusement rapiécées. Ses assiettes – peintes de minuscules fleurs – étaient légèrement ébréchées. Ses quelques meubles étaient bon marché et usés à force d'être utilisés. Ainsi donc il n'avait pas autant d'argent à jeter par les fenêtres que son environnement le suggérait au premier abord, et je ne vis aucun signe qu'il ait fait des folies financées par la bague volée.

Je remarquai aussi qu'il gardait son appartement propre. Ce n'était pas facile de le faire dans ces vieux bâtiments, où des bouts de plâtre se décrochaient des murs et où la poussière s'accumulait dans les coins. Aucun signe non plus d'insectes ou de rongeurs, à part quelques mouches mortes à la fenêtre. Son sort de protection contre la vermine était meilleur que le mien.

— Je suis à court de nourriture, dit-il enfin. Mais il y a un bon étal de friands à la viande non loin d'ici. Ils sont ouverts tard.

— Je n'ai pas faim.

— Et vous ne voulez pas plus de vin. Que cherchez-vous alors ?

Je ne répondis pas. À la place, j'inspectai le contenu d'une petite boîte détériorée – qui s'avéra être vide.

Il ne m'empêcha pas de tripoter ses affaires, pas même lorsque j'ouvris son armoire. Elle contenait un arc-en-ciel de soies vives, certaines transparentes comme celles qu'il avait portées sur scène et d'autres plus consistantes. Il préférait les bleues et les violettes, mais il me semblait que les dorées devaient lui aller mieux, faisant ressortir la couleur de ses yeux.

Rangée dans un coin de l'armoire se trouvait une simple tunique couleur boue et des chausses beige, tous les deux dans un matériau grossier. Je n'arrivais pas à l'imaginer les portant.

— Êtes-vous tailleur ? demanda-t-il, sa voix prenant une intonation amusée. Ou fabricant de meubles ? Ou peut-être cherchez-vous simplement des idées pour rendre votre tenue plus intéressante.

Je fermai l'armoire sans répondre.

Quelque chose manquait dans son appartement. Je l'avais remarqué principalement parce que ma propre demeure affichait le même manque. Presque tout le monde dans la ville possédait au moins un portrait d'un membre de sa famille ou d'un être cher, une image enchantée sur un parchemin par un sorcier. Les pauvres n'en avaient peut-être qu'une ou deux – parents, amants, enfants –, des images grossières mais suffisamment utiles quand un client avait besoin de me montrer à quoi ressemblait une personne disparue. Les riches, m'avait-on dit, possédaient des dizaines de portraits. Les sorciers les plus doués pouvaient créer des images qui bougeaient. Pas grand-chose. Un sourire ou un léger mouvement de tête peut-être. Assez pour capturer un peu de la personnalité du sujet.

La plupart des gens exposaient leurs portraits dans un endroit bien visible de leur maison, même si d'autres les gardaient à l'abri dans des boîtes spéciales ou près d'un petit autel. Mais je n'en voyais aucun dans l'appartement de Pearce. Peut-être les avait-il simplement cachés, avec la bague. Malgré tout, leur absence me serra le cœur de manière désagréable.

— Où est votre famille ? demandai-je.

Pour la première fois, son visage trahit une émotion sincère plutôt qu'un artifice. Juste un éclair de surprise suivi par de la colère.

— En quoi cela vous regarde-t-il ?

— Je me demande si la bague est avec eux.

Il ne cilla pas.

— De quoi parlez-vous ?

— De la bague que vous avez volée à Lord Uren.

Pearce haussa les sourcils.

— Je vous demande pardon ?

— Lord Uren m'a embauché pour rapporter cette bague. Et vous avec.

— Il vous a *embauché* ? Qui êtes-vous ?

— Je vous l'ai dit. Je m'appelle Daveth Blyd. Les gens me payent pour… trouver des choses. Trouver des gens. Trouver des informations.

— C'est une manière très étrange de gagner sa vie, dit froidement Pearce.

Il traversa la pièce et remplit à nouveau son gobelet de vin, mais ne m'en offrit pas. Il fronça les sourcils, semblant réfléchir, tout en buvant.

— Pourquoi Uren m'accuserait-il d'avoir volé quelque chose ?

Je croisai les bras et le dévisageai. Il semblait sincèrement perplexe. Mais c'était un saltimbanque, après tout. Peut-être que ses talents d'acteur égalaient ses talents de chanteur.

Pearce soupira enfin.

— Combien vous a-t-il payé pour me retrouver ?

— Beaucoup.

— Ce qui est la raison pour laquelle vous avez acheté ces beaux vêtements. Vous êtes un Baseux pur jus, n'est-ce pas ?

Baseux. C'était un terme étrange. Les gens qui vivaient dans les autres parties de la ville l'utilisaient comme une insulte. Cela signifiait qu'une personne était pauvre, sale, brute, ignorante. Indigne de confiance. Plus d'un membre de la garde civile m'avait traité de Baseux – avant, durant et après mon temps en uniforme. Ils ne l'avaient jamais dit de manière sympathique. Mais de nombreuses personnes qui vivaient dans le Bas portaient ce nom comme un gage d'honneur. Parfois un voisin pouvait en accuser un autre de prendre des grands airs, et la réponse était toujours la même : « Oh, je suis un Baseux. Un vrai de vrai. »

Je ne savais pas comment le sous-entendait Pearce.

Je lui souris.

— Un vrai de vrai.

— Et vous essayez de vous élever dans le monde par le travail ? D'entrer dans les bonnes grâces de la noblesse ?

— Je suis à l'aise avec ma place dans le monde. Et la noblesse et leurs bonnes grâces peuvent faire le grand saut depuis le haut du Mont Seli, si ça leur chante. Je veux simplement payer le loyer et nourrir mon ventre. Vous savez ce que c'est.

Je m'étais attendu à provoquer une réaction avec cette dernière déclaration – une accusation pas vraiment voilée d'être un prostitué –, mais il m'adressa seulement un petit sourire.

— Oui, je le sais.

Il haussa les épaules puis remplit à nouveau son gobelet de vin.

— Mais j'ignore complètement pourquoi Uren vous a envoyé après moi.

Nous avions atteint une impasse. Il refusait d'admettre quoi que ce soit, ce qui n'était pas une surprise. Je ne pouvais pas le soudoyer pour obtenir la vérité, comme je l'avais fait avec Redigon, parce que tous les rémis du monde ne feraient pas avouer à un homme un affront capital. Je *pouvais* l'obtenir à coups de poing – ou, plus précisément, lui soutirer son aveu en faisant chanter son corps de douleur. Grâce à mon entraînement, je savais comment faire les choses qui feraient supplier une personne d'être pendue à un arbre. Mais je n'avais aucun goût pour la torture, surtout quand les preuves étaient faibles. Tout ce que j'avais pour continuer était l'accusation de Lord Uren, et bien que je n'aie aucune raison de croire que le lord mentait, je n'avais aussi aucune raison de lui faire confiance.

Je me rendis compte un peu tard que j'aurais dû faire quelques recherches préalables avant de confronter Pearce.

J'essaye d'être honnête avec moi-même. Si Pearce avait été moins séduisant, je l'aurais simplement traîné jusqu'au palais de Lord Uren afin d'en terminer avec toute cette affaire. Ce qui lui arriverait par la suite – sans aucun doute quelque chose de peu plaisant, probablement quelque chose de fatal – ne me concernait pas. Mais Pearce se tenait là, dans son appartement aux couleurs vives avec ses boucles jaunes et ses yeux de biche, et je ne pouvais me décider à le livrer.

— Je reviendrai demain, dis-je brusquement en me dirigeant vers la porte. Si vous voulez vous éviter un tas d'ennuis, préparez la bague. Je peux peut-être convaincre Lord Uren de simplement la reprendre et d'oublier que tout ceci est arrivé.

Il y avait peu de chances.

Pearce approcha de moi.

— Je n'ai pas la bague, dit-il doucement.

— Je reviendrai demain. Et n'essayez pas de vous cacher – je vous retrouverai.

Ça, c'était vrai. Avec assez de temps et de motivation, je pouvais trouver presque n'importe qui. J'étais particulièrement bien au courant de tous les coins cachés du Bas.

Il sembla triste et épuisé. J'étais presque à la moitié de ma quatrième décennie, et à le regarder maintenant, je soupçonnais qu'il n'était pas loin derrière. Mais les coins de sa bouche s'incurvèrent en un sourire et il me caressa à nouveau la joue.

— Vous essayez d'être un homme d'honneur, n'est-ce pas ?

— Non.

Une autre lente caresse de ses doigts me fit trembler.

— Les gens comme Uren se fichent des gens comme nous, dit-il. Ils nous utilisent, nous mêlent à leurs affaires et nous jettent. Un homme bon comme vous mérite mieux que ça.

— Je ne suis pas un homme bon, rétorquai-je d'un ton grinçant.

Il se contenta de sourire.

J'aurais pu lui arracher ses vêtements ici et maintenant, retirer les miens et le baiser à en perdre la raison. J'en avais envie. C'en était *douloureux*. Et la lueur dans ses yeux trop vieux me disait qu'il ne s'y opposerait pas.

Au lieu de cela, je recherchai la poignée à tâtons derrière moi, ouvris la porte et sortis dans le minuscule couloir. Il était sombre et laid comparé à son appartement.

— Je reviendrai demain, dis-je pour la troisième fois.

Une menace irrévocable – une promesse – parce que trois fois scellaient le sort.

Il hocha légèrement la tête, et je m'enfuis par l'escalier sombre retrouver la nuit.

V

Je ne rentrai pas directement chez moi, bien que je sois fatigué. Je ne fis également rien pour enquêter sur Pearce. À la place, je me rendis à la *Vouivre Pleureuse* et bus jusqu'à ne plus y voir clair. Cela ne résolut pas mes problèmes. Ni me fit me sentir mieux. Mais cela assombrit un peu le monde, et c'était le mieux que je puisse espérer.

Quand je rentrai chez moi, je retirai mes beaux vêtements et les suspendis, espérant que les rats ne les mangeraient pas pendant mon sommeil. Puis je m'effondrai nu sur mon lit, sans me soucier particulièrement de savoir si je me réveillerais à nouveau.

Mais je me réveillai. Avec une tête qui tambourinait, une bouche infecte, un estomac chamboulé et un cafard plus que gros que mon pouce rampant sur ma cuisse. Et avec quelqu'un frappant à ma porte.

Je chassai l'insecte, retrouvai mon équilibre et enveloppai la couverture autour de ma taille. Je me dirigeai en vacillant vers la porte d'entrée, attrapant un couteau en chemin parce qu'on ne savait jamais. Quand j'ouvris la porte, même le soleil brumeux de Tangye suffit à me brûler les yeux, et le garçon dégingandé qui m'attendait n'était pas très efficace pour bloquer la lumière.

— Quoi ? grognai-je.

Il regarda mon visage fatigué, ma presque nudité et ma dague lamentablement brandie et éclata d'un rire tonitruant.

Je lui aurais claqué la porte au nez, mais je le reconnus : c'était le fils encore en pleine croissance de l'une des pilleurs d'épaves du fleuve avec qui je faisais occasionnellement affaire. Mon état vaseux disparut instantanément, remplacé par une vive crainte que je ne comprenais pas.

— Un cadavre ? demandai-je.

— Oui. Et il est frais. M'man l'a sorti de l'eau aux premières lueurs – elle pense qu'il respirait encore hier au coucher du soleil.

Les gens meurent tout le temps à Tangye. Beaucoup finissent dans le fleuve. Ça pourrait être n'importe qui.

Je pris une profonde inspiration.

— Je serai là-bas dans peu de temps.

— Vous voulez dire que vous n'allez pas descendre jusqu'au fleuve habillé comme ça ?

— Pas aujourd'hui.

Il rit et s'en alla rapidement, et je fermai la porte.

Je titubai jusqu'au pot de chambre et y vidai ma vessie. Je réussis à ne pas vomir, ce qui était un exploit, puis je bus un peu d'eau tiède provenant du broc couvert que je gardais près de l'évier sec. Je me frottai le visage, puis, pour faire bonne mesure, me passai un chiffon savonneux humide sur le corps. Ce faisant, je me demandai ce que Pearce penserait s'il me voyait nu.

Ah, mais je ne suis pas vaniteux, d'accord ?

Je possédais deux tenues en plus de la nouvelle. L'une d'elles, bien sûr, m'attendait actuellement dans une boutique du Quartier d'Argent. J'enfilai la seconde, gardant mes plus beaux atours pour la prochaine occasion qui les nécessiterait – ce qui pourrait n'être jamais. Je ne voulais pas porter de beaux vêtements pour examiner un cadavre sur les berges du fleuve. Une pensée fugace me traversa l'esprit : qu'adviendrait-il de mes biens quand je mourrais – quand ce serait moi qui flotterais dans le fleuve ? Le propriétaire de mon immeuble s'emparerait sans aucun doute de tout ce qui aurait de la valeur, mais je ne savais pas ce qui arriverait à l'argent qui resterait sur mon compte en banque. Est-ce que les banquiers le garderaient ? Est-ce qu'il serait reversé à la Couronne ? Et quelle différence cela ferait-il de toute façon ? Je serais mort.

Avant de retourner dans le monde, j'attachai mes couteaux, comme je le faisais toujours. Plutôt sortir sans tunique et chausses que sans mes lames. Dans un élan de frivolité, j'enfilai la nouvelle cape au lieu de l'ancienne. C'était un bel habit : j'essayerais de ne pas le salir.

Bien que j'aie l'estomac retourné et que je n'aie pas faim, je savais que je regretterais de ne rien manger du tout. Je m'arrêtai prendre un morceau de pain au goût de sciure et un minuscule poisson séché, que je mangeai tout en descendant jusqu'au fleuve.

À quelques pas du Pont Royal, une volée de marches en pierre descendait jusqu'à l'eau. Elles étaient raides et peut-être aussi anciennes que la ville, chaque marche légèrement creusée par des générations de pieds. Elles étaient glissantes, aussi une personne avisée les prenait-elle lentement, à moins qu'elle ne veuille prendre le risque de tomber et de se casser le cou sur les gros rochers tout en bas. Je n'étais pas aussi avisé – je me dépêchai.

Heureusement, mes bottes me donnaient une bonne adhérence, et j'atteignis le bas en toute sécurité.

La plupart des pilleurs d'épaves étaient occupés à travailler, même s'ils jetèrent des regards dans ma direction et que quelques-uns me firent signe de la main. Mon visiteur matinal se tenait sur la plage avec sa mère et quelques enfants plus jeunes qui devaient être ses frères et sœurs, et à leurs pieds se trouvait un corps nu, pâle et immobile.

Je connaissais Dame Mort depuis que je savais marcher. Je l'avais vue toucher un nombre incalculable d'hommes, de femmes et d'enfants, parfois douce comme le brouillard hivernal, mais plus souvent dure, acérée et sanglante. C'était moi qui avais découvert ma mère froide et raide, les yeux ouverts sans vie. J'avais moi-même appelé la Dame plus d'une fois quand je servais en tant que garde, l'invoquant en enfonçant mes lames dans de la chair. Et je l'avais sentie me frôler, me faisant la promesse qu'un jour elle m'enlacerait aussi. Mais je n'avais jamais hésité à approcher un cadavre comme je le faisais à présent.

— Il ne rafraîchit pas, Blyd ! appela la mère en gloussant.

Je n'attendais jamais du respect de la part des pilleurs d'épaves.

Le corps était allongé face dans la boue, ses jambes écartées et ses bras coincés sous son corps. Il avait été grand et bien bâti ; le corps d'un danseur, pas d'un travailleur. Ses cheveux étaient trop humides et boueux pour que j'en discerne la couleur.

Je hochai la tête en direction des pilleurs d'épaves.

— Retournez-le, s'il vous plaît.

Je retins mon souffle pendant qu'ils s'exécutaient.

Je ne le connaissais pas. Par toutes les déités, je n'avais jamais posé mes yeux sur lui auparavant. Tout l'air quitta mes poumons en un soupir bruyant.

Il était jeune – la petite vingtaine, peut-être – et son bref séjour dans le fleuve ne lui avait pas dérobé sa beauté. Mais la blessure ouverte à son cou était suffisamment affreuse.

— Ce n'est pas quelqu'un que je cherche, dis-je. Il est fortuné.

La pilleuse d'épaves et ses enfants regardèrent le corps d'un air interrogatif.

— Comment pouvez-vous le dire ? demanda-t-elle. Il n'y a aucuns beaux habits.

— Regardez ses dents. Droites et blanches, et aucune ne manque. Aucune cicatrice ni marque sur sa peau.

Bon, autre que l'entaille qui l'avait tué et qui ne laisserait jamais de cicatrice.

— Je doute qu'il ait jamais eu faim. Ses ongles sont propres. Ses pieds sont en bon état, alors il portait de bonnes chaussures.

Tandis que je détaillais les signes de sa richesse, mon petit public l'examina de près, en élève attentif à ma leçon. Quand j'eus terminé, la mère posa ses mains sur ses hanches étroites, fronçant les sourcils.

— Alors vous ne le voulez pas.

Pour les pilleurs d'épaves, la seule valeur d'un cadavre – autre que ce que je pouvais payer afin de réunir un être cher disparu avec sa famille – résidait dans les vêtements et autres biens dont ils pouvaient le débarrasser. Dans son cas, il semblait que des voleurs s'en soient déjà chargés. La femme et ses enfants le remettraient dans le fleuve quand la marée remonterait, le laissant être emporté au large. Cela semblait être une fin solitaire, surtout quand, quelque part, il devait déjà manquer à quelqu'un.

Me demandant ce qu'il me prenait, je sortis un rémi des plis de mon vêtement. Les pilleurs d'épaves écarquillèrent les yeux.

Je déposai la pièce dans la main extrêmement calleuse de la mère.

— Pour le dérangement. Parce que j'apprécie que vous m'ayez prévenu immédiatement. Me feriez-vous une dernière faveur ?

— Quoi ?

— Gardez le corps ici, hors de l'eau. Je vais en parler à la garde.

Elle semblait dubitative – peu de Baseux voulaient avoir à faire à la garde –, aussi rendis-je l'offre plus alléchante.

— Peut-être que sa famille paiera une récompense pour l'avoir trouvé.

— Et peut-être que la garde décidera que nous sommes ceux qui lui ont tranché la gorge.

— J'en doute.

Je regardai son fils aîné, le gamin qui était venu me chercher, puis reposai mon regard sur elle.

— Il était le fils de quelqu'un.

Les pilleurs d'épaves ne pouvaient pas se permettre d'être sentimentaux, mais son regard s'adoucit un peu. Aucun doute que ce rémi avait grandement amélioré son humeur.

— Alors, d'accord. Mais vous leur dites qu'on l'a seulement trouvé.

— Je le ferai.

Comme si mon soutien avait la moindre signification pour les gardes.

Je la regardai, elle et ses enfants, traîner davantage le corps hors de l'eau, puis je me dirigeai vers l'escalier.

AVANT DE poursuivre mes courses matinales, je m'arrêtai chez le barbier. Je n'aimais pas me faire pousser la barbe, et mon visage me démangeait. Je n'avais pas les moyens de me payer un barbier, et me raser moi-même était une tâche malvenue ; je me sentais chanceux d'expérimenter ce luxe aujourd'hui. Le rasage aida mon humeur plus que ne l'avait fait le petit déjeuner, et je me sentis presque humain lorsque je traversai la foule nauséabonde et hurlante pour retourner vers le Pont Royal. Je jetai un coup d'œil en passant et fus ravi de voir que le cadavre était toujours blotti sur la plage, seul et pathétique.

L'autre moitié du Bas n'était pas plus calme et ne sentait pas meilleur que la mienne. Dans une rue particulièrement étroite et bondée, je sentis une petite main près de ma taille, aussi légère qu'une plume. J'attrapai fermement le poignet et attirai son jeune propriétaire – hurlant et donnant des coups de pieds – dans une ruelle. Personne ne fit attention à nous.

— Je pourrais te livrer aux gardes pour ça, dis-je à l'enfant.

C'était probablement une fille, même si c'était difficile à affirmer sous ses cheveux emmêlés et ses couches de crasse.

Elle essaya de me mordre, mais je plaçai fermement ma main libre sur sa gorge tout en continuant à lui tenir le poignet. Elle siffla, mais comme elle ne pouvait pas m'atteindre et ne pouvait pas non plus s'échapper, elle s'immobilisa une ou deux secondes plus tard.

— Fais-le, sale mouchard, dit-elle. Ça m'est égal.

— Bien sûr que non ! Ça ne t'est pas égal, parce que tu sais que si je t'emmène aux gardes, ils te couperont très probablement la main.

Je lui serrai le poignet un peu plus fort. J'aurais pu briser ses os fins si je l'avais essayé.

— Et si tu as l'intention de m'insulter, sois plus créative. Mouchard est banal.

Elle me regarda d'un air méfiant, ne sachant pas quoi faire de moi.

Je souris.

— Est-ce que ça te plairait de gagner dix briquets ?

— Je veux pas toucher ton sale machin ! cracha-t-elle.

Cela me rendit malade.

— Et je ne veux pas que tu le touches, merci beaucoup. Mais je souhaite te payer pour obtenir des informations.

— Des informations ?

— J'ai besoin d'en savoir plus sur un homme nommé Joris Pearce. Il chante aux *Deux Chats Gris*, mais il vit ici, dans le Bas. Tu connais cette affreuse fontaine sur le Place des Cinq Sorcières ?

Elle hocha la tête prudemment.

— Retrouve-moi là-bas à midi, et si tu m'apprends des choses sur Pearce – des choses utiles et vraies –, je te donnerai dix briquets.

Cela valait vraiment la peine de continuer. Je savais d'expérience que les enfants comme elle en savaient beaucoup sur ce qui se passait dans le quartier.

— Comment je sais que tu mens pas ?

— Tu n'en sais rien. Mais le pari en vaut le coup, tu ne crois pas ? Tout ce que ça te coûte, c'est un peu de temps, et tu en as beaucoup. Si tu ne viens pas, tu n'auras définitivement aucun briquet de ma part.

Je la relâchai, et elle ne s'enfuit pas. Bien.

— Midi ? demanda-t-elle.

— Oui. Quand la cloche sonnera. Et tu te rappelles son nom ?

— Jory Pearce.

— C'est ça.

Puis je haussai les épaules.

— Donne-moi des informations intéressantes et je te nourrirai également. Tu connais cet endroit sur la place avec les gâteaux ?

Quand j'étais petit, j'avais passé de nombreuses heures à regarder longuement les vitrines, mon estomac aussi vide que ma bourse.

Elle savait de quoi je parlais, et ses yeux s'agrandirent.

— Je serai là. Mais t'as intérêt à pas mentir.

Je hochai la tête. Elle fit de même et disparut en un éclair.

J'AVAIS ENVIE de récupérer mes vêtements à la boutique, mais décidai de terminer une autre course en premier. Ce n'était pas quelque chose que j'appréciais beaucoup. Je remontai péniblement la colline, quittant le Bas pour entrer dans le Quartier d'Argent, directement sur la Rue Royale. Habillé comme je l'étais aujourd'hui, les passants étaient moins amicaux qu'hier soir. Seule ma cape et mes bottes m'évitèrent un mépris complet.

La route s'élargissait en montant, et la circulation s'atténua. Les gens que je croisais à présent étincelaient dans leurs beaux vêtements et leurs bijoux brillants. Quelques éminentes personnes voyageaient même cachées à l'intérieur de compartiments savamment décorés posés sur les larges épaules de serviteurs. L'aristocratie. Trop bien pour marcher, je suppose.

Les bâtiments longeant la route devinrent plus imposants, et très peu d'entre eux étaient des boutiques. Certains des marchands les plus riches de la ville vivaient ici. Je me demandai si cela les irritait de savoir que peu importe la quantité de pièces d'or qu'ils accumulaient, ils ne vivraient jamais plus haut, dans le Quartier Royal. Et qu'en était-il de ceux qui résidaient en haut de la colline – la reine et sa famille ? Aspiraient-ils à des hauteurs plus élevées ? Le royaume des dieux, peut-être ?

D'un bout à l'autre de la ville, les frontières entre les quartiers étaient quelque peu indistinctes. Mais pas ici, où une porte marquait la limite. Elle était ouverte, mais si elle avait été fermée, il n'y avait qu'à aller un ou deux pâtés de maisons plus loin d'un côté comme de l'autre pour traverser. La porte, qui était lourdement recouverte d'or et surmontée de statues, proclamait sans équivoque qu'il y avait quelque chose de spécial concernant le territoire qui se trouvait derrière et qu'une division existerait toujours entre le reste de la ville et ceux qui vivaient au sommet.

Sur le côté droit de la porte se trouvaient plusieurs autels, chacun ayant des offrandes colorées exposées juste devant. À gauche, se dressait un bâtiment en pierre monolithique, gris et menaçant en comparaison de ses voisins tapageurs. Trois gardes civils en uniforme se prélassaient devant la porte, l'air de s'ennuyer.

Toutefois, leur intérêt fut piqué quand je m'approchai et que l'une d'eux me reconnut.

— Daveth Blyd, siffla-t-elle.

J'ignorais sans nom, bien qu'elle me semble vaguement familière, aussi hochai-je simplement la tête.

Les autres gardes se jetèrent des coups d'œil et posèrent la main sur le pommeau de leur épée. Ils étaient trop jeunes pour m'avoir connu quand j'étais l'un des leurs, mais ils connaissaient clairement mon nom. Charmant. J'étais une légende parmi la garde civile – et pas une joyeuse.

— Je dois parler au Capitaine Tren, dis-je calmement à la première garde, mettant un brin d'autorité dans ma voix.

— Pourquoi ?

— Ce sont ses affaires, pas les vôtres.

— Il n'est pas ici.

Je soupirai.

— Je le sais. Mais vous savez où le trouver, vu que c'est votre officier commandant, non ? Alors allez le chercher.

Elle fronça les sourcils.

— On ne va pas *chercher* un capitaine de la garde civile.

— On le fait quand on ne veut pas qu'il découvre plus tard que vous avez refusé de le faire. Il n'en serait pas ravi.

C'était un mensonge, mais je pouvais le faire avaler.

Ils eurent tous trois l'air mal à l'aise, et après une tentative infructueuse de me faire plier du regard, elle se tourna vers l'un de ses collègues.

— Vas-y.

Il entra dans le Quartier Royal en courant.

Je m'appuyai contre le mur et regrettai de ne pas fumer d'apaiseurs. Cela m'aurait donné quelque chose à faire de mes mains. À la place, je jouai avec la poignée de mes dagues sans les retirer de leur fourreau – ce qui sembla rendre les gardes restants nerveux. Bien. Je voulais qu'ils me craignent.

Quelques instants plus tard, la femme s'approcha, sa tête légèrement inclinée sur le côté.

— Est-ce que les histoires qu'on raconte à ton sujet sont vraies ?

— Aucun doute que certaines le sont.

— Tu es un Baseux.

Je haussai les épaules.

— Celle-là est vrai.

— Mais on t'a quand même laissé entrer dans la garde.

— On ne m'a pas *laissé* entrer. J'ai gagné ma place.

J'en étais encore fier. Seules les déités savaient pourquoi.

— On dit que tu étais l'un des meilleurs combattants que la garde ait jamais eue.

— C'est un jugement personnel. Mais je suis habile à l'épée.

Elle baissa les yeux.

— Mais tu as volé un citoyen.

Cette accusation ne me mettait plus en colère, et j'avais arrêté de nier depuis des années.

— Tout le monde sait qu'on ne peut pas faire confiance à un Baseux, dis-je.

Elle ne savait clairement pas quoi faire de moi. Elle était jeune, probablement encore pleine d'idéaux. À son âge, j'avais eu des idéaux moi aussi, malgré mon passé. Je suis un idiot.

Elle fronça les sourcils.

— Pourquoi ne t'a-t-on pas pendu ?

Je regardai par-dessus son épaule et vis le troisième garde revenir, Myghal Tren avançant rapidement plusieurs pas devant lui. Quand Myghal fut à portée d'oreilles, je souris à la femme.

— Parce que mon sergent a intercédé en ma faveur. Je suppose qu'il m'a pris en pitié.

— Il n'est pas du genre à ressentir de la pitié, annonça fortement Myghal, faisant sursauter la femme.

Il rit.

— Disons juste que le sergent croyait que le soldat Blyd était un jeune homme convenable qui avait fait une erreur – et méritait une deuxième chance.

Il baissa la voix dans des tons moins théâtraux, mais garda son sourire légèrement moqueur, tandis qu'il se tournait vers moi.

— Tu m'as fait appeler ?

— Peut-on discuter en privé ?

— Bien sûr.

Il me conduisit au corps de garde. C'était un endroit nu, non décoré et utilitaire. Des capes étaient suspendues sur des rangées de crochets le long d'un mur, alors que contre l'autre, de larges râteliers contenaient des armes. Je me demandai si les sorts pour ouvrir les râteliers étaient les mêmes qu'à mon époque.

Deux gardes – temporairement en pause – s'étaient mis au garde-à-vous quand Myghal était entré et nous regardaient à présent bouche bée. Je les ignorai et montai une courte volée de marches en pierre jusqu'à une petite pièce privée qui ne contenait rien d'autre que des caisses en bois.

Dès que nous fûmes à l'intérieur et que la porte fut fermée, il me poussa contre le mur et s'appuya contre moi.

— Envie de plus ? demanda-t-il, son souffle chaud contre mon oreille.

Il glissa une main entre nous pour me masser l'entrejambe.

— Tu as choisi un moyen direct et audacieux de l'avoir.

Je grognai et le repoussai.

— Je n'ai pas envie de batifoler.

— Tu es sûr ? Tu en as semblé assez heureux le mois dernier.

Je ne pouvais le nier. Il avait un corps exceptionnel avec lequel j'aimais jouer. Et bien que je n'aie rien fait avec personne d'autre depuis, aujourd'hui, j'avais d'autres priorités.

— Peut-être une autre fois, dis-je. Je voulais juste te donner quelques renseignements.

Il fronça les sourcils.

— Quel genre ?

— Des pilleurs d'épaves ont sorti le corps d'un homme du fleuve ce matin. Je soupçonne qu'il venait d'ici.

Les traits tendus du visage de Myghal s'adoucirent.

— Et alors ?

— Je leur ai demandé de le garder hors de l'eau jusqu'à ce que les gardes arrivent. Ils n'en étaient pas très heureux, mais ils ont accepté.

— Et tu as fait ça parce que… ?

— Il a de la famille. Ils vont se demander ce qu'il lui est arrivé.

Myghal me dévisagea un long moment avant de secouer la tête.

— Je ne te comprendrai jamais, Daveth.

— Je ne suis pas compliqué.

Il ricana doucement et se passa une main dans les cheveux.

— D'accord. J'enverrai des hommes au fleuve pour le noyé, et…

— Il ne s'est pas noyé.

— Comment peux-tu en être sûr ?

— C'est difficile de se noyer quand on a été égorgé.

Je passai un doigt le long de ma propre gorge.

— Charmant. J'enverrai des hommes au fleuve pour l'homme *assassiné*, et je verrai si nous pouvons réunir ses restes avec ceux qui le pleurent. Ça t'ira ?

— Non. J'ai aussi besoin que tu t'assures que les pilleurs d'épaves qui l'ont trouvé obtiennent… quelque chose. Une petite récompense.

Myghal rejeta la tête en arrière et rit, trouvant apparemment la situation sincèrement comique.

— Une petite récompense. *Vraiment*, Daveth ? Alors c'est ça que tu fais maintenant ? Fréquenter les rats du fleuve ?

— Ce sont des gens. Des gens pauvres qui essayent désespérément de rester vivants. La famille du gamin mort ou toi pouvez leur donner quelques pièces.

Comme presque n'importe qui d'autre dans la ville, Myghal croyait que la situation des Baseux était de leur propre fait – qu'ils vivaient comme

46

ils le faisaient parce qu'ils étaient trop bêtes, trop vulgaires, trop sales, trop paresseux pour faire quelque chose de mieux. Je pense que même la plupart des Baseux le croyaient. Cela signifiait qu'ils ne méritaient ni assistance ni empathie, et si on daignait occasionnellement donner à l'un d'eux un briquet ou deux, eh bien, on était pratiquement frère avec les dieux. Peut-être que tout le monde avait raison. Après tout, on m'avait donné la rare chance de m'élever et j'avais tout fait foirer.

— Tu as raté ta vocation, dit Myghal, en me tapant sur l'épaule. Tu aurais dû essayer la prêtrise au lieu de la garde. Je t'imagine debout à l'extérieur de ton temple dans ta robe blanche, prêchant les bienfaits de la charité. Mais à quel dieu ou déesse te consacrerais-tu ?

— Bolitho, répondis-je.

Dieu des causes perdues.

Cela le fit rire à nouveau. Mais il me promit de s'assurer que les pilleurs d'épaves auraient un peu d'argent et qu'il ne leur serait fait aucun mal, puis il s'appuya contre moi.

— Reviens me voir bientôt, Daveth.

— Tu n'as pas besoin de moi. Tous les garçons et toutes les filles dont tu pourrais avoir envie sont déjà désireux de partager ton lit.

— Mais peut-être que, parfois, je préférerais un homme. Un homme qui sache bien m'utiliser.

Il frotta son nez contre mon cou.

Je reculai et saisis la poignée de la porte.

— Merci. Pour…

Je haussai les épaules.

— … m'avoir aidé aujourd'hui.

— C'est toujours un plaisir de faire ce que je peux pour toi.

Et Myghal sourit.

VI

La Pinson agita sa main vers moi.

— Tu es *sûr* de ne pas aimer les femmes, Daveth ?

Elle baissa les yeux vers son imposante poitrine, clairement déconcertée qu'on puisse y résister.

— Je sais que les hommes sont agréables, mais les femmes aussi. Nous sommes douces.

Je ricanai.

— Pas toi, ma belle. Tu es plus dure que de l'acier.

— Oh, toi. Toujours aussi charmeur. Encore un peu de thé ?

Je jetai un coup d'œil vers l'extérieur pour évaluer l'heure. Une heure avant midi.

— Oui. S'il te plaît.

Les Pinsons étaient des… artistes, je suppose. Un peu comme Jory Pearce, ce qui était la raison pour laquelle je pensais qu'elles pourraient être utiles. Elles étaient plusieurs dizaines, réunies dans une guilde presque aussi vieille que la ville, ou du moins le disaient-elles. Elles possédaient plusieurs petites boutiques aux abords des quartiers Bas et d'Argent, offrant des rafraîchissements légers et – dans une chambre privée à l'étage – une expérience à mi-chemin entre le massage et la magie. J'avais entendu dire que c'était meilleur que le sexe. Plus reposant et néanmoins revigorant. Et ceux qui s'abstenaient de sexe pour diverses raisons personnelles ou religieuses étaient les bienvenus chez les Pinsons.

Je n'avais jamais été tenté. Peut-être l'aurais-je été si certaines d'entre elles avaient été des hommes. Mais de temps en temps, lorsque j'avais quelques briquets supplémentaires, je m'arrêtais pour boire du thé et grignoter des noisettes épicées. Et pour écouter, puisque les Pinsons étaient une excellente source de rumeurs. Surtout un matin calme comme aujourd'hui, quand cette Pinson n'avait rien de mieux à faire que de flirter avec moi. Aucune d'elles n'utilisait son propre nom – elles étaient juste les Pinsons – et elles communiquaient entre elles d'une manière magique et mystérieuse. Alors si l'une savait quelque chose, rapidement, les autres aussi.

La Pinson se dirigea vers une bouilloire sur le feu et versa l'eau chaude dans un pot. Elle attendit quelques minutes, fredonnant toute seule, avant de remplir ma tasse et de revenir à la table.

— J'aime ta nouvelle cape, dit-elle.

Elle tapota l'ancienne posée sur la table, où elle était enveloppée autour de mes anciens vêtements, récupérés seulement ce matin.

— Tu as gagné un peu d'argent ?

— Emploi temporaire.

Je me brûlai la langue en sirotant le thé.

— Est-ce que tu connais un certain Jory Pearce ? demandai-je

Elle se tut un instant, soit parce qu'elle consultait ses propres souvenirs soit parce qu'elle feuilletait ceux qu'elle partageait avec ses sœurs.

— Oui, répondit-elle enfin. Mais ce n'est certainement pas *lui* qui t'a embauché.

— Non. Il... eh bien, je n'ai pas la liberté d'en parler. Mais si tu pouvais me dire quelque chose sur son passé ou son caractère, ça m'aiderait.

— Nous ne savons pas grand-chose. Quelques-unes d'entre nous l'ont vu jouer. Il est charmant.

Je notifiai mon accord d'un hochement de tête.

La Pinson grignota le gâteau dans son assiette.

— Il ne vient ni du Quartier Bas ni du Quartier d'Argent, mais personne ne sait d'*où* il vient. Il est apparu il y a plusieurs années avec cette voix, et il chante pour de l'argent depuis lors.

— Il ne fait que chanter ? demandai-je.

Elle m'offrit le genre de sourire indulgent qu'une mère accorderait à son enfant lent d'esprit.

— Bien sûr que non, mon cœur. Mais le chant est important. Il y a des centaines de putains en ville, pourtant seule une poignée sait chanter aussi bien que lui.

Je n'ai aucun préjugé contre les hommes ou les femmes qui vendent leur corps. Après tout, ma mère l'avait fait et probablement sa mère avant elle. J'avais moi-même payé occasionnellement les services de prostitués quand ma bourse était pleine et mes bras esseulés. Si Pearce augmentait son revenu de cette façon, je ne l'en blâmais pas. Mais ce n'était pas ce que j'avais à l'esprit en posant ma dernière question. Je secouai la tête.

— Est-ce un voleur ?

Ses sourcils se soulevèrent vivement, comme les ailes de son homonyme.

49

— Un voleur ? Jory Pearce ? Nous n'avons jamais rien entendu de tel.

Cela ne signifiait pas pour autant que ce n'était pas vrai.

— Comment dépense-t-il son argent ?

— Il boit beaucoup, mais après tout, toi aussi. Tout comme la moitié des gens du Bas.

Elle tendit le bras pour me serrer brièvement la main.

— Les gens trouvent des moyens d'engourdir le chagrin.

Je n'éprouvais aucun chagrin, mais n'insistai pas sur le sujet.

— Aucun autre excès ?

— Pas connu de nous.

Eh bien, peut-être qu'autre chose que de la simple avidité l'avait conduit à voler la bague. Une impulsion. Un moyen de se venger d'un homme qui lui avait fait du tort d'une manière ou d'une autre. Ou peut-être Pearce s'était-il récemment retrouvé endetté.

— Parie-t-il ?

— Pas dans une des maisons du Bas. S'il parie ailleurs, c'est dans un endroit calme que nous ignorons.

Que je sois damné. Mon jugement envers Pearce était trop vague. Je ferais mieux d'aller voir Lord Uren et de refuser le travail, lui rendre ses couronnes et promettre de lui rendre celle que j'avais déjà dépensée. Mais je ne pouvais m'y résoudre – et pas uniquement parce que j'avais besoin d'argent.

La Pinson n'avait rien d'autre à m'offrir sur Pearce, alors, pendant que je terminais mon thé, nous discutâmes du temps et du prix du pain, nous échangeâmes des histoires sur des fantômes que nous avions vus, nous fîmes des suppositions sur les raisons qui avaient poussé le prince héritier à se couper du monde dernièrement, et nous eûmes enfin une dispute amicale sur quel vendeur ambulant voisin vendait les tourtes à la viande les plus goûteuses. Puis je lui donnai deux briquets et la remerciai pour le thé et la compagnie.

— Bonne chance, dit-elle en me raccompagnant à la porte.

Je soupçonnai qu'elle appuya intentionnellement sa poitrine contre mon bras. Je fis semblant de ne pas remarquer.

Je n'avais que quelques pas à faire jusqu'à la Place des Cinq Sorcières, à présent bondée de gens qui profitaient de leur repas de mi-journée ou qui prenaient une brève pause durant leur travail. En de rares occasions, quand le soleil gagnait sa bataille avec le brouillard de la ville et réchauffait réellement l'air, des petits enfants se baignaient dans la fontaine, mais aujourd'hui, personne n'était d'humeur à se mouiller.

La fontaine elle-même était une monstruosité, un mémorial en l'honneur d'un général mort depuis longtemps qui avait été représenté chevauchant une bête – supposément un dragon, mais qui ressemblait davantage à un poisson malade. Le général aussi semblait laid, mais peut-être ressemblait-il vraiment à cela dans la vie.

Je m'appuyai contre un mur voisin, regardant les passants. Les cloches sonnèrent midi. Et là, alors que le carillon se répercutait encore contre les pavés, j'entendis un léger pas familier, tendis la main derrière moi et, pour la deuxième fois aujourd'hui, attrapai un poignet maigre.

— Tu as besoin d'améliorer ta technique ou les gardes vont réclamer ta main, dis-je à la fillette en me retournant vers elle.

Elle sourit, révélant plusieurs dents manquantes.

— Ils m'attraperont jamais.

C'est ce qu'ils disaient tous, jusqu'à ce qu'ils se fassent attraper. J'ai entendu les hurlements quand les lames séparent leurs mains de leurs bras. Parfois, je les entends *encore* en rêve. Mais faire la leçon à cette gamine était futile et, de toute manière, ses alternatives au vol seraient encore plus sombres.

— Tu as des renseignements pour moi ? demandai-je.

— Dix briquets.

Elle s'enfuirait dès que je les lui donnerais.

— Tu sais quoi, on va prendre quelque chose à la boutique de gâteaux. Tu parleras en mangeant, et si je suis satisfait, *alors* tu auras l'argent.

Après une brève réflexion, elle hocha la tête.

La vitrine de la boutique de gâteaux aurait tenté n'importe qui, et aux yeux d'une enfant à moitié affamée, c'était comme un bout de paradis. Elle passa une éternité à observer par la vitre, soupesant ses possibilités, et je ne lui refusai pas la joie d'envisager ses options ni n'essayai de la presser. Finalement, elle choisit une immense friandise recouverte d'un épais glaçage blanc surmonté de violettes confites. Durant le processus, je réalisai que je commençais moi aussi à avoir faim, mais j'optai pour une petite bûche plus discrète remplie de graines de pavot.

Même si l'homme derrière le comptoir fut heureux d'accepter mon paiement, il fronça les sourcils quand il lui sembla que nous allions nous asseoir à une table à l'intérieur de sa boutique. Nous emportâmes alors nous douceurs jusqu'à la fontaine et nous perchâmes au bord pour manger.

51

— Je parie que la reine elle-même ne mange rien d'aussi merveilleux, se vanta ma gamine, la bouche pleine.

Du glaçage s'étalait sur ses joues, et sa langue était blanche.

— Ce sont de bons gâteaux, dis-je.

Elle renifla devant mon manque d'enthousiasme et balança ses jambes, envoyant un pigeon voler au loin.

— C'est le meilleur gâteau du monde. Quand je serai grande, j'en mangerai tous les jours.

— Ça me semble cher.

— J'épouserai quelqu'un de riche.

Même les Baseux s'accrochaient à des rêves quand ils étaient enfants. Mais en fin de compte, nous grandissions, bien que les Baseux le fassent bien plus tôt que les enfants des autres quartiers.

J'avalai le dernier morceau de mon gâteau – assez goûteux, en réalité – et ôtai les miettes de mes mains.

— Jory Pearce ? rappelai-je.

— C'est un chanteur.

— Je le savais déjà.

— Tout le monde le trouve maa-gnii-fii-que. Mais il aime que les garçons. C'est stupide. Les garçons sont stupides.

— Fréquemment, oui.

Elle enfourna une autre bouchée.

— Il chante aux *Deux Chats Gris*, mais parfois les gens riches l'embauchent pour des fêtes. Il boit au *Deuxième Enfer*.

Elle grimaça.

— Le propriétaire est méchant là-bas. S'il te surprend dans le coin, il t'attrape par l'oreille et te chasse.

Je connaissais des tenanciers identiques quand j'étais enfant.

— Quoi d'autre ?

— Une fois, mon ami Tomi avait vraiment faim et froid, et il dit que Jory Pearce l'a vu pleurer et lui a donné du pain et l'une de ces jolies choses qu'il porte. C'était rose. Tomi ne l'a plus, mais il a dit que c'était très joli.

Elle soupira avec mélancolie.

Bon, peut-être avait-il bon cœur. Mais cela ne signifiait pas qu'il n'était pas un voleur.

— Autre chose ?

— Personne ne le voit nulle part excepté au *Deuxième Enfer* et au *Deux Chats Gris*.

— Qui sont ses amis ?

— J'en sais rien.

Et cela, semblait-il, était la fin de ce qu'elle savait. Cela n'aidait pas particulièrement. Mais après qu'elle eut léché ses doigts pour ôter toute trace de gâteau et de glaçage – et beaucoup de crasse –, je lui donnai consciencieusement dix briquets. Elle les cacha aussi vite que n'importe quel bon Baseux. Puis, parce que j'en avais déjà assez de transporter mes vieux vêtements et parce que j'étais un grand idiot, je lui tendis le paquet.

— C'est quoi ? demanda-t-elle de ton soupçonneux.

— Des vêtements. Trop grands pour toi. Mais tu trouveras un moyen de les faire t'aller. Ou de les vendre. Ils valent plusieurs pièces.

Elle serra le paquet contre son torse et ressembla, pendant un bref instant, à une petite fille au lieu d'un garnement calculateur.

— Si t'as besoin de savoir d'autres choses, t'as qu'à me demander. Je les découvrirai.

— Et comment est-ce que je te retrouve ? demandai-je en ricanant.

— Demande simplement autour de toi. Je suis Wenna.

Et elle disparut dans la foule.

J'aurais pu passer l'après-midi à essayer d'en apprendre davantage, mais mon instinct me dictait que poursuivre serait inutile. Je pouvais demander à la moitié de la ville et ne pas savoir si Pearce avait pris cette fichue bague. Il était temps de retourner voir le sujet de l'accusation.

VII

Pour être honnête, je m'attendais grandement à aller à l'appartement de Pearce pour constater qu'il avait disparu depuis longtemps. Mais quand je frappai à la porte, après avoir grimpé l'escalier étroit – pas plus lumineux à la lumière du jour –, il répondit.

Les vêtements d'aujourd'hui étaient discrets, pour lui : chausses noires et tunique unie ayant la couleur du sang séché. Il était pieds nus.

— Je vous attendais plus tôt, dit-il, attrapant mon bras et m'attirant dans l'entrée.

— Matinée chargée.

— Et qu'est-ce qui tient un homme comme vous occupé ? À part attraper d'horribles voleurs, évidemment ?

— Cadavres. Pickpockets. Gardes. Pinsons. Gâteaux.

Le riche rire de Pearce emplit la pièce.

— C'était une matinée mouvementée. Bon, comment envisagez-vous de passer votre après-midi ?

Je regardai autour de moi. Je m'étais attendu à ce que ce soit de mauvais goût à la lumière du jour, quand les tissus effilochés, les surfaces usées et les céramiques ébréchées seraient plus évidentes. Mais non. C'était encore un endroit accueillant, chaud et confortable comme mon appartement ne l'avait jamais été. Et les fleurs dans les vases étaient fraîches.

— Je vais passer mon après-midi à découvrir le fin mot d'une histoire de bague volée.

Pendant juste une seconde, il se décomposa. Puis il tenta un sourire fatigué.

— Vous êtes tenace, n'est-ce pas ?

— Comme un gobelin.

Je ne savais pas si c'était un défaut ou une force. Peut-être un peu des deux.

— C'est ce que je me disais.

— Est-ce pour ça que vous n'avez pas fui ?

Il me regarda directement.

— J'ai assez couru. Je n'ai plus nulle part où aller.

Ce devait être la chose la plus honnête qu'il m'ait dite jusqu'à présent, pensai-je.

Bougeant lentement, il s'assit sur un tabouret et sortit des bas noirs et des bottes noires simples bien usées. Puis il récupéra une cape grise et la noua autour de son cou.

— Il me tuera, vous savez.

Il le dit sans inflexion dans la voix, comme s'il commentait le temps qu'il faisait.

— Pas si vous êtes innocent.

— Allons ! Vous n'êtes pas dupe.

Je secouai la tête.

— Je ne suis pas innocemment fleur bleue. Mais je suis doué pour découvrir la vérité, en fin de compte. Je la découvrirai aujourd'hui, et si vous n'avez vraiment pas volé cette bague, je m'assurerai qu'il ne vous arrive rien.

Il me dévisagea.

— Pourquoi feriez-vous ça ? Si vous voulez me baiser, vous n'avez pas à aller jusque-là. Vous pouvez m'avoir autant que vous le voulez. J'aimerais ça.

Par toutes les déités ! Désir et haine de soi agitèrent mon estomac.

— Je suis sûr que vous agiriez comme si c'était le cas.

— Vous pensez qu'être dans votre lit est une tâche tellement atroce pour un homme ?

J'eus envie de chasser son sourire satisfait en l'embrassant.

— Ça ne compte pas. Ce n'est pas pour ça que je suis ici.

— Non, dit-il dans un soupir. Vous êtes ici pour faire votre devoir.

— Je n'ai aucun devoir envers personne. Je fais un travail. C'est tout. Venez.

J'attrapai son poignet plus rudement que nécessaire et l'entraînai vers la porte.

Il me suivit docilement, bien que lentement. Un homme marchant vers sa propre exécution. Merde. Même s'il avait volé la bague, peut-être pourrais-je convaincre Lord Uren de le punir de manière moins agressive. Une sanction qui préserverait l'honneur du lord et aussi le cou de Jory. Merde ! Le coup de *Pearce*.

Il s'arrêta un instant pour verrouiller sa porte, et je le laissai descendre les escaliers en premier.

J'ignorais comment aller jusqu'au palais de Lord Uren, bien que j'aurais pu le demander. Mais Pearce savait comment s'y rendre, et d'après ce que je pouvais en dire, il nous fit prendre une route quittant directement le Bas et traversant l'Argent. Nous ne prîmes pas la Route Royale jusqu'au Quartier Royal, mais, à la place, empruntâmes d'étroites ruelles retirées passant derrière les jardins des maisons les plus belles du Quartier d'Argent. Des pavés décrivant un motif élégant et bordés de fleurs orange et blanches indiquèrent notre entrée dans le Royal.

Le quartier affichait très peu de circulation à pied, surtout dans cette section calme. À chaque fois que la noblesse voyageait, elle préférait rester sur des routes plus larges, où elle pouvait être admirée dans ses plus beaux atours ou transportée dans des litières voilées. Quelques serviteurs nous regardèrent d'un air désapprobateur, mais Pearce les ignora ; je les regardai durement, et ils continuèrent leurs courses.

Après avoir délaissé un chemin particulièrement paisible avec un grand mur de chaque côté, je me rendis compte que quelqu'un nous suivait. Je ne regardai pas derrière nous pour voir de qui il s'agissait, mais les lourds bruits de pas – appartenant probablement à un homme – suivaient notre rythme quand nous ralentissions ou accélérions. Pearce marchait d'un pas traînant à mes côtés, le regard fixé sur ses pieds, ne semblant pas s'en apercevoir.

Puis les hauts murs et le chemin s'incurvèrent… et un homme brandissant un long couteau apparut devant nous, bloquant le passage. Pearce ne le vit pas immédiatement, mais quand il le fit, il s'arrêta pour me regarder, pris de panique.

— Vous m'avez piégé ! s'écria-t-il.

— Ce n'est pas moi, grondai-je.

Je le poussai durement contre le mur et me plaçai devant lui, mes mains à ma ceinture.

Notre poursuivant nous rattrapa. Il était clairement de mèche avec l'autre homme, et ils nous faisaient à présent face tous les deux avec leurs lames levées.

— Daveth, chuchota Pearce derrière moi d'une voix tendue.

— Ne bougez plus !

Il obéit en silence, ce qui était une bonne idée, parce que nos adversaires choisirent ce moment pour avancer vers nous.

Voici le secret quand on se bat : lutter comme si sa vie en dépendait. Stupidement évident. Pourtant, la plupart des gens, par peur ou incertitude, hésitent avant de s'engager. Si quelqu'un s'approche de vous avec une arme, supposez qu'il a l'intention de vous tuer et tuez-le en premier. Si vous lancez une attaque, vous feriez mieux d'aller jusqu'au bout.

Tandis que les hommes s'approchaient petit à petit, dagues levées de manière menaçante, je sortis les deux miennes. Plus petites que les leurs, mais bien faites et vicieusement tranchantes.

J'en lançai une et la lame toucha sa cible, s'enfonçant profondément dans le torse d'un des hommes. Il hoqueta et tomba, attrapant la poignée, mais j'avais confiance en ma visée. Il était déjà mort – il ne l'avait simplement pas encore réalisé.

La garde civile n'approuve pas le lancer de couteaux comme tactique de combat. C'est trop aléatoire pour les personnes peu compétentes, et si on rate son coup, on n'est plus armé. Mais je suis *très* compétent. Et j'ai l'avantage d'être tout aussi doué de l'autre main.

Le deuxième homme se précipita vers nous en hurlant, son mouvement trop proche et trop rapide pour que je puisse lancer. Bien que j'esquive son geste maladroit, il parvint à m'entamer l'épaule gauche. Je m'occuperais plus tard de la douleur. Je me rapprochai, enfonçai ma dague dans son torse et tirai violemment vers le haut. Il lâcha sa propre lame et s'accrocha à moi, mais faiblement. Je libérai ma dague de son corps et infligeai une autre entaille profonde, celle-ci en travers de sa gorge. Il tomba, gargouillant et essayant en vain de rattraper ses entrailles.

Je me retournai et vis Jory plaqué contre le mur, les bras écartés et la bouche ouverte. Son visage était devenu blanc. Et il avait un stylet dans la main.

— Vous les avez tués, dit-il.

— C'était mieux que l'autre option.

Nous n'avions pas beaucoup de temps. Je me penchai, récupérai ma première dague dans le torse de l'homme mort et essuyai les deux lames sur ma tunique. Je fouillai rapidement les cadavres et ne trouvai rien d'intéressant mis à part leurs bourses, que je plaçai dans mes vêtements.

Enfin, je me retournai vers Jory.

— Nous devons discuter, vous et moi. Venez.

Je lui saisis le bras et me mis à l'entraîner sur le chemin que nous avions emprunté.

— Mais… Uren ? protesta-t-il tandis que je le pressais.

— Pas maintenant.

Il soupira lourdement et se cala sur mon pas rapide.

J'avais envie de le ramener chez moi, mais cela nous aurait refait traverser le fleuve, et, à présent, je n'étais pas sûr que ce soit très prudent. Son appartement était bien plus proche, mais il était tout aussi potentiellement dangereux. À la place, je nous fis traverser les parties plus calmes du Quartier d'Argent pour retourner dans le Bas, puis dans une maison que je connaissais.

Son entrée était cachée dans une ruelle – sombre, même à cette heure de la journée – et aucun panneau n'annonçait son nom. Je doutais même qu'elle en ait un. Mais quand nous entrâmes dans le vestibule étroit et odorant, une femme rabougrie attendait sur un tabouret, la main tendue.

— Dix, croassa-t-elle.

Après lui avoir donné les pièces, elle m'offrit un disque en bois à la peinture verte écaillée. Jory sur mes talons, je longeai un couloir et ouvris une porte peinte en vert. La plupart des clients de cet établissement ne savaient pas lire, et beaucoup ne reconnaissaient pas les chiffres, aussi les couleurs étaient-elles plus efficaces pour identifier les chambres.

C'était une pièce minuscule, au plafond bas et sans fenêtres, et la lumière de la lanterne ne révélait qu'un matelas de paille recouvert d'une couverture sale et d'un petit lavabo avec un pichet et une vasque.

— Charmant, dit Jory.

Son visage avait repris des couleurs, mais son expression restait crispée.

— Est-ce ici que vous amenez les prostitués que vous embauchez ?

— Ça m'arrive, oui.

Je ne voulais pas les ramener à mon propre appartement, et cet endroit n'était pas cher.

— Donc, vous allez me baiser maintenant ?

— Je crois qu'on s'est déjà fait baisés tous les deux.

Je versai un peu d'eau dans la vasque et l'utilisai pour nettoyer le sang séché sur mes mains.

Alors que je finissais, Jory s'approcha derrière moi et hoqueta.

— Vous êtes blessé !

Merde. Je ne possédais cette cape que depuis un jour, et elle était déjà abîmée. Je l'enlevai et examinai la déchirure, puis tamponnai le tissu pour ôter le sang. Une couture minutieuse rendrait au tissu fin son état presque neuf.

Jory était aux petits soins pour mon bras.

— Retirez votre tunique pour que je voie mieux, ordonna-t-il.

Je levai les yeux au ciel mais obéis, sifflant sous les élancements de douleur. Il me tira pour me rapprocher d'une lanterne et inspecta la blessure. Ses mains étaient comme de la braise sur ma peau nue, pourtant la chaleur me fit frissonner.

Inquiet, il scruta mon visage.

— Vous allez bien ?

— Oui.

— C'est une longue coupure.

Je haussai les épaules. J'avais reçu pire durant les entraînements à l'épée quand j'étais garde. Mais je restai patiemment immobile pendant qu'il tamponnait la coupure avec un bout de tissu sorti de sous sa tunique et qu'il avait humidifié avec l'eau du pichet. Puis il récupéra une autre longueur de tissu et l'utilisa pour panser mon bras.

— Vous devriez voir un guérisseur.

— Je vais bien. Mon bras ne va pas tomber.

Mais je m'assis sur le matelas dur. Cela avait été une journée épuisante, et il n'était même pas encore l'heure du dîner.

Jory s'assit près de moi, ses jambes croisées avec grâce, et nous restâmes là en silence. Alors que j'essayais de démêler les événements récents, il interrompit le fil de mes pensées avec un soupir.

— Vous les avez tués.

— Oui.

— Vous auriez simplement pu leur remettre votre bourse.

— Ce n'étaient pas des voleurs.

— Mais…

Je levai la main.

— Je sais… les gens se font voler même dans le Quartier Royal. Mais pas souvent. Et les vêtements que portaient ces hommes ? Assez pauvres pour des voleurs, mais bien trop propres. Et avez-vous remarqué leurs bottes ?

Il secoua la tête.

— Encore meilleures que les miennes, dis-je, en soulevant légèrement mes pieds. De plus, leur peau et leurs dents étaient en bon état, et ils étaient bien nourris.

Trop bien nourris. Cela les avait ralentis.

— Je ne comprends pas.

— Aller chercher ma tunique.

Il maugréa, mais fit ce que je lui disais, puis la jeta sur mes genoux. Je sortis les bourses des hommes morts de la poche intérieure où je les avais cachées, puis les ouvris et en vidai le contenu sur le matelas.

Jory siffla et tapota la pile de pièces.

— Il y en a pour plus d'une couronne.

— Pensez-vous que des hommes ayant autant d'argent auraient tenté de nous voler ? Aucun de nous n'a l'air d'avoir grand-chose dans sa bourse.

— Et alors… ?

— Et alors ils essayaient – mal – de se faire passer pour des voleurs.

Je connaissais quelqu'un d'autre qui, très récemment, avait tout aussi mal essayé de paraître frappé de pauvreté.

— Mais c'étaient des assassins, continuai-je. Heureusement, ils n'étaient pas doués.

Il se mordit la lèvre.

— Lequel d'entre nous essayaient-ils d'assassiner ?

— Je n'en ai aucune idée. Mais je soupçonne qu'ils auraient été heureux de nous éliminer tous les deux.

Quand il fronça les sourcils, j'eus envie de tendre la main pour lisser son visage. Par tous les diables ! Pourquoi m'envoûtait-il autant ? Il était mignon, mais j'avais déjà vu plus mignon. Quand les assassins s'étaient trouvés face à nous, pourquoi mon instinct avait-il été de le protéger ? Je m'étais entièrement offert à sa lame, alors que, si j'analysais la situation avec logique, c'était lui le plus susceptible d'avoir envoyé les assassins sur moi.

Mais alors il y avait la question connexe. Quand il avait eu l'occasion de me poignarder – ou au moins de s'enfuir quand j'étais occupé de mon côté –, pourquoi était-il resté planté là, sachant que j'avais l'intention de l'amener à Lord Uren ?

Trop de questions. J'aurais dû me douter qu'il ne fallait pas s'impliquer avec la noblesse. Bon, au moins pourrais-je peut-être obtenir quelques réponses à présent.

— Dites-moi ce qui s'est passé entre Lord Uren et vous, ordonnai-je.

— Vous pensez que c'est *lui* qui a payé ces hommes pour nous tuer ?

— C'est possible.

— Pourquoi ?

— C'est exactement ce que j'essaie de comprendre.

60

Il décroisa les jambes et se dirigea vers la porte d'un pas raide. Je n'étais pas certain de le suivre s'il déguerpissait. Mais il se retourna, s'adossa à la porte et croisa les bras comme une enfant grognon.

— Je veux du vin.

— Et j'aimerais de la bière. Mais pas encore.

Jory regarda ses bottes, puis les poutres du plafond. Il observa les murs, le lavabo et ma cape abîmée suspendue à un crochet. Puis il arriva à court de choses à regarder et posa enfin ses yeux sur moi.

— Uren a des amis puissants. Il fait partie du Sous-Conseil.

Je connaissais un peu le Sous-Conseil, qui était constitué des plus petits membres de la noblesse. Durant ma courte fonction de garde, j'avais été en service lors de leurs réunions, qui étaient au mieux ennuyeuses. Des hommes et des femmes bien habillés se chamaillant entre eux et désirant éternellement les pouvoirs plus impressionnants accordés au Grand Conseil. Je préférais patrouiller dans les rues.

Quand je restai silencieux, Jory continua.

— Parfois, il me fait engager par l'un deux pour chanter. Les *Deux Chats Gris* ne payent pas assez pour que j'en vive, et divertir les gens aisés n'est pas la pire façon de gagner quelques pièces.

— Et en échange de ces dispositions qu'il prend pour vous… ? insistai-je.

Il releva le menton.

— Uren a le droit de me baiser.

— Donc vous êtes allé dans son palais plus d'une fois.

— Oui. Une dizaine de fois peut-être.

Jusqu'ici, l'histoire se tenait. Mais je ne voyais pas le rapport entre une bague soi-disant volée et deux assassins. J'ouvris la bouche pour poser une autre question, mais Jory en avait une pour moi.

— Vous n'êtes pas dégoûté ? demanda-t-il.

— Par quoi ?

J'étais sincèrement confus.

— Je viens d'avouer que je suis un prostitué.

— Vous l'aviez déjà avoué, lui rappelai-je. Et un homme pauvre et aussi beau que vous serait idiot de laisser passer l'occasion de se faire de l'argent ainsi.

— Vous le pensez vraiment ?

Ce n'était pas l'interrogatoire que j'avais en tête, mais je lui donnai quand même une réponse.

— Je viens d'une lignée de prostituées, et je n'en ai jamais eu honte. J'aurais moi-même fini par en être un si mes talents de combattant n'avaient pas surpassé mon physique.

Il incurva un coin de sa bouche.

— Vous êtes séduisant, Daveth. Mais aujourd'hui, je suis plus reconnaissant de votre maîtrise des dagues.

Il revint vers le matelas et s'assit gracieusement à côté de moi. Je pris inconfortablement conscience de ma semi-nudité, et malgré ma blessure récente, je dus combattre ma pulsion de me jeter sur lui.

Je me raclai la gorge.

— On dirait que Lord Uren et vous aviez un arrangement mutuel avantageux. Qu'est-ce qui l'a mis en colère ?

— Je l'ignore.

Il mentait. J'attendis, mon regard s'attardant sur son visage. Ce petit jeu commençait à me lasser, mais j'avais le sentiment que si je lui hurlais dessus, il ne ferait que s'endurcir. Alors, je pris mon temps, et il se mit enfin à gigoter.

— Peut-être… Il y a sorcier. Arthyen. C'est l'une des connaissances d'Uren. Sous ses conseils, Arthyen m'a engagé pour chanter aux fiançailles de sa sœur. Et une fois que les invités sont partis, il m'a mis dans son lit.

Jory haussa une épaule.

— Il ne m'a pas payé pour ça… j'avais envie de le faire. Il est agréable à regarder et il était doux avec moi.

Rien de mal à ça.

— Quel rapport avec Lord Uren ?

— S'il a découvert…

Il grimaça.

— Il pense que je lui appartiens. Il se moque que je chante pour d'autres hommes, et cela doit même lui être égal si quelqu'un paye pour me baiser. Mais s'il sait que j'ai couché avec un homme de son cercle social pour… pour *rien*, cela le fâcherait.

Assez pour le tuer ? Peut-être. J'avais vu plus d'une fois des gens assassinés par jalousie.

Pourtant, quelque chose dans le récit de Jory ne collait pas. Je n'étais pas exactement convaincu qu'il mentait, mais j'aurais parié qu'il ne m'avait pas dit toute la vérité. Je n'avais ni l'énergie ni la patience de lui arracher une totale honnêteté.

— Je dois parler à Arthyen, annonçai-je.

J'aurais probablement reçu un récit plus complet de Lord Uren, mais au vu de l'attaque de cet après-midi, il valait mieux l'éviter dorénavant.

— Je vais vous mener à lui, dit Jory.

— Non.

— Mais…

— J'ai d'autres soucis en tête pour l'instant sans avoir aussi à vous protéger. Vous allez rester dans un endroit sûr jusqu'à ce que je découvre ce qu'il se passe.

Et que je trouve comment nous sauver tous les deux.

Il hocha la tête, l'air résigné.

— Apportez-moi du vin et je resterai chez moi.

— Vous ne retournez pas là-bas.

À présent, il semblait abasourdi, et je fus brusquement tenté de le réconforter. Mais je serrai plutôt les mâchoires.

— Mon luth, chuchota-t-il.

Merde.

— Votre luth sera à l'abri pour l'instant. Lord Uren sait où vous vivez. Si c'est lui qui a envoyé ces tueurs, il pourrait se montrer plus direct la prochaine fois. Et engager des assassins plus compétents.

Mon bras avait commencé à me faire mal, tout comme ma tête.

— Je dois trouver un autre endroit où vous cacher.

Il s'illumina un peu en souriant faiblement.

— Comme si j'étais une bague volée ?

— Vous êtes un peu plus gros qu'une bague. Et plus… remarquable.

Jory Pearce grimpa sur mes genoux. Me chevaucha, en fait, s'agrippant à mes épaules et plaçant son visage face au mien.

— Tu me remarques, ronronna-t-il.

Par toutes les déités, oui. Je remarquais son poids, appuyant sur tous les bons endroits, et la chaleur de son contact. Je remarquais que malgré nos récentes aventures, il sentait le vent doux et les épices. Je remarquais que ses yeux avaient la couleur chaude du miel et que ses cheveux étaient comme tissés d'or, et cher dieu Bolitho, je remarquais son érection dure contre la mienne, nos chausses formant un léger obstacle entre nous.

Je le poussai par terre plus fort que nécessaire, et mon bras blessé protesta. Il sourit, et quand je me levai, il sauta sur ses pieds et se colla à nouveau contre moi. Puis il me vola un baiser – dur, brûlant et sauvage.

Je haletai quand il recula. Lui aussi.

— Je connais quelqu'un qui me cachera pendant un moment, dit-il. Mais tu devras la payer pour ce service.

VIII

Bien qu'il ne soit ni sage ni sûr de le faire, nous nous arrêtâmes d'abord dans une taverne. Elle était grande, sombre à l'intérieur et bondée de gens, alors au moins tout aspirant-assassin aurait du mal à nous trouver. Jory voulait du vin, ce qu'il n'y avait pas, et dut se contenter d'une bière. Il se plaignit, mais but pourtant trois autres pintes. Tout comme moi. Si un esprit clair et des mains fermes n'étaient pas indispensables pour l'instant, j'en aurais pris davantage.

Nous ne parlâmes pas beaucoup pendant que nous buvions, mais Jory resta plus près de moi que nécessaire, et je grognai contre tous les clients qui regardaient dans sa direction. Il était logique pour lui de s'attirer mes bonnes grâces et d'encourager ma protection, mais je ne comprenais absolument pas pourquoi je voulais autant le protéger.

Après la taverne, nous nous arrêtâmes à un étal de nourriture, où je nous achetai à chacun un bol de ragoût. Nous mangeâmes rapidement, et j'espérais que la foule nous masquait suffisamment à tous ceux qui seraient en train de nous chercher.

Puis Jory descendit vers le fleuve.

— Où allons-nous ? demandai-je.

— Au Quartier des Forgerons.

— Bien. Mais pas en passant par le Pont Royal.

Il me regarda de biais.

— C'est la route la plus directe.

— Et celle où j'ai le plus de chances d'être reconnu.

— D'accord.

À la place, nous prîmes le Pont du Basilic. D'après la légende, un basilic avait autrefois quitté la mer, remonté le fleuve Tangye et arpenté la ville, tuant des gens en chemin, grandissant avec chaque mort. Mais une femme nommée Hedrek avait affronté et tué le monstre : le basilic s'était alors transformé en pierre et Hedrek l'avait jeté par-dessus le fleuve afin que les gens l'utilisent comme pont. C'était une histoire stupide, bien que le pont soit ancien et que, si on plissait correctement les yeux, il ressemble effectivement à une créature ophidienne.

65

Tandis que nous traversions, Jory baissa les yeux vers l'eau.

— J'aimais nager quand j'étais petit.

— Dans le Tangye ? demandai-je incrédule.

Aucun être sain d'esprit n'entrait dans ces eaux. Sauf les pilleurs d'épaves, évidemment, mais c'était ainsi qu'ils survivaient.

Il soupira.

— Non. Ailleurs.

J'aurais pu l'interroger sur son passé, mais cela semblait n'avoir aucun rapport avec l'affaire en cours. Et je n'aurais pas su si je devais croire ce qu'il me disait. Au lieu de cela, je pointai mon doigt en aval, où nous pouvions voir les pilleurs d'épaves travailler sous le Pont Royal.

— J'ai commencé ma matinée là-bas.

— *Vous* êtes allé nager ? demanda-t-il, gloussant.

— Non. J'ai regardé un cadavre.

— Pourquoi ?

J'expliquai comment et pourquoi je payais les pilleurs d'épaves.

— Vous avez vu beaucoup de morts aujourd'hui, dit Jory.

— Certains jours, il y a beaucoup de morts à voir.

Nous avions alors atteint la rive opposée, une partie du Bas où des cahutes pitoyables s'amassaient les unes contre les autres et où l'odeur de merde et d'abats était suffisante pour piquer les yeux. Les habitants nous dévisagèrent lorsque nous passâmes, adultes et enfants aussi maigres et aux yeux aussi morts que des spectres fluviaux, mais aucun d'eux ne nous ennuya. Ils me connaissaient – et s'ils ne me respectaient pas, ils craignaient au moins mes couteaux.

— Est-ce que votre famille est encore dans le Bas ? demanda Jory.

— Je n'ai pas de famille.

Il serra les mâchoires et hocha la tête.

Finalement, le voisinage s'améliora suffisamment pour accueillir des commerces. Principalement des tavernes crasseuses et quelques maisons closes, mais aussi un petit nombre de boutiques. Quand nous arrivâmes à un endroit minuscule présentant des articles ménagers bon marché, Jory s'arrêta.

— Entrons là-dedans.

— Pourquoi ?

— Aiguille et fil. Pour votre tunique et votre cape. Et probablement pour votre bras, puisque vous êtes trop têtu pour voir un guérisseur.

Je supposai que nous pouvions faire un arrêt rapide. Le vendeur nous regarda d'un air méfiant, mais alla chercher les articles demandés par Jory. Pas uniquement une aiguille et du fil, mais aussi une bande de mousseline blanche unie, un paquet de savon en poudre et un autre d'herbes cicatrisantes. Je payai ; Jory transporta.

Nous traversâmes le Bas en prenant des chemins détournés – mon choix, au cas où quelqu'un ferait attention. Je ne voulais pas que notre route soit évidente. Arriver à notre destination fut un long procédé, et mon rythme ralentit en chemin. Surtout quand nous commençâmes à grimper le Mont Sevi.

Tandis que nous passions devant un groupe de personnes occupant la rue à jouer aux dés, Jory me surprit en me prenant par le bras.

— À quand remonte votre dernière fois hors de la ville ? demanda-t-il un ton léger.

— Jamais.

Ce n'était pas tout à fait vrai. De temps à autre, je m'aventurais au-delà de la Porte Est jusqu'à Port Lune, qui ne faisait pas partie de la ville de Tangye à proprement parler. Port Lune avait ses propres maire, conseil et garde civile, même si tout le monde opérait en proche coopération avec les nôtres. Il n'y avait pas beaucoup de centres d'intérêts là-bas à moins d'être féru de pêche, de bateaux de pêche, de pêcheurs et d'articles de pêche.

— Jamais ? répéta Jory, visiblement un peu choqué.

— Pourquoi le ferais-je ? Il n'y a rien là-bas.

Ce qui n'était également pas tout à fait vrai. Des terres arables entouraient la ville de tous côtés sauf à l'est. Au-delà des fermes du nord se trouvait la Forêt des Fous – de laquelle personne n'était jamais revenu – et au sud et à l'ouest, des montagnes abruptes. D'autres royaumes existaient par-delà les montagnes, mais y voyager étaient rare. Quant à l'est, certaines personnes croyaient que les bateaux basculeraient par-dessus le bord du monde à cinq jours de voile de Tangye. J'ignorais si c'était précis, mais nos bateaux de pêche se cramponnaient à la terre, et les quelques âmes imprudentes qui décidaient de s'aventurer plus loin n'étaient plus jamais vues.

Mais Jory secoua la tête.

— On peut échapper au brouillard et à la misère si on va assez loin. Il y a des endroits où le ciel est si bleu qu'on peut l'entendre chanter, et il y a des bassins et des petits cours d'eau avec de l'eau aussi claire que du verre. On peut respirer dans ces endroits, Daveth. Les gens sourient quand ils croisent quelqu'un d'autre.

Il s'interrompit, puis durcit sa voix et plaqua un sourire fragile sur ses lèvres.

— Ces endroits ont du bon vin.

Nous entrâmes discrètement dans le Quartier des Forgerons, ne recevant rien d'autre que des coups d'œil furtifs de gens qui remarquaient la beauté de Jory. Ce coin particulier abritait des charpentiers. Des marteaux cognaient contre des clous, des scies résonnaient et l'air sentait agréablement le bois coupé. À quelques rues de là, nous passâmes devant des marchands de tissus et des tailleurs. Les multiples couleurs me donnèrent presque mal à la tête.

Je respirai le cuir lorsque nous passâmes devant les cordonniers.

Jory me remarqua jeter un coup d'œil envieux à une haute paire de bottes marron clair.

— Lassé du noir ? demanda-t-il avec un rire.

— Non. Les miennes sont bien.

— Les vôtres sont très bien. Vous avez le goût des bonnes chaussures.

Rien ne rendait une journée plus misérable que des pieds pauvrement chaussés – ou pas chaussés du tout. Enfant, j'en avais rarement eu, et j'avais toujours eu froid aux pieds.

Je ne fus pas vraiment surpris quand Jory me conduisit dans un quartier où hommes et femmes se prélassaient hors d'immenses bâtiments propres, souriant avec espoir à ceux qui passaient. Quelques tavernes et restaurants parsemaient l'endroit, mais la chair était l'objet principal en vente. Nous approchâmes d'une maison étroite de cinq étages, avec une enseigne jaune suspendue à la pierre grise propre au-dessus de la porte. Je me demandai ce que disait l'enseigne, mais ne posai pas la question.

L'intérieur sentait le parfum, assez fort pour me donner presque la nausée. Plusieurs jolis garçons délicats ayant dépassé de peu l'adolescence se prélassaient sur un mobilier capitonné. La plupart d'entre eux ne portaient que des bouts de tissus diaphanes, et ils me regardèrent avec un intérêt modéré tout en fumant leurs apaiseurs.

Puis une femme émaciée habillée tout en vert apparut de nulle part.

— Jory, dit-elle sans expression ni inflexion.

Jory hocha la tête dans sa direction.

— Bonsoir, Branok.

Certaines personnes vivent dans des corps qui ne correspondent pas à leur genre. Si on leur demande, des sorciers peuvent faire correspondre l'extérieur avec l'homme ou la femme à l'intérieur, mais la magie est difficile et très chère. Seuls les plus riches peuvent se le payer. Les autres acceptent leur corps à divers degrés de confort et de bonheur. J'avais le sentiment que Branok n'était pas du tout satisfaite du corps masculin dans lequel elle était coincée.

Jory et Branok se dévisagèrent tandis que les garçons et moi les regardions. Enfin, Jory lui adressa un petit sourire.

— Mon ami et moi avons besoin d'un endroit où rester pour un jour ou deux.

— Ce n'est pas une auberge.

— Nous avons besoin d'un endroit plus discret.

Elle porta son attention sur moi, un examen plus calculateur qu'amical. Je me demandais ce qu'elle voyait. Un homme maigre et dur avec une déchirure sur sa belle cape ?

— Vingt briquets par nuit, dit-elle enfin.

Jory parla avant que je puisse protester.

— Quinze, et nous aurons accès au bain. Nous serons silencieux. Tu peux même nous donner cette horrible chambre dans le grenier.

Après une brève pause, elle hocha rapidement la tête.

Je lui donnai trente briquets, espérant que cette affaire serait terminée dans moins de deux nuits.

Jory prit ma main et m'entraîna dans un couloir jusqu'à une chambre à l'arrière de la maison. La pièce était petite, intime et chaude, avec un feu crépitant dans une cheminée d'angle. Deux bancs en pierre occupaient le centre de la pièce et, contre le mur du fond, un tuyau en métal était relié à un bassin en marbre aussi grand qu'un enfant en pleine croissance.

— Branok possède un bain chaud ? demandai-je, surpris.

Habituellement, seuls les plus riches pouvaient se payer cette magie.

— Elle aime que ses garçons soient propres, et le bain est aussi un attrait pour les clients. Elle a donné à un magicien un accès gratuit à vie aux garçons en échange de la magie. L'homme est mort moins de deux ans plus tard, alors Branok s'est retrouvée avec une bonne affaire.

Il tourna un robinet, faisant couler un filet d'eau dans le bassin. L'eau provenait probablement d'un système de bassin versant sur le toit, où la pluie était collectée et emmagasinée. Le magicien l'avait enchanté pour que l'eau chauffe le temps qu'elle s'écoule dans le tuyau jusqu'au bassin.

Jory agita impérieusement la main vers moi.

— Déshabillez-vous.

Cela faisait des années que je n'avais plus eu accès à un bain chaud, et il n'eut pas à me le dire deux fois. Je quittai rapidement mes vêtements, faisant semblant de ne pas remarquer la façon dont il faisait traîner son regard sur moi.

Quand je fus nu, à l'exception du bandage sur mon bras, je posai mes mains sur mes hanches et le fusillai du regard.

— Vous préférez observer que vous baigner ?

— Je crois que je peux faire les deux. Mais restez là. Je dois aller chercher quelques affaires.

Je lui attrapai le bras avant qu'il n'ouvre la porte.

— Ne fuyez pas.

Il caressa mon torse de sa main libre, son contact léger comme une plume.

— Je vous l'ai dit. J'en ai assez de fuir.

Puis il se libéra et partit.

Seul dans la petite pièce, j'examinai les mosaïques du carrelage sur le sol et les murs et regardai le bassin se remplir. Jory était parti depuis si longtemps que je faillis me rhabiller pour aller à sa recherche, mais il jaillit alors par la porte avec un sourire et les bras pleins.

— C'est quoi tout ça ?

— Des serviettes. Du vin. Des choses et d'autres.

Il posa son fardeau sur un banc avant de se déshabiller avec une grâce silencieuse et économe.

C'était à mon tour de l'observer. Chaque centimètre de son corps était aussi délectable que je l'avais imaginé. Une peau douce sur des muscles fermes. À peine quelques poils, presque invisibles à cause de leur pâleur. Des tétons roses et un sexe doux et lourd. Et par toutes les déités, les rondeurs de ses fesses ! Je me rendis compte que je me léchais les lèvres et me forçai à m'arrêter – mais pas avant que Jory ne le voie et en rie.

— Vous préférez observer que vous baignez ? me taquina-il, la hanche aguicheuse et tout sourire.

— Oui.

Il rit à nouveau, grave et sensuel.

— Vous me flattez.

— Ne faites pas semblant d'être inconscient de votre… splendeur.

70

— Vous me faites passer pour un collier de diamants. Ou l'une de ces statues du Quartier Royal.

— Les diamants sont froids et durs, et aucune de ces statues ne possède votre beauté.

À ma grande surprise, il rougit et baissa la tête.

Une seconde plus tard, il était de nouveau sérieux. Il étendit une serviette sur le banc vide et le montra du bout du doigt.

— Asseyez-vous.

Je m'exécutai, mais même si je tendis le cou, je n'arrivai pas à voir ce qu'il faisait avec un petit bol près du bassin. Apparemment satisfait qu'il soit enfin rempli, il ferma le robinet et s'assit près de moi.

— Je devrais être en train d'aller voir Arthyen, protestai-je tandis qu'il défaisait le bandage de mon bras.

— Tss. Votre peau est chaude. Vous couvez une infection. Et il commence à se faire tard. Vous voulez vraiment retourner jusqu'au Quartier d'Argent ce soir ?

Non, pas vraiment, surtout en ne sachant pas ce qui m'attendrait chez le sorcier. Je sifflai lorsque Jory étala un onguent à l'odeur amère sur ma blessure.

— Qu'est-ce que c'est ?

— Cire. Huile. Herbes. Branok le garde à portée de main parce que ses garçons ont toujours quelques blessures.

— À cause de leurs clients ? grognai-je.

— Pas si le garçon n'aime pas ça, non. Elle ne dirige pas ce genre de maison. Mais quand ils ne travaillent pas, ils boivent. Et ensuite, ils tombent ou s'entaillent le doigt quand ils essaient de couper un fruit.

Il haussa les épaules.

— Des choses comme ça.

— Où ils trébuchent quand ils prennent des goutterêves.

— Branok ne l'autorise pas.

— Vous en savez beaucoup sur la maison de Branok.

Il me regarda longuement, puis secoua la tête et enveloppa mon bras d'un bandage neuf.

— Nous allons boire ce vin, dit-il quand il eut terminé. Et nous laver. Et pendant ce temps, vous pourrez me poser ces questions qui vous brûlent les lèvres, et vous me direz des choses sur vous.

— Il n'y a rien à dire.

— Ça, c'est un mensonge éhonté. Attendez.

71

Je le regardai nous rapporter un généreux verre de vin. Bien que j'aie envie de le toucher, me contenter de l'observer était une expérience grisante. Je pourrais le faire pendant des années, me dis-je. C'était peut-être à ça que ressemblait un Rêve sous goutterêves.

Nous vidâmes rapidement nos verres, et il les remplit une fois de plus. Puis il plongea une vasque dans le bassin et le rapporta jusqu'au banc. Il y versa du savon en poudre, remua pour former une épaisse mousse savonneuse et humidifia une petite serviette. C'étaient des gestes qu'il avait déjà exécutés plusieurs fois, me dis-je.

Il s'assit à côté de moi et, prenant tendrement ma mâchoire dans une main, m'intima délicatement de me tourner vers lui. Il se mit à me laver le visage aussi lentement et délicatement qu'un parent le ferait avec un nourrisson.

— Je suis né dans le Quartier Royal, dit-il doucement. Ma famille est de toute petite noblesse, mais nous détenions malgré tout un titre. Nous vivions à dix minutes de marche du château. Mes parents aimaient recevoir. De grandes fêtes somptueuses où je pouvais me cacher dans un coin et écouter les musiciens. Une fois, le prince héritier y a participé – avant qu'il ne vive en reclus – et il m'a trouvé dans ma cachette. J'avais… onze ans ? Douze, peut-être. J'ai cru qu'il allait me gronder ou le dire à mes parents, mais au lieu de cela, il m'a rapporté un gâteau et un petit verre de vin. Il n'était pas beaucoup plus vieux que moi.

C'était une jolie histoire, mais probablement une invention. Bon, pas complètement. Je croyais qu'il était né parmi les sangs bleus. Cet endroit idyllique qu'il avait mentionné dans la campagne était probablement un palais d'été de sa famille. En tout cas, mes yeux étaient fermés et ma peau picotait tandis qu'il me lavait, et pour l'instant, je me fichais de la vérité.

Je gardai les yeux fermés quand Jory finit avec mon visage et descendit vers mes bras. Il continua alors son histoire.

— Quelques années plus tard, je suis tombé amoureux d'un garçon totalement inapproprié.

— Un serviteur ?

— Un Baseux. Sa famille possédait une taverne où mes amis et moi aimions aller quand nous nous sentions audacieux. Lui et moi volions un peu de temps ensemble, parlant de nous enfuir et de mener une vie paisible dans un de ces petits hameaux agricoles. Je ne sais pas comment j'envisageais notre survie, à lui et moi. Les jeunes sont idiots.

Pas seulement les jeunes, me dis-je alors qu'il passait un linge humide en lents cercles sur mon torse.

Jory interrompit son histoire suffisamment longtemps pour vider la vasque dans une canalisation au sol, la remplir à nouveau et ajouter plus de savon. Cette fois-ci, au lieu de s'asseoir, il se plaça derrière moi et me nettoya le dos.

— Mes parents l'ont découvert, reprit-il en soupirant. Ils m'ont ordonné de ne plus jamais le revoir. J'ai refusé. Je n'ai jamais été leur préféré de toute façon. Mère favorisait mon frère aîné, et l'une de mes sœurs était la préférée de Père. Ils m'ont renié, nom et fortune, puis m'ont banni avec rien d'autres que les vêtements sur mon dos.

Il racontait cela avec légèreté, mais j'entendais les échos d'un ancien chagrin. Je pouvais comprendre la douleur même si je n'avais jamais été riche, même si ma mère était morte au lieu de m'avoir mis dehors. L'un comme l'autre, nous avions été jeunes et seuls.

— Votre amant ? demandai-je, même si je soupçonnais connaître la suite.

— Il s'est avéré qu'il était bien moins épris de moi, une fois pauvre.

Il me tapota légèrement le dos.

— Levez-vous.

Je m'exécutai, et il continua à parler pendant que ses mains talentueuses me rinçaient les fesses – mes genoux en tremblèrent presque – et l'arrière de mes cuisses.

— Je n'avais nulle part où aller. Mes amis ne voulaient rien avoir à faire avec moi. Et je n'avais que deux choses de valeur : ma voix et mon apparence. J'ai fini ici chez Branok. Je me disais que je chanterais uniquement pour les clients pendant qu'ils boiraient dans le salon, rien de plus, mais bien sûr, j'ai gagné bien plus en presque une seule fois. Cela paye bien mieux.

Je tendis le cou pour le regarder par-dessus mon épaule.

— Il n'y a aucune honte à ça. Nous faisons ce que nous pouvons pour survivre.

— Vous êtes-vous *déjà* vendu ?

— Pas de cette façon, non. Je n'en ai jamais eu le physique.

Mais je me vendais d'autres manières, n'est-ce pas ?

Jory me fit asseoir sur le banc. Après avoir rempli une nouvelle fois la vasque, il fit le tour pour venir s'accroupir en face de moi, et c'était presque plus que je ne pouvais le supporter. Même avec mes yeux fermés étroitement, mon sexe devint rigide sur ma cuisse. Cependant, le contact de Jory restait froid, me manipulant comme si me nettoyer était sa seule inquiétude – excepté pour la petite caresse supplémentaire qui me rendit presque fou.

Quand il s'arrêta, j'ouvris les yeux. Il était agenouillé entre mes cuisses écartées, aussi raide que moi, les yeux brillants.

— Je pourrais utiliser ma bouche, dit-il d'une voix rauque. Je suis très doué. Ou…

— Non.

— Êtes-vous un homme religieux prenant un mois d'abstinence ? demanda-t-il, d'un ton légèrement moqueur.

— Je ne sais pas qui vous êtes.

— Je vous l'ai dit. Le fils rejeté d'un noble, parfois prostitué et saltimbanque.

— Ce n'est pas toute la vérité.

— Est-ce important ?

— Oui, chuchotai-je.

Son regard pouvait me brûler, me réduire à rien d'autre que des cendres. Mais je ne détournai pas les yeux.

Il se releva et but les contenus de son verre de vin et du mien. Puis il les remplit à nouveau. Il posa la vasque sur mes genoux.

— À mon tour.

— Je ne vais pas être aussi doué.

— Vous le serez suffisamment.

Il prit ma place sur le banc. De l'eau déborda de la vasque quand je la rapportai, mais il en resta suffisamment pour ma tâche.

Imitant ses gestes précédents, je préparai de la mousse, saisis sa joue et commençai à laver son visage. Quelle peau douce ! S'il avait un jour laissé pousser sa barbe, il n'y en avait aucun signe aujourd'hui. Et en dehors du moment où je rapprochai la serviette tout près de ses yeux, ces derniers restèrent bien ouverts. Regardant mon visage.

— Avez-vous essayé de recontacter votre famille ? demandai-je. Peut-être, avec le temps, ont-ils changé d'avis.

— Ils n'ont pas changé d'avis. Ils doivent savoir au moins une partie de ce que j'ai fait, et ils n'approuvent pas.

— Vous êtes un très bon chanteur, fis-je remarquer.

— Peut-être. Mais quand je serai plus vieux et perdrai ma belle apparence, est-ce que quelqu'un écoutera encore ?

Moi je le ferais.

Je reportai mon attention sur ses bras secs.

— Et aucun d'eux ne vous reparle ? insistai-je.

— J'ai essayé. Il me reste encore un peu de fierté, vous savez. Le seul parent avec qui je communique depuis des années est un cousin éloigné.

J'arrêtai de nettoyer sa main pour le regarder.

— Lord Uren ?

— Vous êtes *vraiment* doué dans votre travail. Mais j'en ai assez de parler de moi, et je ne sais rien du tout de vous.

— Si. Je suis né dans une maison close du Bas. Une loin d'être aussi jolie que celle-ci.

— Et ?

— Et rien. Vous avez passé du temps dans le Bas. Vous savez comment y vivent les enfants.

Équipé d'une nouvelle vasque d'eau, je m'attaquai à son dos. J'avais envie de sucer sa nuque. J'avais envie de faire traîner mes dents le long de son épaule et de mordiller sa colonne vertébrale. J'avais envie de m'agenouiller derrière lui, de faire passer ma langue sur la courbe de ses fesses, jusqu'au creux entre…

Je m'écartai brusquement, m'éclaboussant.

— Qu'est-il arrivé à vos parents, Daveth ?

— Je n'ai jamais eu de père. Et ma mère a avalé bien trop de goutterêves.

— Quel âge aviez-vous ?

— Je l'ignore. Neuf ou dix ans.

C'était plus facile de discuter de ce sujet quand je ne pouvais pas voir son visage, aussi restai-je derrière lui, regardant ses muscles bouger au rythme de ses petits mouvements.

— Comment avez-vous survécu ?

— Comme j'ai pu. Je faisais des petits boulots comme faire des courses ou laver le sol des tavernes. Je trouvais de la nourriture abandonnée et dormais dans les ruelles. Je volais de temps en temps une pièce ou un fruit aux imprudents. Je me glissais dans les quartiers chics la nuit et ramassais les pièces que les gens avaient jetées dans les fontaines pour leur porter chance.

— Une vie difficile.

Je réfléchis un instant.

— Oui. Mais cela m'a rendu fort. J'ai appris à me battre parce qu'il le fallait – et en fin de compte, je suis devenu très bon.

— Je l'ai vu aujourd'hui.

Bien qu'il ne puisse pas me voir, je secouai la tête. Cela n'avait pas été grand-chose. Ces hommes n'avaient pas été entraînés pour tuer et n'étaient pas doués dans leur travail. J'aurais pu les battre à l'époque où j'étais encore un enfant.

Un instant plus tard, je contournai Jory et, tout comme il l'avait fait, m'agenouillai. J'étais certain de ne pas être aussi gracieux que lui, et mes genoux protestèrent immédiatement, mais je les ignorai et me concentrai plutôt sur l'adorable douceur ferme de ses testicules et sur son érection rigide. Je fus satisfait quand mes soins provoquèrent un halètement étranglé et quand il se retint de bouger le bassin à mon contact.

Puis il posa une main sur mon épaule, me repoussant presque.

— Comment êtes-vous passé de ce petit garçon désespéré à cet homme compétent ?

Compétent. Était-ce ce que j'étais ?

— J'ai rejoint la garde civile.

— La garde ! C'est fortement inhabituel pour un Baseux.

Il laissa sa main sur mon épaule, mais fit courir les doigts de son autre main dans mes cheveux, ce que je trouvais étrange, car j'avais eu envie de lui faire la même chose. Curieusement, cela semblait être notre contact le plus intime, même si je lui lavais tendrement les creux entre ses cuisses et son torse.

Il tira légèrement sur mes cheveux comme s'il essayait d'attirer mon attention.

— Pourquoi la garde ?

— Ça... Ils payaient bien. Mieux que n'importe quel autre travail honnête que j'aurais trouvé.

— Peut-être. Mais ce n'est pas pour ça que vous les avez rejoints.

Étais-je censé le lui dire ? Que j'avais été un idiot idéaliste ? Un simple d'esprit qui croyait que porter cet uniforme voyant m'aiderait à repousser par magie la misère de mes origines ? Je m'étais imaginé être une sorte de héros, prouvant au monde, à travers mes exploits courageux, que j'étais mieux que la crasse dont je m'étais sorti.

— Daveth ? insista Jory.

Je choisis une meilleure option que de lui répondre – je fis glisser ma bouche sur son gland.

Il poussa un bruit étranglé, et sa prise dans mes cheveux et sur mon épaule devint presque douloureuse, mais il arrêta de poser des questions. À la place, il écarta les genoux et inclina son bassin, se donnant à moi complètement.

Cela faisait très longtemps que je n'avais pas eu un autre homme en bouche, mais j'avais autrefois été relativement doué pour cet exercice et mon corps se rappela quoi faire. Je goûtai sa peau et sentis son épaisseur contre ma langue et mon palais, et je jouai avec les boucles douces et frisées à sa base.

J'oubliai l'inconfort de mes genoux contre le carrelage et la douleur insistante de mon propre entrejambe, me concentrant pour emplir mes sens de lui. Sa respiration erratique et ses doux gémissements formèrent un chœur aussi doux que tout ce que je lui avais entendu chanter, et cette vision de lui, yeux ouverts et lèvres mordues entre ses dents, était plus enivrante que n'importe quelle bière.

Il se répandit dans un blasphème à peine cohérent, et j'avalai jusqu'à ce qu'il ait fini, puis le léchai pour le nettoyer. Je me levai, et quand il tendit le bras vers moi, je m'éloignai.

— Je peux…

— Non, l'interrompis-je avec fermeté.

Je traversai la pièce pour récupérer mes vêtements, et il se déplaça rapidement derrière moi et m'attrapa par le bras.

— De quoi vous punissez-vous ? demanda-t-il.

— De rien.

Son soupir me chatouilla la nuque.

— Je paierai pour que l'un des garçons lave nos vêtements et répare les dégâts de la dague.

— Et me laisser nu pendant ce temps-là ?

Il me lâcha et alla chercher quelque chose dans une pile sur le banc. Cela s'avéra être un pantalon doux fait de coton fin. Il avait été taillé pour quelqu'un de plus petit que moi et possédant un plus gros ventre, mais un cordon me permit d'en serrer fermement la taille. Je devais être ridicule. Jory, bien sûr, était resplendissant dans *son* pantalon léger.

Il tira la bonde pour vider le bassin, puis, quand je crus qu'il avait épuisé sa magie, il sortit un peigne en bois.

— Vous me démêlez les cheveux ? demanda-t-il en me le tendant.

Il resta debout là, buvant la dernière goutte de vin, alors que j'avais enfin l'occasion de toucher ces boucles aux couleurs du soleil. Elles étaient aussi douces que je l'avais imaginé.

Laissant bouteilles, verres et serviettes pour que quelqu'un d'autre s'en occupe, il me tendit ma ceinture à couteaux, ma bourse et mes bottes, puis prit tout le reste entre ses bras. Je le suivis le long du couloir. Il eut une brève conversation avec un garçon pas très grand aux yeux noirs – je ne me donnai pas la peine d'écouter – et lui donna la majorité de nos affaires. Si le garçon fut surpris, il ne le montra pas.

Nous grimpâmes quatre longues volées de marches.

Après que Jory eut ouvert une porte au sommet, nous dûmes tous les deux nous courber pour entrer. Je m'attendais à de la saleté et de la poussière, à des insectes détalant, des crottes de rongeurs. Le confort d'un foyer. Mais la longue chambre étroite semblait relativement propre, si ce n'est qu'elle était meublée de manière rudimentaire. Elle ne contenait pas grand-chose en dehors d'une paillasse pour dormir et d'un pot de chambre. Les murs nus étaient blanchis à la chaux, le plafond pentu tout en poutres et planches en bois.

— Logement rustique, dis-je, pensant à son appartement lumineux.

— Je suis sûr que nous avons tous les deux dormi dans un endroit pire. J'aime cette pièce. Il y a une belle vue par la fenêtre.

Il agita la main, mais la nuit était tombée depuis longtemps et je ne me donnais pas la peine de regarder. Puis il sourit.

— Et vous voyez cette petite porte là-bas ? Elle mène à la maison voisine.

— Ça pourrait être pratique.

Souriant, il prit ma ceinture à couteaux et la suspendit à un crochet. Il plaça ma bourse dans mes bottes, qu'il posa près de la porte.

— Un autre bon point concernant cette chambre, c'est qu'il n'y a aucun bruit au-dessus de nos têtes.

— C'est là que vous viviez quand vous étiez ici ?

— Oui. Je crois qu'elle avait pour mission de me rendre humble. Les garçons plus expérimentés n'aimaient pas grimper tous ces escaliers. Mais moi, j'appréciais.

Il ricana doucement.

— Branok m'appelait son oiseau puisque j'aimais chanter et être dans les hauteurs.

Puis, comme si le sujet coulait de source, il me demanda :

78

— Pourquoi n'êtes-vous plus dans la garde ?

— Je n'y suis plus depuis des années.

— Cela ne répond pas à ma question.

J'envisageai de tomber à genoux pour le reprendre en bouche, mais je n'en avais pas l'énergie. Je me frottai la nuque, puis le bandage qui recouvrait mon bras. J'aurais aimé avoir bu plus de vin.

— J'étais en poste dans le Quartier d'Argent. C'était une affectation facile, puisqu'il s'agissait principalement d'arpenter les rues et d'essayer d'avoir l'air féroce. Cela donnait aux marchands l'impression d'être plus en sécurité. Puis l'un de ces marchands a dit qu'une dague très chère avait disparu dans sa boutique après que j'y sois entré.

Je haussai les épaules.

— Ils vendaient de très jolies lames. J'y entrais souvent pour les regarder quand j'avais quelques minutes de libre.

Jory garda ses distances, son visage difficile à déchiffrer dans la pièce faiblement éclairée.

— Et ?

— Et ma capitaine a trouvé la dague dans le coffre en bois que je gardais sous mon lit.

Il hocha la tête comme s'il l'avait su depuis le début.

— L'aviez-vous volé ?

— Quelle importance ? La dague était avec mes affaires et je suis un Baseux. Tout le monde sait comment nous sommes.

Je pouvais encore voir le mépris amer sur le visage de mes camarades gardes.

— J'ai eu de la chance. Ils auraient pu me pendre pour le vol, mais mon sergent a intercédé en ma faveur et j'ai simplement été renvoyé.

Myghal avait été le seul à émettre la possibilité que je sois innocent, mais je n'étais pas certain que lui-même le croyait. Cependant, il m'avait sauvé la vie, ce pour quoi je lui étais reconnaissant.

— Venez vous coucher, Daveth.

J'obéis docilement, soupirant en m'étendant sur la paillasse. Jory se coucha tout près et tira une couverture au-dessus de nous. Les draps sentaient la lavande et la rue des jardins. Il tendit le bras sur le côté et éteignit la lanterne, laissant l'obscurité nous recouvrir.

Puis il se pelotonna contre moi et me réarrangea comme une poupée jusqu'à ce que ma tête repose sur son épaule. Il me caressa le dos. Pas comme une étreinte amoureuse, mais comme un geste de réconfort. Je me laissai faire, juste quelques minutes. Je me montrais avide, mais c'était un luxe dans une vie qui en contenait si peu.

Jory m'embrassa le sommet de la tête. Absurde.

— Vous n'avez pas volé cette dague.

— Ils l'ont trouvée dans mes affaires.

— Ce n'est pas parce qu'un homme possède une chose qu'il n'est pas censé avoir que cela signifie qu'il l'a volée.

Sa main douce et son corps chaud me poussaient à m'endormir, et je ne répondis pas à sa déclaration.

— Qui vous a piégé ? demanda-t-il. Et pourquoi ? Uniquement parce que vous venez du Bas ?

Je marmonnai une réponse.

— Parce que je suis un idiot.

— Vous ne me semblez pas du tout idiot.

— Certains gardes de notre compagnie faisaient payer une taxe à certains Baseux pour qu'ils puissent traverser d'autres quartiers afin de trouver du travail. Si les Baseux ne leur donnaient pas leurs quelques briquets, les gardes les battaient. S'ils n'avaient pas d'argent, les gardes se servaient en nature.

Les gardes réservaient cette option finale pour les plus jeunes, bien sûr, ceux qui avaient un beau visage. Certains d'entre eux étaient à peine plus que des enfants.

La question suivante de Jory sortit dans un soupir.

— Et ?

— Et je ne le faisais pas. J'ai essayé d'en parler à mon sergent, à ma capitaine.

Myghal m'avait dit d'ignorer la chose – cela arrivait tout le temps, disait-il.

— Mais ma capitaine a refusé d'écouter toute l'histoire.

Je m'attendais à d'autres questions. Au lieu de cela, Jory commença à chanter. Et c'était une fichue *berceuse*. De sa main, il continua ses mouvements apaisants, et il garda sa voix à peine au-dessus d'un murmure, chantant une forêt paisible où des vagabonds chanceux perdaient tous leurs problèmes.

Je n'ai jamais pleuré. Pas quand j'étais petit et que mon ventre était vide. Pas quand j'avais retrouvé ma mère froide et raide par terre. Mais dans les bras de Jory, je m'endormis les yeux humides et sa musique dansant dans ma tête.

IX

Jory me réveilla avec d'autres chants – quelque chose de plus vif qu'une berceuse – et avec un plateau contenant le petit déjeuner et du thé chaud. Je me redressai et me frottai les yeux.

— J'aurais pu aller chercher mon propre repas. Vous n'aviez pas besoin de me le rapporter.

— Oh, mais remonter jusqu'ici en tenant des choses en équilibres m'évoque tellement de souvenirs ! dit-il avec un sourire.

Il posa le plateau par terre près de la paillasse, puis s'assit près de moi. Il servit le thé, qui me brûla la langue.

— Vous êtes un homme intéressant, reprit-il tandis que je mordais dans du pain fourré de viande épicée.

Goûteux et satisfaisant.

— Pas du tout.

— L'une des personnes les plus intéressantes que j'aie rencontrées. J'ai l'impression que je pourrais passer toute une vie à retirer vos couches, à en apprendre plus sur vous.

Cela me fit ricaner.

— Je n'ai pas de couches.

Je n'avais aucune éducation ni aucune pensée profonde. Je connaissais très peu de choses exceptés les côtés les plus sombres de Tangye. Je n'avais aucun passe-temps ni intérêt particulier, aucun talent mis à part le combat.

— Hmm. Quand vous avez quitté la garde…

— Quand j'ai été renvoyé.

— … qu'est-ce qui vous a décidé à faire ça ?

Il agita vaguement la main.

— Prendre un petit déjeuner ?

— Retrouver des voleurs pour le compte de nobles. Quoi que vous fassiez quand vous n'êtes pas après moi.

— Je vous ai dit ce que je faisais. Des gens m'engagent pour retrouver des êtres chers ayant disparu – ou pour découvrir si leur épouse batifole avec quelqu'un d'autre.

Il me regarda par-dessus sa tasse de thé.

— Oui, c'est ce que vous avez dit. Mais pourquoi embrasser une profession aussi étrange ?

— Que puis-je faire d'autre ?

— Combattre.

J'avais sérieusement envisagé cette option au cours des semaines ayant suivi mon expulsion des gardes.

Près de la Porte Ouest se trouvait une arène où les riches et les gens modérément prospères payaient pour regarder les gens se battre. Les tournois variaient. Certains utilisaient des armes, certains la magie, certains leurs mains. Les spectateurs pariaient sur les compétiteurs, parfois des sommes énormes.

— Je ne combats pas pour le sport.

Quand je me battais, les gens finissaient par mourir. Tandis que Jory réfléchissait à ma réponse, je décidai de reporter l'interrogatoire sur lui.

— Que lui est-il arrivé ?

— À qui ? demanda-t-il, sachant exactement de qui je parlais.

— Le fils du tavernier. L'homme dont vous étiez amoureux.

— Je vous l'ai dit. Quand mon argent s'est envolé, je ne l'intéressais plus.

— Oui, mais que lui est-il arrivé ?

Je l'imaginais aujourd'hui, les cheveux gris et le ventre bedonnant, appuyé contre le comptoir d'une taverne et se souvenant de sa jeunesse, de sa proximité avec la richesse.

— Il a disparu, répondit Jory sans expression.

— Comment ?

— Je n'ai pas pu… quand il en a eu assez de moi, j'ai gardé mes distances avec cette taverne. Je ne voulais pas qu'il voie ce que j'étais devenu. Mais j'écoutais les rumeurs.

Il secoua la tête.

— Je l'aimais encore. Qui est l'idiot maintenant ? Mais quelques mois après que ma famille m'a renié, il a disparu. Personne ne l'a jamais revu. J'aime à croire qu'il a développé un goût soudain pour l'aventure et s'est dirigé vers les montagnes.

Un joli fantasme, mais Jory et moi savions tous les deux ce qu'il était advenu d'un homme qui avait porté le déshonneur sur une famille noble. Je me demandai si les pilleurs d'épaves avaient repêché son corps dans le fleuve Tangye.

Je posai ma tasse de thé par terre et me levai. La matinée était suffisamment entamée. Il était temps de discuter avec un sorcier.

JORY SE tenait sur le pas de la porte avec moi, ignorant tous les deux les regards insistants des garçons dans le salon.

— Je devrais venir, dit-il pour la troisième ou quatrième fois.

Et à nouveau, je refusai.

— Non. Vous ne feriez que gêner.

J'étais inquiet pour sa sécurité, mais je voulais aussi parler au sorcier sans que Jory soit présent, parce qu'il avait son propre point de vue de la vérité.

— Et si les hommes d'Uren vous trouvent ?

C'était une inquiétude raisonnable. Je pouvais facilement leur échapper à travers la ville, mais ils attendaient peut-être près de la maison d'Arthyen, espérant que Jory ou moi nous présentions. Cependant, nous ne pouvions rien y faire et je voulais vraiment aller discuter avec Arthyen.

— J'ai mes dagues, dis-je, plaçant brièvement une main sur le pommeau.

— Et s'ils sont meilleurs que le duo d'hier ?

— Alors vous pourrez me chercher sur les rives du fleuve. Si vous donnez quelques pièces aux pilleurs d'épaves, ils pourraient même guetter mon cadavre.

— Ce n'est pas un sujet de plaisanterie !

Je caressai sa joue douce.

— Je ne plaisante pas. Dites-moi où il vit.

— Dans le Quartier d'Argent, en haut de la face nord de la colline.

Il nomma une rue dont je n'avais jamais entendu parler, mais après tout, je passais rarement mon temps dans cette zone-là.

— C'est une maison jaune clair, comme toutes les autres de cette rue, mais il y a son nom sur la porte.

Ma mâchoire se crispa.

— Je ne sais pas lire.

Il n'y avait aucune pitié dans son regard.

— Bien sûr. Je suis désolé. Cela fait plus d'une décennie que j'ai perdu mes privilèges, alors on pourrait croire que je suis plus soucieux de la réalité à présent. Attendez.

Il disparut au bout du couloir. Quand il revint quelques instants plus tard, il me tendit un bout de papier.

J'examinai les glyphes déconcertants écrits à l'encre noire, puis le regardai.

— Malin. Merci.

Puis je tournai les talons et partis.

La brume était particulièrement dense ce matin, faisant tousser les gens et donnant une teinte grisâtre à tout le monde. Dans le Quartier des Forgerons, certains portaient des étoffes nouées sur le nez et la bouche, mais personne ne s'en donnait la peine dans le Bas, où l'odeur de cendres était plus agréable que l'habituelle puanteur des eaux usées.

J'évitai la zone près de mon appartement ainsi que le Pont Royal, traversant plutôt le Pont Meryasek. Une statue du roi dont le pont portait le nom montait la garde sur le côté nord, ayant l'air de préférer se trouver ailleurs. J'avais entendu dire que la statue avait été érigée de son vivant et que, quand il était mort, son bûcher funéraire avait été placé juste là.

Je me sentais étrangement joyeux pour un homme qui risquait de ne pas survivre à la journée. Mes vêtements participaient à ma bonne humeur. Quelqu'un avait tellement bien réparé la déchirure que je ne parvins à la trouver qu'après un examen minutieux, et le tissu sentait la lavande et la rue des jardins, comme les draps de la maison de Branok. L'onguent de Jory avait fait son office. La chaleur et la rougeur sur mon bras avaient disparu, ne laissant rien d'autre qu'un léger élancement. J'avais dormi étonnamment profondément avec Jory à mes côtés. J'avais bien mangé hier soir au dîner et ce matin au petit déjeuner, et mes lèvres avaient encore le goût du baiser que m'avait donné Jory avant que je parte.

Tandis que je traversais le Quartier d'Argent, j'autorisai mon esprit à errer plus que d'habitude. Je me demandai à quoi cela ressemblerait de grandir dans l'une de ces belles maisons devant lesquelles je passais ; d'avoir des parents, des frères et sœurs, de la famille ; de ne jamais s'inquiéter de savoir quand le prochain repas arriverait ; d'apprendre à lire, à compter et… quoi que les enfants riches soient susceptibles de savoir. Je n'arrivais pas à l'imaginer. Et à en juger la situation de Jory, une telle éducation ne faisait pas nécessairement un adulte heureux. Quel genre d'homme serais-je si j'avais eu tout cela, enfant ?

J'étais heureux de ne pas être allé chez Arthyen hier soir ; c'était un long trajet depuis le quartier des Forgerons et à travers le dédale de rues calmes et abruptes du voisinage, qui tournaient et se croisaient de manière assez aléatoire. J'errai, demandant mon chemin à quelques passants qui m'indiquèrent invariablement la mauvaise route. Mais quand j'arrêtai enfin une servante à l'air fatigué et lui demandai la rue, elle soupira et déplaça légèrement son fardeau dans ses bras.

— Vous y êtes, dit-elle.

Jory avait eu raison – presque toutes les maisons étaient peintes de la même teinte de jaune pâle. J'ignorais si les habitants aimaient simplement la couleur ou si c'était un moyen de perdre les gens. Heureusement pour moi, peu de ces maisons avaient des enseignes, et quand elles en avaient, je pouvais les comparer à la note de Jory. Je serrai ce bout de papier dans ma main comme s'il pouvait me sauver la vie.

Après de longues minutes, je trouvai la porte ayant le nom d'Arthyen écrit dessus. La maison était plutôt modeste comparée aux voisines, haute uniquement de trois étages et sans bac à fleurs aux fenêtres. Un petit chat tigré somnolait sur le pas de la porte.

Je me glissai de l'autre côté de la rue et dans les ombres profondes entre les maisons. Puis j'observai.

Pendant un long moment, rien d'intéressant n'arriva. Un homme d'un certain âge remonta la colline, tenant la main de deux enfants bien habillés. Quelques servantes supplémentaires descendirent, allant probablement chercher des choses dans les magasins. Deux arachfées tombèrent du toit voisin et papotèrent ensemble tout en farfouillant dans un petit tas de feuilles. Je les regardai avec un léger intérêt ; les fées étaient quelque chose de rare dans le Bas. Quand elles eurent escaladé la maison et disparu au-dessus du toit, le chat se réveilla, s'étira et partit.

Juste au moment où je me donnais le feu vert et jugeais sûr d'approcher la maison d'Arthyen, la porte s'ouvrit et un homme sortit. Je faillis crier de surprise.

L'homme était *moi*.

Grand et maigre, avec de larges épaules et de longs membres. Son visage était celui qui me regardait en de rares occasions quand je jetai un coup d'œil dans un miroir. Étroit, avec un menton carré et un nez cassé plus d'une fois. Des yeux bleu pâle aussi plats que ceux d'un basilic. Une cicatrice effacée sur une joue, manquant de peu le coin de lèvres fines. Une barbe naissante foncée. Des cheveux tout aussi noirs – sauf là un nombre croissant de mèches blanches apparaissaient.

Il portait mes vêtements – ceux que j'avais laissés dans mon appartement. La vieille cape avec les nouvelles chausses et tunique. Des bottes noires, mais pas aussi hautes que les miennes. Je me demandai si elles étaient tout aussi bien faites. La ceinture à couteaux à sa taille semblait familière, mais, bien sûr, la mienne était exactement là où elle était censée être. Je sentais son poids, pourtant, je vérifiai pour m'en assurer.

Mon double s'arrêta devant la porte close, regardant de chaque côté de la rue. J'étais bien caché dans les ombres, et il ne jeta aucun coup d'œil dans ma direction. Il descendit les marches. Et là, alors que je regardais, retenant mon souffle, il… changea. Il devint plus petit et plus lourd, et ses cheveux prirent une couleur brun terreux. La cicatrice et la barbe disparurent de son visage, qui devint plus rond et doux. Il avait perdu au moins dix ans.

Portant toujours mes vêtements, il remonta rapidement la colline et disparut de mon champ de vision.

Le temps que je me rappelle comment respirer, je sus ce que j'avais vu : un exemple de magie rare et puissante. J'avais entendu parler d'enchantements qui permettaient à une personne de prendre temporairement l'apparence d'une autre, mais je ne l'avais jamais vu moi-même. Je ne m'étais certainement jamais attendu à ce que le visage emprunté soit le mien. À présent, bien sûr, je devais découvrir pourquoi quelqu'un ferait un effort aussi considérable pour me ressembler.

J'étais certain de ne pas aimer la réponse.

Je perdis un peu de temps à essayer de décider si je devais rechercher l'imposteur ou confronter Arthyen. J'optai finalement pour la seconde solution, en partie parce que je n'étais pas sûr de pouvoir garder mon calme en présence du faux moi. Il portait *mes* vêtements, et lui ou ses compatriotes étaient rentrés chez moi. Je me sentais sale.

Bougeant rapidement avant de changer d'avis, je traversai la rue et tapai à la porte.

Un jeune homme ouvrit presque immédiatement, puis arqua les sourcils.

— Blyd ! Avez-vous oublié quelque chose ? Le sorcier Arthyen à un autre rendez-vous dans quelques minutes.

— J'ai besoin de lui demander quelque chose.

Ne remarquant apparemment pas que mes vêtements avaient changé en quelques secondes, l'homme hocha la tête et me laissa entrer dans un vestibule recouvert de bois qui sentait le poisson et le chou grillé.

— Il est encore dans son bureau.

Il m'indiqua négligemment une porte sculptée au fond du couloir, avant de disparaître dans un escalier.

Je passai devant un panneau de bois décoré de peintures représentant la mer et frappai une fois à la porte – fermement. Ne recevant aucune réponse, je l'ouvris précautionneusement et entrai.

Et me retrouvai immédiatement face à une odeur nauséabonde de mort.

X

LE SORCIER Arthyen n'était mort que depuis quelques minutes, néanmoins son corps empestait – à cause de la pisse, la merde et le sang, à cause des entrailles qui avaient été déchirées par la lame du tueur.

L'assassin avait fait un travail brouillon et minutieux. Arthyen était allongé sur le dos presque au centre du sol en marbre, ses yeux aveugles tournés vers le plafond. Je me souvins de ma mère et frissonnai, mais ce n'était pas le bon moment pour une telle faiblesse. Le sorcier avait été entaillé de la gorge jusqu'au bas-ventre, ses boyaux à présent déversés autour de lui.

Il était plus jeune que je ne m'y étais attendu. Peut-être quelques années de plus que moi, bien que ce soit difficile à estimer sur son visage mort. Il avait de longs cheveux couleur paille attachés en une longue tresse, dont une grande partie était trempée de sang. Ses vêtements avaient été très chers – soies et laines dans des tons gris doux, comme le poitrail d'une colombe. Ses poings étaient fermés le long de son corps.

Je ne touchai pas le cadavre, mais j'aurais parié que l'éviscération n'avait pas été le premier coup. À moins d'utiliser une épée lourde, il était presque impossible d'infliger une plaie aussi longue, droite et profonde en une seule fois. Et d'après Jory, Arthyen était un sorcier puissant. S'il avait vu une attaque arriver, il aurait certainement préparé une défense. Pourtant, l'homme ayant mon visage n'avait pas eu l'air blessé.

L'attaquant avait dû le surprendre par-derrière. Un coup vif sur la tête, peut-être. Ou plus probablement un seul coup de poignard dans un endroit vital. J'aurais opté pour le bas de la nuque. Mes dagues étaient suffisamment lourdes pour sectionner la moelle épinière, et c'était le genre de coup qui mettait un adversaire immédiatement hors combat.

Jetant un rapide coup d'œil circulaire à l'immense pièce, je ne repérai aucun autre signe de lutte. Un très grand bureau occupait une extrémité de la pièce, et des piles de livres et de parchemins semblaient en ordre. Des mystérieux bouts de métal, os et pierre étaient éparpillés sur une longue table, et une armoire une fois et demie plus grande que moi envahissait un coin. Si le meurtrier était un voleur, il était mauvais – plusieurs pierres précieuses brillaient sur un piédestal près de la fenêtre.

Le non-moi semblait donc être venu en paix et avoir donné mon nom au serviteur. Il avait peut-être discuté un moment avec le sorcier. Puis il s'en était pris à lui par-derrière, camouflant probablement ses cris en lui couvrant la bouche. Lorsqu'Arthyen était tombé après le premier coup, le tueur l'avait éviscéré. C'était un acte voyant, fait davantage pour l'impact visuel que pour éliminer sa victime.

La mort d'Arthyen n'était pas mauvaise uniquement pour lui ; elle me causait des problèmes considérables. Primo, j'avais perdu l'occasion de l'interroger sur Jory. Et secundo, cela donnerait très probablement l'impression que je le l'avais tué.

Par toutes les déités ! À présent, je n'aurais plus seulement Lord Uren après moi – je devrais affronter toute la garde civile.

J'essayai de penser à la manière d'expliquer la situation pour ôter l'accusation de mes épaules, mais rien ne me vint à l'esprit. Les gardes n'étaient pas disposés à me croire de toute façon, et tout mon récit semblait invraisemblable, même pour moi.

Peut-être qu'avec un peu de temps, je pourrais trouver une solution. Mais je n'avais pas de temps. Le serviteur avait dit qu'Arthyen attentait son prochain rendez-vous d'ici peu.

Et dieu Bolitho bienveillant, qu'en était-il de Jory ? Était-il à l'abri ? Et si le meurtrier s'en était pris à lui ensuite ? S'il portait mon visage, Jory ne soupçonnerait rien jusqu'à ce que l'acier tranchant pénètre son corps.

Je n'aurais pas dû ressentir une telle panique et un tel désarroi à cette pensée.

Me raisonnant pour reprendre mon calme, je quittai le bureau d'Arthyen et fermai précautionneusement la porte derrière moi. Je remontai le couloir avec détermination, mais sans précipitation.

Le serviteur me retrouva dans l'entrée.

— Ce fut rapide.

Maintenant qu'il s'était remis de sa surprise et de son irritation, il avait un sourire amical.

Tout ce que je réussis à faire fut de hocher rapidement la tête. Qu'adviendrait-il de ce jeune homme ? J'espérais qu'il n'était pas impliqué dans le meurtre. Quoi qu'il en soit, il serait traumatisé quand il découvrirait le corps mutilé.

89

Je sortis de la maison, enjambant le chat qui avait repris sa place pendant que j'étais à l'intérieur. Je descendis la colline jusqu'à être hors de vue du bureau d'Arthyen. Puis je courus.

— PAR TOUTES les déités, Daveth ! Qu'est-ce qui ne va pas ?

J'avais descendu le Mont Seli au pas de course, restant dans les ruelles, espérant ne pas trop attirer l'attention. Il était plus facile de disparaître une fois dans le Bas, où je connaissais bien mieux les chemins. Mais je n'avais quand même pas ralenti. J'avais traversé le Pont du Basilic à toute allure, sachant que c'était celui où il y avait le moins de chances de trouver des gardes à proximité, et remonté les Forgerons jusqu'à la maison de Branok où j'étais entré brusquement et m'étais effondré presque contre la porte, respirant bruyamment.

Quelqu'un avait dû courir pour prévenir Jory, mais je ne l'avais pas remarqué. J'étais trop occupé à m'appuyer contre le mur et à essayer de ne pas vomir tout en luttant pour faire entrer de l'air dans mes poumons en feu.

— Qu'est-ce qui ne va pas ? me redemanda Jory en m'attrapant par les épaules.

Je me moquais que Branok et tous les garçons nous regardent. Je le saisis et l'attirai si brusquement contre moi qu'aucun de nous ne put respirer.

— C'est vraiment toi ? haletai-je à son oreille, devenant soudain familier.

— Oui. Oui, bien sûr.

Il me laissa le tenir jusqu'à ce que je me calme un peu, bien que mon cœur essaie encore de s'échapper de ma cage thoracique et que je dégouline de sueur. Puis je le repoussai à longueur de bras.

— Nous devons partir. Maintenant.

Bien que son visage soit pâle, il ne discuta pas ni ne posa d'autres questions, mais il secoua la tête en tremblant.

— D'accord. Attends une minute,

Il remonta les escaliers comme un éclair.

Tous les autres me dévisagèrent. Cela m'était égal.

Je sursautai légèrement quand l'un des garçons pressa quelque chose dans ma main. Une simple tasse en grès.

— Ce n'est que de l'eau, dit-il.

90

J'espère l'avoir remercié, mais je ne suis pas sûr de l'avoir fait. Le liquide était doux sur ma langue et un vrai bonheur pour ma gorge.

Jory revint et traversa la foule jusqu'à moi. À ce moment-là, j'avais repris suffisamment de forces pour me tenir debout, bien que mes jambes me semblent faibles et que je sois moite de sueur froide.

— Je suis prêt, dit-il aussi posément que si nous l'avions prévu depuis longtemps et que nous n'envisagions rien d'autre qu'une balade agréable.

Branok fronça les sourcils.

— Ne revenez pas si vous avez des problèmes. Je ne veux pas en avoir ici.

Jory hocha la tête.

— Nous ne reviendrons pas. Mais, Branok ? Merci. Je sais que tu ne fais pas dans la charité, mais tu m'as accueilli deux fois quand j'en avais besoin, et je t'en suis reconnaissant.

Branok sembla abasourdie à cette déclaration. Ses garçons et elle nous regardèrent partir.

— Où ? demanda Jory quand nous fûmes dehors.

Je nous fis rester au bord de la rue pendant que j'analysais notre environnement. Aucun signe de gardes ni de personne d'autre, du moins pas encore. Mais Jory insistait.

— Que s'est-il passé chez Arthyen ?

— Arthyen est mort. Viens.

Je l'attrapai par le poignet et l'entraînai rapidement à ma suite. Plus vite nous serions dans le Bas, mieux ce serait.

Il vint sans se plaindre, même si, lorsque je jetai un coup d'œil sur lui, je vis que ses yeux brillaient et qu'une larme coulait le long de sa joue. Artifice peut-être, mais je ne le pensais pas. Et mon cœur n'y crut pas non plus, déchiré de le voir bouleversé.

Nous étions à plusieurs minutes de marche de chez Branok quand je me rappelai ma bourse. Je l'avais laissée avec Jory avant d'aller chez le sorcier. Stupide, oui, mais si je n'avais pas pu revenir, je ne voulais pas qu'il soit seul et sans argent.

— As-tu pris la bourse ? demandai-je.

— Bien sûr.

Bien. Ce n'était aucunement une solution à nos problèmes, mais même les pires difficultés pouvaient être apaisées avec un peu de liquide. Je repensai brièvement à la petite fortune stockée sous mon nom à la banque et sus que je ne la reverrais probablement jamais. Je ne verrais très certainement pas non plus l'autre moitié qu'on m'avait promise. Ah, mais j'avais Jory Pearce à la place, chaud et réel à mes côtés. Un trésor inestimable, bien que mystérieux et perturbant. Un trésor qui mentait.

Soudain furieux, je l'entraînai dans une ruelle nauséabonde où les bâtiments étaient si rapprochés que nous avions à peine de la place pour nous faire face.

— Vas-tu un jour me dire l'entière vérité ? grondai-je.

Il me regarda tristement.

— Je ne sais pas.

— Sacrebleu ! J'ai été entraîné dans toute cette histoire à cause de toi. Si nous avons le moindre espoir de nous en sortir vivants, je dois être capable d'avoir confiance en toi.

Il pressa son torse contre le mien, sa délicieuse odeur s'enregistrant dans mon esprit malgré les ordures autour de nous.

— As-tu déjà eu confiance en quelqu'un ? demanda-t-il. Vraiment confiance ?

— Non.

— Moi non plus.

Il éclata du rire le plus triste que j'aie entendu de toute ma vie.

— C'est un muscle que ni toi ni moi n'avons utilisé, alors il est décidément faible.

— Nous allons mourir, Jory. C'est presque certain. Je ferai mon possible pour nous, mais pour l'instant, je ne vois aucun moyen de nous en sortir. Je ne résoudrai jamais ce problème si tu continues à me mentir !

Cette déclaration finale sortit dans un cri, mais il ne cilla pas.

— Hier matin, tu étais prêt à me livrer à Uren, et tu savais parfaitement bien comment cela allait se terminer. Est-ce vraiment étonnant que je sois hésitant à me confier à toi ?

Je supposais que ce n'était que justice, mais ce n'était pas tout.

— Et hier, je me suis mis entre toi et ces bandits, même s'il y avait une bonne chance que tu aies toi-même organisé tout cela. N'ai-je pas mérité ta confiance ?

Jory fut silencieux plusieurs secondes avant de pousser un long soupir.

— C'est une histoire plus longue. Vois-tu, Uren …

— Pas maintenant.

— Mais je pensais…

— Abri temporaire d'abord.

92

Et un endroit où je pourrais me reposer, ne serait-ce que quelques minutes. J'avais l'impression d'avoir vécu un millier d'années, dont plusieurs centaines depuis mon réveil. Nous avions tellement peu d'options possibles. Je choisis la seule chose à laquelle je pus penser pour nous garder vivants.

— QUE PENSES-TU des spectres fluviaux ?

Jory arrêta de fouiller l'entrepôt délabré où je nous avais menés.

— C'est une étrange question, Daveth.

— Pas vraiment. Quand j'étais petit, plusieurs brasseries du Quartier de Forgerons stockaient leurs fûts ici. Les gens plaisantaient en disant que c'était l'endroit le plus sûr du Bas, et une grande partie de cette plaisanterie était vraie. Les brasseries employaient une petite armée de gardes pour protéger leurs biens.

L'entrepôt était bien situé, à quelques pas de l'entrée sud du Pont Royal, ce qui aidait les brasseurs à fournir plus facilement les habitants riches de l'autre moitié de la ville. De plus, une rampe allait directement de l'entrepôt jusqu'au fleuve pour que les fûts soient facilement transportés par bateau.

Jory saisit un bout de métal rouillé qui avait probablement cerclé un fût autrefois.

— On m'a dit que les spectres fluviaux étaient les fantômes des noyés. Ou peut-être des esprits de l'eau malheureux. Quel rapport ont-ils avec la bière ?

— Peut-être ont-ils un faible pour elle. Ils ne cessaient de remonter à la surface du fleuve et d'entrer dans le bâtiment, chassant les gardes. Les brasseurs ont finalement abandonné l'endroit et ont construit un nouvel entrepôt ailleurs. Les Baseux ont laissé celui-ci partir en ruine.

Je m'interrompis et posai une main sur un mur en bois esquilleux.

Après avoir jeté le bout de métal, Jory planta ses poings sur ses hanches.

— Et tu as décidé de me présenter aux spectres ?

— Je les crains moins que les gardes.

Il me dévisagea.

— Nous fuyons aussi les gardes maintenant ?

— Moi, oui. J'ignore s'ils en ont aussi après toi.

— As-tu tué Arthyen ?

Cela sortit comme une accusation coléreuse, des mots rudes qui résonnèrent dans la pièce vide.

— Non, répondis-je en secouant la tête. Du moins, pas exactement.

Jory pencha la tête, sa voix à présent douce.

— C'était un homme bon. Il était amusant. Il m'invitait souvent à dîner, et les histoires qu'il me racontait me faisaient tellement rire que je pouvais à peine manger. Il traitait tout le monde de manière juste – serviteurs, prostitués, cela importait peu. Et je l'ai tué.

Je ris rudement.

— J'ai vu son meurtrier. Ce n'était pas toi.

— Le résultat est le même.

Il se frotta la nuque.

— Mais si aucun de nous n'a réellement commis ce geste, qui l'a fait ?

Nous avions clairement des informations à échanger. Jory ne semblait pas du tout désireux de partager les siennes, aussi tirai-je un petit cageot en bois et, espérant qu'il supporterait mon poids, m'assis dessus. Puis je sortis un sac en tissu contenant les provisions que nous avions achetées à la hâte durant notre fuite – des prunes salées, quelques morceaux de fromage, un peu de poisson séché, une longue tranche fine de pain.

— Je vais avoir soif, dis-je.

Jory ne prit pas la peine de chercher un cageot. Il s'assit par terre à mes pieds et sortit sa contribution au petit festin, deux aleskins. Nous échangeâmes nourriture et boisson et mangeâmes en silence.

— Ce pain a un goût de sciure, se plaignit-il.

— Je suis désolé, Votre Altesse. C'est ce que nous, Baseux, mangeons.

— Je vis dans le Bas depuis des années et je ne mange pas ça.

— Ton corps se trouve peut-être dans le Bas, mais pas ta tête. Tu pourrais passer le reste de ta vie à trier les eaux usées avec les pilleurs d'épaves et tu serais toujours un homme de qualité.

Il releva la tête vers moi.

— Et toi ?

— Colle-moi sur le trône et donne-moi un sceptre, je serai toujours un Baseux.

— Peut-être, mais tu es honorable.

L'expression de Jory était solennelle.

— Tu es aussi un homme de qualité.

94

Je reniflai et engloutis une prune, recrachant le noyau avant d'arroser le reste avec une gorgée de bière. Puis je racontai à Jory ce qui s'était produit durant mon voyage matinal jusqu'à la maison du sorcier.

Il écouta attentivement, ne m'interrompant qu'une fois, quand je décrivis comment le tueur avait porté mon visage. Il jura avant de me faire signe de continuer. Quand j'eus terminé, il avait l'air grave et fermé. Il se leva, essuyant les miettes et la crasse, et il commença à marcher de long en large, ses pas silencieux sur les planches en bois du sol.

— Je suis responsable de tout cela. Déjà trois morts et un homme bon ruiné, tout ça à cause de moi.

Je ne savais pas s'il me parlait ou se parlait à lui-même.

— Si ça peut t'aider, j'étais ruiné longtemps avant notre rencontre.

Il me regarda, sourcils froncés, et continua à marcher.

— Je ne sais pas comment j'en suis arrivé là, reprit-il. Tout ce que j'ai fait avait du sens à l'époque, mais regarde où je nous ai menés.

— C'est moi qui ai choisi de passer l'après-midi avec des spectres.

Ses va-et-vient me donnaient le tournis, alors je me levai et lui bloquai le passage, l'attrapant par les épaules pour l'empêcher de continuer.

— Dis-moi ce que tu as fait, Jory. Qu'est-ce qui motive Lord Uren ?

Certainement bien plus que de la jalousie ou un bijou volé.

Jory s'arracha à ma prise. Il se retourna, mais ne s'éloigna pas.

— Je suis resté chez Branok pendant un an ou deux après avoir été mis à la porte par mes parents, mais ensuite j'ai dû partir. Les clients de Branok aiment leurs hommes très jeunes, comme tu l'as certainement remarqué. J'aurais pu trouver une autre maison, je suppose, mais... tu dis que cela t'est égal que quelqu'un vende son corps, mais cela ne m'était pas égal *à moi*. Je devenais l'ombre de moi-même.

Je reposai mes mains sur ses épaules, plus délicatement cette fois-ci, mais il ne dit rien.

— Aucun membre de ma famille ne voulait avoir de contact avec moi. Cela avait été suffisamment honteux que je fornique avec le fils d'un tavernier, mais ce que j'étais devenu depuis était bien pire. Je dis « aucun membre », mais ce n'est pas exact. Une personne souhaitait me voir.

— Lord Uren.

Il s'adossa contre moi.

— Il souhaitait me voir, et s'assurer que je ne mourais pas de faim, mais cela avait un prix. Au début, je pensais qu'il était simplement désireux

95

de me mettre dans son lit. Il me reluquait souvent, même quand j'étais enfant.

Il frissonna.

— Il voulait plus que du sexe ? Quoi ?

— Au début, je l'ignorais. Oh, je savais qu'il prenait un plaisir pervers à ma situation et au pouvoir qu'il avait sur moi. Lui et mon père sont… j'ai oublié. Une sorte de cousins éloignés. Ils ne se sont jamais bien entendus.

Il s'interrompit, soit pour préparer ce qu'il allait dire ensuite, soit pour me laisser digérer ce qu'il avait dit jusqu'à présent. Son histoire avait le ton de la vérité. Je pouvais facilement me l'imaginer : jeune, effrayé, la tête partiellement remplie de l'illusion de jeune garçon riche que d'une manière ou d'une autre tout irait bien. Facilement manipulé par un homme tel que Lord Uren, qui faisait de la politique par jeu et se complaisait des malheurs de son parent.

— Au fil des ans, j'ai essayé de me séparer d'Uren, continua Jory, mais c'est un homme difficile à éviter.

— Je sais, dis-je en riant faiblement.

— J'aurais aimé avoir le courage de… je ne sais pas. M'enfuir vers les montagnes. Me jeter dans le fleuve. *Faire* quelque chose. Mais je passais simplement chaque jour à me mentir à moi-même, à me dire que ma vie allait s'améliorer. Comme par magie.

Je n'avais jamais eu de rêves, excepté celui de rejoindre la garde. Et je m'étais toujours demandé ce que cela ferait d'en avoir. Étaient-ils comme des étoiles dans le noir, laissant échapper un peu de lumière ? Ou comme des mirages, disparaissant toujours quand on tendait la main vers eux ?

— Qu'espérais-tu ?

— L'amour, répondit-il. Je pensais que peut-être, un jour, un homme séduisant entrerait là où je chanterais et qu'il tomberait instantanément amoureux de ma voix, au point qu'il insisterait pour me rencontrer. Il serait charmant et aurait un peu d'argent, et il ne se soucierait pas de mon passé. Nous fonderions notre propre famille.

Il parla sur un ton monotone jusqu'à la fin, quand sa voix se brisa presque. Mais il ne se retourna pas.

— C'est un bel espoir, dis-je.

— C'était stupide. Je le savais depuis le début. Mais c'est facile de se mentir.

Il retira une de mes mains de son épaule et passa mon bras autour de son ventre. Je bougeai l'autre bras de mon propre chef, le laissant s'accrocher à moi, enfouissant mon nez dans ses boucles.

— Quand je t'ai vu aux *Deux Chats Gris*, je me suis rappelé ce rêve, dit-il.

— Tu ne pensais certainement pas que je…

— J'ai perdu cet espoir depuis longtemps. Mais tu me l'as rappelé. La façon dont tu m'as regardé.

Nous avions dévié du cap que j'avais pris, mais je n'étais pas pressé de nous le faire reprendre. Nous avions plusieurs heures jusqu'à la tombée de la nuit, quand j'effectuerais ma prochaine action stupidement désespérée.

Après s'être appuyé contre moi une minute de plus, Jory s'écarta. Il se dirigea vers le cageot que j'avais abandonné et s'assit dessus, le dos droit, comme si c'était un trône.

— Il y a presque deux ans, Uren m'a fait connaître son véritable but. J'ignore honnêtement s'il l'avait depuis le début et le préparait tout ce temps, ou si j'étais juste convenablement placé pour son jeu.

— Quel est son jeu ?

— Trahison.

J'ignore ce que je m'étais attendu qu'il dise, mais certainement pas ça. J'en restai bouche bée. Même lorsque je retrouvai ma langue, tout ce que je pus faire fut de répéter « Trahison ? ».

— Apparemment Uren souhaite assassiner le Prince Clesek.

— Par toutes les déités, pourquoi ?

Il commença à répondre, mais je tendis ma main pour l'interrompre.

— Attends, je sais qu'il est l'héritier. Je sais qu'il vit reclus. Mais en quoi Lord Uren profiterait-il de sa mort ?

— Je soupçonne qu'il ne s'agit pas seulement d'Uren. D'autres membres du Sous-Conseil sont probablement impliqués. Et le prince, eh bien, des rumeurs disent qu'il est dérangé. Pas fou à lier, pas vraiment, mais pas sain d'esprit non plus. Il s'enferme dans un laboratoire et est obsédé par la création de boîtes magiques qui permettent de parler à des gens se trouvant à plusieurs lieues de là.

— Pourquoi ?

— Je n'en ai aucune idée. Je ne sais même pas si c'est vrai. Mais Uren le croit. Ses collègues et lui ont subtilement insisté pour que le Sous-Conseil ait de plus grands pouvoirs. Si le prince venait à mourir, le Grand Conseil serait pris dans des chamailleries sans fin pour savoir qui deviendrait l'héritier… et cela donnerait au Sous-Conseil l'occasion de prendre plus d'autorité.

Ma tête me faisait mal. Je désirais ces emplois qui ne nécessitaient que de traquer l'époux infidèle de quelqu'un.

— D'accord, dis-je. Lord Uren veut donc que le prince meure. Quel est le rapport avec toi ?

— Ce n'est pas facile de tuer un prince. Encore plus difficile s'il reste enfermé. Et bien sûr, Uren ne veut pas être impliqué dans le meurtre.

— Alors il voulait que tu le fasses ?

Quelque chose m'échappait encore. Jory ricana durement.

— Pas vraiment. Je n'ai pas une invitation écrite pour le château, Daveth. J'étais juste un moyen de parvenir à ses fins. Parce que le Prince Clesek n'interagit qu'avec trois groupes de personnes : sa famille proche, quelques serviteurs royaux et des sorciers, dont il espère l'aide concernant ses boîtes magiques.

— Arthyen.

— Précisément.

Jory tira les bords de sa cape sur ses genoux comme s'il avait froid.

— Uren pensait qu'Arthyen aurait l'occasion de se rapprocher du prince. Arthyen est… Arthyen *était* un bon sorcier. Très bon.

— Voulait-il que le prince disparaisse ?

— J'en doute très fort. Je te l'ai dit, il était gentil. Il aurait pu utiliser sa magie pour gagner plus d'argent et de pouvoir, mais ça ne l'intéressait pas. Il aimait jouer avec ses sorts. Et il aimait les beaux hommes.

— Tels que toi.

— Tels que moi.

Jory se releva brusquement. L'entrepôt n'avait aucune fenêtre, mais quelques planches déformées des murs permettaient à la lumière du jour de s'infiltrer. Sous le rayon de lumière faible, il ressemblait à une déité malgré la crasse et la terre.

— Uren voulait que je séduise Arthyen et que je le convainque de tuer le prince. Assez simple, vraiment.

Je réprimai un frisson. La journée précédente n'avait pas du tout été la première fois que j'enfonçais mes lames dans le corps d'un autre. Mais c'était une chose de se défendre sous le feu du danger. C'en était une toute autre de s'asseoir à une table – un verre de vin en mains – et de planifier froidement le décès d'un autre être humain.

Jory continua doucement, ressemblant presque à un enfant.

— Je ne voulais pas le faire. Je te l'ai dit, le Prince Clesek a été gentil avec moi autrefois. Il n'était pas obligé de l'être. Peu de gens l'étaient. Mais Uren insistait, et sans sa... protection, je n'avais aucun moyen de subvenir à mes besoins en dehors de mon corps. Je deviens vieux pour cela.

Lorsque je restai silencieux, il me regarda d'un air triste, et j'eus envie de le secouer d'être aussi bête. Et je voulais l'attirer dans mes bras pour le réconforter. Les émotions conflictuelles empirèrent mon mal de tête.

— Qu'as-tu fait ? demandai-je enfin.

— J'ai fait traîner les choses. Je suis devenu ami avec Arthyen et me suis glissé dans son lit – ce qui n'était aucunement une prouesse difficile. Je croyais que je pourrais au moins faire traîner les choses, et que pendant ce temps... je ne sais pas. Un dragon emprisonnerait Uren dans ses griffes, l'emporterait et le jetterait par-dessus le bord du monde.

Je hochai la tête, me disant que c'était un scénario que je pourrais soutenir. J'espérais que les serres du dragon étaient acérées.

— Mais aucun dragon n'est arrivé ?

— Ils ne sont jamais là quand on a besoin d'eux. Et pendant ce temps-là, je me suis mis à apprécier Arthyen. Je ne l'aimais pas. Enfin, pas plus qu'un peu. Mais il est devenu mon ami quand je n'en avais aucun, et je l'appréciais beaucoup. Je crois qu'il m'appréciait tout autant. Je ne pouvais pas le trahir ainsi.

Un élan de jalousie me surprit. De quoi devais-je être jaloux ? D'un homme mort et d'un... quoi que Jory Pearce soit. Il n'était certainement pas mien.

Il continua à parler.

— Il y a un peu plus d'une semaine, j'ai dit à Uren que je ne le ferais pas. Il était... vraiment furieux.

Jory rit en tremblant.

— Son visage est presque devenu écarlate. Je suis simplement parti. J'ai commencé à chanter dans un nouvel endroit, un endroit que j'ai trouvé sans son aide. Et je me suis aussi tenu à l'écart d'Arthyen. Je n'ai jamais rien su du complot, alors je me suis dit qu'il n'y aurait aucune raison qu'Uren s'en prenne à moi. C'était un trop grand risque pour lui. Je me demande s'il aurait laissé Arthyen tranquille si tu n'avais pas été mêlé à tout cela.

— Ce n'est pas ta faute, lui fis-je remarquer. C'est Uren qui m'a entraîné là-dedans.

Jory passa ses doigts dans ses boucles, les tournant dans tous les sens. J'eus envie de les toucher.

— Je comprends pourquoi il voulait se débarrasser de moi, mais pourquoi t'impliquer ? demanda-t-il. Il aurait tout simplement pu envoyer des hommes m'attaquer pendant que je rentrais chez moi en sortant des *Deux Chats noirs*.

Une image apparut brusquement dans mon esprit : Jory se vidant de son sang dans une rue du Quartier Bas, son corps sans vie ensuite jeté dans le fleuve comme une ordure.

— Je ne sais pas pourquoi il s'est adressé à moi, répondis-je d'une voix rauque.

— Mais maintenant tu connais toute l'histoire.

En effet, mais toute l'histoire ne me donnait aucun courage. Je marchai jusqu'au bout de l'entrepôt, fis demi-tour, revins, puis repartis. Je me sentais piégé, et faire les cent pas m'aidait.

Si j'étais un sorcier, j'aurais trouvé un moyen d'entrer dans le château pour les prévenir du complot. La reine me récompenserait en me nommant citoyen – bon sang, elle me donnerait un *titre* ! Je deviendrais Lord Blyd, et je paierais une dîme à la déesse de la prospérité au lieu du dieu des causes perdues. Mais je n'avais pas une seule goutte de magie en moi, et je ne m'étais jamais approché du château.

Il y avait probablement des personnes dans le Bas qui me croiraient si je leur confiais ma situation délicate, puisque je n'avais pas la réputation de raconter des mensonges. Mais même s'ils étaient enclins à m'aider – ce qui était fortement peu probable – que pourraient réellement faire des pilleurs d'épaves, des prostituées, des ivrognes et des pickpockets ?

S'il n'y avait eu que moi, j'aurais simplement arpenté les rues avec mes couteaux en mains et attendu que la garde ou les hommes d'Uren arrivent. J'en aurais emporté quelques-uns avec moi, et un combat final sanglant était une fin aussi glorieuse que je l'avais imaginée pour moi.

Mais je devais penser à Jory. Il n'était pas parfait, mais le monde était meilleur s'il était là.

Je m'arrêtai devant lui.

— Nous irons à la Porte Ouest ce soir. J'ignore comment tu survivras, surtout avec le peu d'argent que nous possédons, mais tu as plus de chances à l'extérieur de la ville.

Il me sourit faiblement.

— Et toi ?

— Je reste ici.

— Je vais donc apprendre à devenir fermier, c'est ça ? Ou devrais-je plutôt aller dans les montagnes en quête d'aventures ?

Il secoua la tête.

— Je ne partirai pas sans toi.

— Bon sang. Pourquoi pas ?

— J'en ai assez d'être seul. Et toi aussi, Daveth.

— Tu préférerais mourir avec moi…

— … que vivre sans toi. Oui.

Il croisa les bras.

— On peut passer des années à traîner dans la crasse ou on peut passer un seul jour à voler au paradis. Je choisis le paradis.

Peut-être aurais-je pu le persuader autrement si j'avais fait assez d'efforts. Mais je ne pouvais me convaincre d'essayer. « Je ne suis pas paradisiaque », fut le mieux que je trouvais.

— J'ai eu ta bouche sur moi. Les dieux me l'envieraient.

Je levai les yeux au ciel et m'apprêtai à me retourner pour reprendre ma marche, mais il m'attrapa le bras.

— Pourquoi ne quitteras-tu pas la ville ?

— Et faire quoi ?

— Tu as plus de chance de survivre que moi. Se battre est généralement un talent beaucoup plus utile que chanter.

— Mais les gens tirent beaucoup plus de plaisir du chant.

Il me tenait toujours le bras et ne semblait pas enclin à me lâcher. J'aurais pu m'écarter, mais je restai là et attendis, comme pour lui prouver que je pouvais être aussi entêté que lui. Notre obstination nous avait gardés en vie jusqu'à présent.

— Pourquoi ne pas partir ? demanda-t-il. Peut-être que tes chances hors de la ville sont minces, mais elles sont pires ici.

Il avait absolument raison, bien sûr. Et même si j'aurais pu lui parler d'honneur ou de laver mon nom, nous aurions tous les deux reconnus que c'était une ineptie. Ce n'était pas que j'aimais si profondément ma ville que je ne pouvais pas l'abandonner. Tangye et moi, eh bien, nous étions comme un vieux couple qui regrettait de s'être marié, mais qui trouvait malgré tout plus simple de rester malheureux que de se séparer.

— Je ne sais pas, dis-je enfin.

Je soupçonne que j'avais l'air malheureux et en colère.

101

Jory inspecta mon visage, les yeux plissés par la concentration et la tête légèrement inclinée sur le côté. J'étais clairement une énigme à résoudre. Je le laissai m'observer, pour tout le bien que ça lui ferait.

Puis il écarquilla les yeux et hocha légèrement la tête.

— Ah.

— Ah ? Qu'est-ce que ça signifie ?

— Cela signifie que tu n'es pas le seul à pouvoir enquêter et découvrir des choses.

Il semblait extrêmement fier de lui.

Je répondis de la seule manière à laquelle je pus penser. Je l'attirai contre moi et embrassai sa bouche satisfaite. Ce n'était pas quelque chose de logique à faire. Mais nous étions dans un entrepôt hanté par des spectres, nous chamaillant sur des petits riens pendant que nous attendions d'être tués. Un baiser avait autant de sens que n'importe quoi d'autre.

Il répondit magnifiquement, écartant les lèvres et laissant entrer ma langue. En même temps, il s'accrocha à ma cape comme pour me faire comprendre qu'il le désirait autant que moi. Je savais que mes joues piquaient et que mes lèvres étaient gercées, véritables contrastes à sa douceur, et pourtant il ne s'en plaignit pas.

Nous nous embrassâmes longtemps. Je n'oubliais pas nos problèmes, pas même une seconde, mais ils semblaient très loin à cet instant.

Puis je le relâchai.

— Qu'as-tu découvert ? demandai-je.

— Que tu es doué avec ta bouche.

— Tu le savais déjà.

— En effet.

Il soupira.

— D'accord. Tu ne quitteras pas la ville parce que tu as besoin d'apprendre pourquoi. Tu as déjà une bonne partie de la réponse, mais pas toute. Tu veux confirmer mon histoire. Et si je te dis la vérité, tu veux découvrir pourquoi Uren t'a impliqué. Tu veux même découvrir précisément pourquoi il a assassiné Arthyen.

— Et cette information m'est si importante que j'en mourrais pour l'obtenir ?

— Oui.

— C'est ridicule, mentis-je.

— Oui, ça l'est. Mais c'est vrai. Et je sais même *pourquoi* tu as tellement besoin de ces réponses.

102

Je voulais qu'il continue, mais il s'éloigna de moi d'un pas dansant et fit semblant d'être fasciné par une corde pourrie pendue aux poutres. Quand je m'approchai de lui – probablement pour le ramener à la raison en le secouant –, il m'attrapa et m'embrassa aussi voracement qu'un homme affamé.

— La garde, dit-il quand nous nous séparâmes.

Je fis demi-tour, mains sur mes armes.

— Où ?

— Pas ici. Désolé.

Il tenta de me calmer d'une main sur mon épaule.

— Les racines de ta ténacité reposent sur ce qui s'est passé quand tu étais dans la garde. Tu as été injustement accusé d'un crime, et tu as vu tes espoirs s'effondrer en même temps que ta fierté. Et personne n'a payé pour ça, n'est-ce pas ?

— Non, grondai-je. Essayer d'accuser quelqu'un n'aurait fait que me faire tuer. Mais c'était il y a des années. Ça n'a rien à voir avec…

— Cela a tout à voir avec aujourd'hui. Nous grandissons avec les blessures de notre passé, Daveth ! J'entends toujours l'écho de la voix de mes parents quand ils m'ont jeté dehors. Tu ressens encore la piqûre de ce que tu as perdu. Je ne dis pas que nous ne pouvons pas aller de l'avant, parce que je pense qu'une telle chose est possible, mais nous ne pouvons pas nous en détacher. Pas entièrement.

— Je ne vois toujours pas ce que…

— Réfléchis !

Il me secoua, bien que légèrement.

— On t'a volé tout ce qui comptait pour toi, et ce crime n'a jamais été résolu. Alors aujourd'hui, tu fais ce que tu peux pour résoudre d'autres crimes. C'est ce que tu as trouvé de plus proche comme finalité.

— Personne ne sera jugé pour ce qu'on nous a fait dans le passé, Jory. Il n'y aura aucune justice.

Il secoua la tête.

— Tu ne veux pas la justice. Tu veux que cette incertitude prenne fin.

Il rit avec amertume.

— Même si tu es bien conscient qu'il ne peut y avoir de bonne issue.

D'accord. Il est vrai que je n'avais jamais attendu de bonne issue. Quand j'essayais si dur de rejoindre la garde, je ne pensais pas y arriver. Et quand j'y étais arrivé, j'avais supposé que quelque chose de mauvais y mettrait fin. Ce qui s'était passé. Mais même si je savais que ma vie serait merdique, je suppose que j'aimais que cette merde soit classée dans des petites boîtes bien rangées, chacune exactement là où elle devait être. Je voulais des réponses. Et, oui, je voulais des fins, qu'elles soient heureuses ou non.

— Je dois parler à Uren, dis-je. Même s'il me tuera.

— Nous tuera, tu veux dire.

Entêté, oui. Étrangement, une touche d'humour dansa dans ses yeux, comme si tout ceci n'était qu'un petit jeu joyeux. Peut-être *était-ce* un jeu. Mais les dés étaient lancés, et nous perdrions sûrement.

— Nous allons devoir attendre la nuit, dis-je.

Jory sourit au *nous*.

XI

Nous avions plusieurs heures à tuer avant la tombée de la nuit et peu de façons de les occuper. Nous avions déjà mangé, et aucun de nous n'était fatigué. Le vieil entrepôt offrait peu de possibilités de divertissement. J'avais passé beaucoup de temps sans avoir rien à faire. En fait, la *plupart* du temps, je n'avais rien à faire. Mais c'était plus facile de ne rien faire seul qu'avec Jory.

Je restai assis sur la caisse un moment. Puis je marchai de long en large. J'aurais aimé lancer mes couteaux – un peu d'entraînement supplémentaire ne faisait jamais de mal –, mais je ne voulais pas émousser les lames alors que je n'avais aucun moyen de les aiguiser à nouveau. Je repensai à la dague volée, celle découverte parmi mes biens dans le baraquement. Le vendeur m'avait dit qu'elle avait été enchantée afin de ne jamais perdre son tranchant. Cela pouvait s'avérer pratique. Je me rassis.

Jory faisait le tour de l'immense espace, ramassant des déchets chaque fois qu'il en voyait. À un moment, son pied traversa une planche pourrie, le faisant jurer, mais il ne se blessa pas et continua alors son circuit sans relâche.

Finalement, il revient vers moi.

— Est-ce que les gens peuvent nous entendre alors que nous sommes ici ?

— C'est peu probable. Tout le monde évite cet endroit. Si quelqu'un nous entendait, il supposerait probablement que nous sommes des spectres.

— Bien.

Il s'écarta de plusieurs pas, jusqu'à se tenir au centre de la pièce.

— L'acoustique est intéressante ici, dit-il.

Puis il se mit à chanter.

La première fois que je l'avais entendu chanter, j'étais au *Deux Chats Gris*, où il m'avait envoûté. La deuxième fois, c'était hier soir dans le grenier de Branok, où il m'avait bercé. Mais en matière de magie, la troisième fois scellait toujours le sort, et à présent, il s'empara de moi. Je le sentais se produire à chacune de ses notes plaintives et pourtant magnifiques – c'était une balade parlant d'une femme dont les enfants étaient tous morts. Chaque son sortant de sa gorge tendait un fil dans ma direction, aussi fin que la soie d'une araignée mais aussi fort que l'acier, et ces fils s'enroulaient autour de moi jusqu'à ce que je sois complètement piégé.

Cette chanson me fit sien.

Peu importe qu'il m'ait menti auparavant et qu'il continue probablement à le faire. Ou qu'aucun de nous ne voie un autre lever de soleil. Peu importe qu'il se soit attaché à moi par désespoir et par manque d'autres endroits vers où se tourner. Aujourd'hui, pendant ces quelques heures, j'appartenais à quelqu'un. Et si j'étais lié à lui, il l'était tout autant à moi. Aujourd'hui, quelqu'un m'appartenait.

Je n'avais jamais cru vouloir une telle chose. Il s'avéra que je le désirais ardemment.

Lorsque Jory termina sa chanson, il s'essuya les yeux et sourit doucement.

— Viens ici, dit-il.

— Je ne vais pas chanter.

— Ce n'est pas utile. Viens ici.

Dès que je fus assez près de lui, il me prit dans ses bras et commença à fredonner. Je ne reconnus pas le morceau immédiatement. Puis il se mit à chanter les paroles, et je me souvins. C'était une autre balade, celle-ci parlant d'une jeune fille dont le mari part à la guerre, portant un collier qu'elle lui a offert. Elle l'attend, jusqu'à ce qu'elle apprenne qu'il est mort sur le champ de bataille. Puis, incapable de subvenir autrement à ses besoins, elle vend son corps. Chaque fois qu'un homme la prend, elle prétend que c'est son amant – sa seule manière de ne pas perdre l'esprit. Et un jour, un homme horriblement défiguré arrive et paye pour coucher avec elle. Mais il est grossier avec elle, mécontent qu'elle soit une putain. Furieuse contre lui et incapable de supporter cette douleur, elle le poignarde en pleine poitrine. Tandis qu'il se meurt, allongé sur le sol, il l'appelle par son prénom et elle remarque le collier familier qu'il porte.

C'est une chanson affreusement triste, le genre de récit que les sentimentaux réclament quand ils sont un peu saouls et qu'ils ont besoin d'une excuse pour fondre en larmes.

Je l'avais toujours trouvée stupide. Pourquoi le mari ne s'était-il pas identifié immédiatement, et qu'est-ce qui lui avait donné le droit de critiquer le travail dont elle avait besoin pour survivre ? Et pourquoi n'avait-elle pas reconnu sa voix ni remarqué le fichu collier plus tôt ? Peut-être avait-elle pris trop de goutterêves, ce qui signifiait qu'elle était perdue de toute façon.

Mais quand Jory la chantait, la chanson n'était pas stupide, et elle me déchira le cœur. Et quand il commença à balancer nos corps sur la musique, je le laissai faire, même si je n'avais jamais dansé. Je m'attendais à être assez maladroit, mais je ne le fus pas. C'était comme se battre ou coucher avec quelqu'un, aussi intense que l'un et aussi doux que l'autre, et la voix de Jory ne faiblit pas alors que nous nous balancions et tournions lentement. Quand il arriva à la fin des paroles, il continua à fredonner.

À un moment donné, je pris conscience que la pièce était sombre. Peut-être le soleil s'était-il couché depuis longtemps et mes yeux avaient-ils été fermés.

Je m'appuyai contre Jory, mettant fin à la danse, et lui embrassai la joue.

— Il fait nuit.

— Es-tu si désireux de mourir ?

— Non. Mais je ne peux pas le reporter plus longtemps.

Il posa sa tête sur mon épaule.

— Tu as l'air tellement fort, dit-il. J'aurais aimé te rencontrer plus tôt.

— Et en quoi cela nous aurait-il profité, à l'un comme à l'autre ?

— Je ne sais pas. Je suppose que je suis gourmand. Que je souhaite un peu plus de temps. As-tu déjà entendu l'histoire de la sorcière Ederna ?

Je savais très bien qu'il essayait de retarder notre départ, mais je le lui accordai. Je ne voulais pas vraiment partir moi non plus.

— Non.

— Eh bien, c'était il y a plusieurs centaines d'années. Ederna marchait dans la ville, et elle remarqua une chose étrange. Dans certaines parties de la ville, comme les Forgerons, tout le monde se pressait tout le temps, essayant de tout faire. Et dans d'autres, comme le Bas et le Royal, des personnes passaient la majorité de leurs journées à attendre sans faire grand-chose. Boire, peut-être, ou jouer aux dés, ou raconter des rumeurs sur les dernières modes.

— Je ne pense pas que nous nous soucions autant de mode dans le Bas, le taquinai-je.

— Chut. Je raconte une histoire.

Il appuya sur mes épaules jusqu'à ce que je m'assoie par terre, puis il s'assit à califourchon sur mes genoux et appuya sa tête dans le creux de mon cou.

— Ederna remarqua aussi que des petits enfants se plaignaient de s'ennuyer, pendant que…

— Je ne l'ai jamais fait.

Il m'embrassa rapidement la joue.

— Je sais. Tu étais trop occupé à rester en vie. Mais j'ai eu ma part de plaintes, pendant des leçons interminables ou quand on attendait de moi que je reste assis à table durant un repas officiel sans fin. Ederna vit les enfants gâtés comme moi. Et elle vit des adultes qui rentraient du travail épuisés, faisaient leurs corvées et allaient se coucher, tristes de ne pas pouvoir passer du temps avec leur famille. Ou des gens âgés savourant avidement leurs dernières années.

Réalisant que je ratais une occasion importante, je fis passer mes doigts dans ses cheveux et jouai avec ses boucles.

— Ederna était une femme observatrice, dis-je.

— Les sorciers le sont toujours. Elle avait aussi des goûts onéreux en matière de vêtements, de nourriture et de femmes, et sa bourse lui semblait plutôt vide. Alors, elle alla à son atelier, qui était, je l'imagine, un endroit petit mais magnifique du Quartier d'Argent, et elle travailla très longtemps. Finalement, elle trouva un moyen de mettre le temps en bouteille.

» Elle alla d'abord voir ceux qui s'ennuyaient et étaient inoccupés et leur offrit de prendre leur temps. Elle n'eut même pas à payer pour cela – ils étaient enchantés de s'en débarrasser. Et bien sûr, elle alla ensuite voir les personnes les plus tourmentées pour leur vendre ce temps. Ce commerce était prospère. Plus que ça ! Bientôt, les habitants de la ville l'assaillirent, exigeant davantage de ses marchandises.

— Cela ne s'est pas bien terminé pour elle, n'est-ce pas ?

Il me tapota le genou.

— Laisse-moi finir. Son problème fut que la demande surpassa bientôt l'offre. Il s'avère que si des gens gâchent leur temps, bien plus n'en ont pas assez. Sa cupidité prit le dessus et elle commença à le voler. Elle se faufilait dans les chambres pendant que les gens dormaient et le leur prenait. Pas beaucoup, juste une heure par-ci, une heure par-là. Elle ne pensait pas qu'ils le remarqueraient. Mais ils le firent, parce que, le lendemain, ils étaient fatigués et travaillaient mal.

Il était un bon conteur. Sa voix était magnifique, bien sûr, et il y mettait autant de sentiments que quand il chantait. Je me demandai combien de contes il connaissait et combien de soirées il pourrait me fasciner avec eux. Si, bien sûr, nous n'étions pas tous les deux sur le point de nous faire tuer.

— Que lui est-il arrivé ? demandai-je.

— Le roi la fit traîner jusqu'au château. C'était… oh, je ne me rappelle plus quel roi. Il la conduisit au donjon et exigea qu'elle prenne du temps à tous les prisonniers. Qu'elle prenne *tout* leur temps et le lui donne afin qu'il puisse régner pour des siècles.

— Qu'arriverait-il aux prisonniers si elle le faisait ? Je veux dire, je m'attends à ce qu'ils meurent, mais vieilliraient-ils très vite d'abord ? Ou flancheraient-ils simplement ?

— Tu réfléchis trop, dit Jory, gigotant un peu sur mes genoux. Ce n'est pas important.

— C'était important pour eux. Pour les prisonniers.

— Non, parce qu'elle ne le fit pas. Elle refusa. Et quand le roi piqua une colère, elle lui vola tout son temps ainsi que celui des gardes juste à côté, et elle libéra les prisonniers avant de s'enfuir du château. Elle se jura de ne plus jamais transférer de temps. Elle s'enfuit vers l'est, vers les Montagnes du Dragon et au-delà, et ce fut terminé.

— Et le temps du roi ? demandai-je.

— Oh, tu vois ? Quand on m'a raconté cette histoire la première fois, cette question ne m'est pas venue à l'esprit. Mais tu y as pensé, parce que tu es ainsi.

Je grognai une réponse, ce qui le fit rire.

— Personne ne sait ce qu'elle a fait de ce temps, dit-il. Peut-être l'a-t-elle emporté avec elle dans les montagnes. Peut-être l'a-t-elle jeté dans la mer. Mais certaines personnes pensent qu'elle l'a caché quelque part dans Tangye et qu'un jour, une personne chanceuse le trouvera. Dommage que ça ne puisse pas être nous.

— Je n'ai jamais eu de chance. De toute façon, ce n'est pas de temps dont nous avons besoin, c'est d'un allié.

Pendant une seconde ou deux, il resta silencieux, appréciant apparemment ma caresse dans ses cheveux.

— Que ferais-tu d'un allié ? Tu espères qu'il ou elle soit bon en combat ? Parce qu'il nous en faudrait plus d'un pour défaire les hommes d'Uren et la garde civile tout entière.

— Nous aurions besoin d'une armée pour ça, dis-je avec un soupir. Non, nous pourrions nous contenter d'une seule personne si elle pouvait forcer Uren à admettre ce qu'il a fait. Devant témoins, bien sûr, et avant que nous soyons passés par le fil d'une épée.

Et je pourrais tout aussi bien espérer que de l'or tombe du ciel, parce que c'était bien plus probable.

Jory s'immobilisa.

— Daveth ? Quel jour sommes-nous aujourd'hui ?

Je dus réfléchir avant de répondre.

— Branchedi, déclarai-je enfin.

— Et demain, c'est feuilledi.

— C'est toujours ainsi : Racines, Tronc, Branche, Feuille, Bourgeon, Fleur, Fruit. Même un Baseux le sait.

Il sauta de mes genoux – avec grâce, maudit soit-il – et se remit à faire les cent pas. Je ne pouvais pas le voir, mais je suivis sa progression au bruit de ses pas.

— Une Pinson ferait un bon témoin, n'est-ce pas ? demanda-t-il, presque essoufflé d'excitation.

— Je suppose.

Les Pinsons aimaient les rumeurs, mais étaient connues pour leur honnêteté.

— Uren rend visite à une Pinson chaque feuilledi matin. Son épouse lui a fait prendre cette habitude. Elle ne couche plus du tout avec lui, tu sais ? Elle rend juste visite aux Pinsons.

— Est-ce que tu t'attends à ce qu'il y aille demain et qu'il raconte à la Pinson tout ce qu'il a sur le cœur ? Peut-être aura-t-il une brusque crise de remords.

Je me levai et essuyai mes mains sur mes chausses comme si je chassais une idée aussi ridicule.

— Je ne pense pas qu'il ait une conscience. Ce qui est vraiment terrible, comme d'être né sans cœur. Mais, et si nous arrivions d'une manière ou d'une autre à le convaincre de se confier ?

— La seule façon que je connaisse de convaincre quelqu'un est avec le bout de mes lames.

— Précisément.

XII

COMPLOTER N'A jamais été mon point fort ; je suis plutôt du genre à réagir qu'à planifier. Jory ne m'apparut pas non plus être un grand conspirateur. Mais nous discutâmes une heure ou deux, jouant avec les détails de notre pauvre petite intrigue. C'était mieux que de mourir immédiatement, même si nous reconnaissions que nous ne faisions que retarder l'inévitable.

C'était étrange de conspirer avec quelqu'un. J'avais passé la majeure partie de ma vie à agir seul, excepté durant ma brève période dans la garde. Et même là, je n'avais été le partenaire de personne, mais plutôt un petit rouage dans la roue de la ville. Discuter de plans avec quelqu'un d'autre s'avéra agréable. Excitant. Même si je n'entretenais aucun faux espoir sur nos chances de succès.

Pendant que nous parlions, nous terminâmes les restes de nourriture et de bière, puis nous nous retrouvâmes dans le noir, ayant sauvegardé quelques heures supplémentaires.

— Peut-être avons-nous trouvé un peu du temps d'Ederna après tout, dis-je.

Il rit assez fort pour que cela fasse écho.

— Un entrepôt serait un endroit sensé pour cacher quelque chose. Ne bouge pas.

Il se leva et s'éloigna de quelques pas.

Je l'entendis remuer, mais n'eus aucune idée de ce qu'il faisait jusqu'à ce qu'il revienne me chercher. Il m'entraîna à sa suite avant de me pousser doucement au sol, où je découvris qu'il avait étalé sa cape pour former une paillasse improvisée.

— Allonge-toi avec moi, dit-il, m'attirant à ses côtés.

Mais je me libérai en gigotant.

— Attends.

Je retirai mes bottes et les mis de côté. Puis je retirai ma cape, me rallongeai et nous en recouvrai comme d'une couverture.

— Aussi douillet qu'un palais, murmura-t-il, me caressant le torse.

Mon corps prit immédiatement vie. En vérité, je n'étais jamais complètement calme quand il était proche, mais ses caresses dans notre cocon d'obscurité, ce moment inattendu de douceur, tout cela suffit à faire vibrer ma peau. Nous laissâmes nos mains errer, d'abord au-dessus de nos vêtements puis au-dessous, jusqu'à ce que nos tuniques soient remontées jusqu'à nos mentons et nos chausses délacées. Nous utilisâmes aussi nos bouches, goûtant avec la langue et les lèvres, ponctuant par de petits mordillements de dents.

Jory me privait de toute logique et de sens commun, ne me laissant avec rien d'autres que du besoin.

Mais juste après avoir posé sa main sur mon entrejambe, nous nous mîmes tous les deux à frissonner – et pas de désir.

— F-froid, bégaya-t-il, se blottissant contre moi.

Oh merde.

Je n'avais pas envie de regarder par-dessus son épaule, mais je le finis, parce que la vie ne consiste en presque rien d'autre que faire des choses que l'on redoute. Et là, se trouvaient les spectres fluviaux.

Ils brillaient comme la lune, pâles et froids, et je fus incapable de dire s'ils flottaient à l'autre bout de la pièce où à portée de main. Je ne distinguais pas leurs visages, juste la vague impression d'yeux creux, et je ne pouvais dire s'ils portaient des robes ou si leurs corps avaient la forme de rideaux gonflés par le vent.

— Dav…

— Chhhut.

Bien que Jory se taise, je sentis son cœur battre la chamade – tout comme le mien – et sa poitrine se soulever et se baisser rapidement. Il regardait par-dessus mon épaule, supposai-je, où je soupçonnais que d'autres spectres étaient apparus.

Étrangement, je n'étais pas terrifié. Pourquoi aurais-je dû l'être alors que je ne m'attendais pas à survivre à cette nuit de toute façon ? De plus, je savais depuis le début que l'entrepôt appartenait aux spectres. Mais j'étais en colère. Ils avaient interrompu un moment de tendresse dans une vie qui en avait connu peu. Et si je mourais maintenant, je ne pourrais jamais confronter Lord Uren pour ce qu'il nous avait fait.

— Laissez-nous tranquille ! m'écriai-je, faisant sursauter Jory. Nous ne faisons aucun mal. Nous serons partis demain matin.

Les spectres se rapprochèrent en flottant, apportant un froid à glacer le sang et une odeur de pourriture et de décomposition qui me donna la nausée malgré ma familiarité avec la puanteur du Bas.

Ils nous avaient surpris dans une position étrange, à peine favorable pour se battre, mais je soupçonnais que mes lames nous seraient peu utiles de toute manière. Je remis ma tunique en place et, tenant mes chausses fermées d'une main, me remis debout.

Jory commença à se lever, mais je sifflai « Reste à terre ! ». Miraculeusement, il obéit.

Je regardai autour de nous. Cinq spectres du côté Jory et trois du mien, aucun discernable des autres. Tous bougeant lentement dans notre direction.

Bien que je sache que c'était stupide, je me penchai rapidement pour attraper de ma main libre un couteau à ma ceinture. Je serrai fermement la poignée.

— Laissez-nous tranquille !

Ils n'obéirent pas aussi bien que Jory. Ils s'approchèrent encore et encore, jusqu'à ce que je puisse toucher les plus proches, et je ne pus malgré tout pas discerner leurs traits. Peut-être n'avaient-ils rien d'autre que des yeux. Ils n'avaient fait aucun bruit.

Quand l'un d'entre eux… replia son corps – c'est la seule façon de le décrire – et tendit un bras spectral vers nous, je criai et me jetai sur Jory.

Les spectres furent immédiatement sur moi. Ils avaient des doigts, froids comme de la glace et durs comme un os, qui s'enroulèrent autour de ma main jusqu'à ce qu'elle s'engourdisse et que je le lâche ma dague. D'autres doigts touchèrent mon visage, mon crâne. Ils retirèrent ma main des lacets des chausses et relevèrent ma tunique, puis me touchèrent légèrement le torse, le ventre, les hanches, ainsi que mon sexe et mes bourses.

Jory gigota sur moi, immobilisé par mon poids et, me dis-je, maintenu également en place par les spectres.

Je tentai de crier à nouveau, mais les spectres étaient *en* moi, se répandant dans ma gorge comme de l'eau. Je n'arrivais pas à respirer, ne pouvais rien faire d'autre que de me débattre faiblement contre eux.

C'était une bien pauvre façon de mourir, même si ce n'était pas douloureux. Je me demandai ce que les spectres en retiraient et regrettai de ne pas pouvoir leur poser la question. Non pas qu'ils y auraient répondu.

Ils se retirèrent de ma bouche, me laissant respirer un peu d'air, mais ils continuèrent à faire courir leurs doigts sur moi. Ils ôtèrent complètement mes chausses, me laissant nu à l'exception de la tunique remontée au niveau de mes aisselles ; ils semblaient particulièrement fascinés par mes genoux et mes orteils, ainsi que par la jonction de mes jambes et de mon torse. Puis ils se concentrèrent à nouveau sur mon ventre avant de remonter à mon torse. Et par toutes les déités, *dedans*.

Une main glacée saisit mon cœur, pas suffisamment fort pour le faire taire, mais clairement là. Le froid fit hésiter mon cœur, mais cela ne faisait pas mal. J'eus une étrange pensée : au moins, je ne mourrais pas seul.

Comme s'il se rendait compte que je pensais à lui, Jory haleta sous moi.

— Daveth ? Daveth ?

— Ne bouge pas ! m'écriai-je d'une voix rauque.

Comme si les spectres ne le remarqueraient pas sous mon corps.

— Ne lui faites pas de mal ! hurla-t-il. Laissez-nous tranquilles !

Trop têtu pour céder aux spectres fluviaux. Bien.

Ma chaleur corporelle me fuyait, se déversant dans les spectres. J'avais même trop froid pour frissonner. Et j'étais *fatigué*. C'était tellement tentant de simplement abandonner, de laisser les spectres faire ce qu'ils voulaient de moi. Voler ma chaleur, mon corps. Peu m'importait tant que je pouvais me reposer.

Mais non. Jory.

Je rassemblai mes dernières forces et hurlai.

Les spectres se retirèrent rapidement. Tandis que j'essayais de faire coopérer mes membres, les spectres s'éloignèrent de plusieurs pas en flottant, attentifs mais ne touchant aucun de nous.

Jory se libéra de mon poids. Ignorant les spectres, il me recouvrit de son corps et tira ma cape au-dessus de nous deux, puis prit mon visage entre ses mains. Par toutes les déités, ses mains *chaudes* !

— Daveth ? Daveth, tu m'entends ?

— Oui, chuchotai-je.

Sa réponse ressembla curieusement à un sanglot. Je tentai de passer mes bras autour de lui, mais n'y parvins pas. Malgré tout, la chaleur revenait en moi, petit à petit, et c'était délicieux. *Il* était délicieux.

Les spectres hésitèrent. L'un d'eux se rapprocha, et je me préparai, sachant que je ne pouvais rien faire pour protéger Jory ou moi-même. Mais il ne nous toucha pas. Il me regarda de ses yeux creux. Pendant une brève et unique seconde, il brilla suffisamment fort pour m'aveugler presque.

Puis ils partirent.

L'entrepôt devint immédiatement plus chaud. Jory se laissa retomber au-dessus de moi.

— Tu vas bien ? demanda-t-il dans mon cou.

— Je pense.

— Ils ne nous ont pas tués.

— Non.

Il resta brièvement silencieux avant sa question suivante.

— Est-ce qu'ils vont revenir ?

— Pas ce soir.

Je n'avais aucune base pour conclure cela en dehors de l'instinct, pourtant j'en étais quasiment certain.

Il roula à côté de moi, prenant soin de me garder couvert par la cape. Il posa une de ses jambes au-dessus des miennes et me frotta doucement le torse.

— C'était… je n'avais jamais imaginé une telle chose, dit-il.

— Moi non plus.

J'avais déjà entraperçu des spectres à plusieurs reprises, les nuits où je traversais le fleuve, mais ils avaient été loin. Les pilleurs d'épaves restaient loin de l'eau une fois la nuit tombée, à cause d'eux. Je n'avais jamais parlé à un pilleur d'épaves qui s'en était retrouvé proche.

— Qu'est-ce qu'ils voulaient ? demanda Jory.

— Je crois… qu'ils étaient curieux à notre égard. Nous devons leur sembler très étranges.

— Tu en es presque mort.

Je ne pus m'empêcher de rire.

— C'est mon destin. Un millier de gens *meurent presque,* jusqu'au jour où le *presque* disparaît. J'ai l'impression que la Mort n'a pas eu de chance avec moi. Elle doit être en colère.

— Peut-être qu'elle ne veut pas de toi. Peut-être que tu dois plutôt vivre.

— La Mort nous veut tous. Elle est cupide.

Trop épuisée pour parler davantage – ou faire autre chose de plus passionnel – et manquant même d'énergie pour remettre mes chausses, je tombai dans un profond sommeil.

XIII

JE ME réveillai affamé, sale et légèrement désorienté, mais avec Jory collé confortablement contre moi.

— Sommes-nous en retard ? demandai-je d'un air endormi.

Il bâilla.

— Non. Le soleil vient juste de se lever. Uren n'ira pas chez la Pinson avant plusieurs heures.

Il gigota contre moi.

— Nous avons le temps de terminer ce que les spectres ont interrompu.

Tentant, oui, mais j'avais mal partout d'avoir dormi sur le sol dur et pouvais encore détecter une froideur à l'intérieur de moi après l'aventure de la nuit dernière. Je me détachai de lui et m'assis.

— Cela va être un défi d'aller chez la Pinson sans se faire attraper par la garde.

Il sembla déçu, mais haussa les épaules, se leva et tendit la main vers moi, me reluquant tandis que je remettais mes vêtements. Lui n'avait pas eu l'occasion de se déshabiller entièrement, aussi ne lui fallut-il qu'un instant pour être prêt. Nous secouâmes nos capes pour en retirer la poussière avant de les remettre, et il tenta de dompter ses boucles avec ses doigts. De mon côté, je ne pouvais rien faire concernant ma barbe naissante.

Jory semblait étrangement enjoué. Il fredonnait doucement tout en laçant ses bottes.

— Pouvons-nous nous arrêter pour manger ? demanda-t-il. Je suis affamé.

— Vraiment ?

— Je n'ai pas l'habitude des aventures.

— Ce n'est ni une pièce de théâtre ni un jeu. Nous allons…

— Être tués. Je sais. Mais je ne vois aucun intérêt à mourir l'estomac vide.

Il m'adressa un sourire enfantin.

— Qu'est-ce qui te rend aussi heureux, bon sang ?

Son soupir fut extrêmement dramatique.

116

— Eh bien, pour commencer, nous avons survécu à cette nuit. Entre Uren, les gardes et les spectres, je ne m'y attendais pas. Et j'ai eu l'occasion de dormir à nouveau avec toi, ce qui était vraiment assez plaisant même si les spectres ont un peu gâché notre plaisir.

Son expression se fit rieuse.

— Et la nuit dernière, tu t'es mis entre moi et un danger menaçant. Encore une fois.

— C'est...

Je m'interrompis. J'étais prêt à déclarer que le protéger était mon travail, mais ce n'était absolument pas vrai. La seule chose pour laquelle j'avais été payé, c'était pour le ramener à Uren, très certainement afin d'être exécuté.

Jory me caressa brièvement la joue.

— Je ne sais pas trop si tu l'as fait parce que tu es un héros ou parce que tu tiens particulièrement à moi. L'un comme l'autre, c'est merveilleux. Je n'ai jamais rencontré de héros et personne n'a... eh bien...

Il se racla la gorge et baissa les yeux.

Par Bolitho, pourquoi l'avais-je *fait* ? Les deux fois, j'avais réagi par instinct, sans avoir le temps de prendre de décisions conscientes. Peut-être ma vie avait-elle si peu de valeur pour moi que je me jetais au-devant de n'importe quel danger. Peut-être était-ce une tentative de suicide plutôt que de l'héroïsme. Mais non, j'étais heureux d'avoir survécu, même si ce n'était que quelques heures supplémentaires.

Je ne pouvais pas résoudre chaque mystère. Mon propre comportement resterait une énigme.

— Je suppose que nous pouvons acheter quelque chose en chemin.

Nous relevâmes chacun le capuchon de nos capes tandis que nous quittions l'entrepôt, dissimulant légèrement nos visages et complètement la chevelure distinctive de Jory. Mais je ne pouvais rien faire pour dissimuler ma taille, et les gardes étaient très certainement à la recherche d'un grand homme mince. La meilleure façon de procéder serait d'aller chez la Pinson et de quitter les rues aussi rapidement que possible – et espérer qu'elle soit dans un état d'esprit coopératif.

Nous traversâmes rapidement le Pont du Basilic, slalomant dans la foule matinale. De l'autre côté du fleuve, nous achetâmes du thé, du poisson séché et des fruits à un vendeur ambulant et nous mangeâmes tout en marchant.

À deux reprises, nous croisâmes des gardes, mais je les vis avant qu'ils nous repèrent, et je poussai hâtivement Jory dans une ruelle sombre jusqu'à ce qu'ils soient passés. La deuxième fois, il en profita pour me voler un rapide baiser avant que je le lâche. Je n'arrivais pas à comprendre le plaisir pervers qu'il retirait de notre situation, mais ce n'était pas le bon moment pour en discuter.

Il était encore tôt lorsque nous arrivâmes chez la Pinson. Sa boutique se situait sur une rue passante de la partie haute du Quartier d'Argent, entre des magasins vendant des vêtements, des bijoux et du linge de maison. Je n'étais jamais allé voir cette Pinson en particulier, mais elle ressemblait exactement à ses sœurs, et l'intérieur de sa boutique était identique aux autres. Elle me reconnut immédiatement.

— Daveth Blyd ! s'exclama-t-elle quand nous entrâmes. Et Jory Pearce. Ils ne vous ont donc pas encore attrapés.

— Pas encore.

Je regardai nerveusement en direction des fenêtres de sa boutique.

Elle prit une bouffée de son apaiseur.

— Pourquoi ne vous cachez-vous pas ? Ou ne fuyez pas ?

— Un travail inachevé.

Elle fit claquer sa langue. Je m'apprêtais à lui expliquer notre plan, mais avant que je puisse parler, Jory lui adressa son sourire le plus victorieux et prit sa main libre entre les siennes.

— Nous avons besoin de votre aide, ma chère, dit-il.

Bien qu'il soit plus qu'évident qu'il recherchait ses bonnes grâces, il était difficile de résister à Jory quand il jouait de son charme. Je le savais bien. Elle le regarda affectueusement.

— Que puis-je faire ?

— Uren doit-il venir ici ce matin ?

— Dans une heure environ.

— Il m'a injustement accusé de vol. Et pire… Il a piégé Daveth pour qu'il soit accusé du meurtre d'Arthyen. Daveth n'assassinerait personne.

Elle haussa les sourcils.

— Ton homme ici présent a tué plein de gens. Tu le sais, non ?

Je restai là, impassible, silencieux, parce qu'elle avait raison. Mais Jory leva le menton.

— Tuer n'est pas toujours assassiner.

— Et les gens trouvent toujours un moyen de justifier leur violence.

118

Jory regarda furtivement dans ma direction comme s'il s'attendait à ce que je me défende, mais je me contentai de hausser les épaules.

— C'est vrai. Je n'ai encore jamais rencontré de tueurs qui ne pensaient pas avoir de bonnes excuses.

La Pinson me regarda.

— Et toi ? Avais-tu une bonne raison de tuer Arthyen ?

— Aucune raison. Et ce n'est pas moi qui l'ai fait. Pas cette fois-ci.

— Son secrétaire a dit que c'était toi. Il en était certain.

Elle fit claquer sa langue et secoua la tête.

— Pauvre garçon. Il en est effondré. Arthyen était un bon employeur et un homme meilleur.

— Je ne l'ai jamais rencontré. Il était mort quand je l'ai découvert. Quelqu'un portant un sort de mimétisme l'a tué.

— Un sort de mimétisme ! C'est très cher. Et pourquoi quelqu'un se donnerait-il autant de mal ?

— Pourquoi Daveth l'aurait-il tué ? demanda Jory.

Elle agita vaguement son apaiseur.

— Peut-être l'y as-tu poussé pour une raison ou une autre.

— Arthyen était mon ami !

— Alors peut-être que Daveth lui a volé quelque chose. Je suis sûre qu'un sorcier garde de nombreux objets de valeur chez lui, et le secrétaire était trop bouleversé pour remarquer cette absence.

Jory ouvrit la bouche, probablement pour me défendre à nouveau, mais je l'interrompis d'une main levée.

— Je sais que ma réputation est douteuse, Pinson, mais suis-je connu pour être aussi stupide ?

Elle prit une bouffée de son apaiseur d'un air pensif.

— Non. Tu as certainement fait des choses stupides, mais pas souvent. Malgré tout, vous me demandez d'accepter un scénario improbable.

— Vous n'avez rien à accepter. Aidez-nous et nous espérons que vous entendrez la vérité directement de la bouche de Lord Uren.

— Intéressant. D'accord, je vais essayer.

Nous expliquâmes ce que nous voulions qu'elle fasse, et elle écouta attentivement. Bien que toute l'affaire la laisse à l'évidence sceptique, je trouvais qu'elle avait l'air également excitée. Les Pinsons connaissaient peut-être toutes les nouvelles, mais elles en faisaient rarement partie.

Elle nous conduisit à l'étage, dans la pièce où elle s'occuperait de Lord Uren. C'était un petit espace chaleureux avec des murs blancs et une odeur plaisante de fruits et d'épices. Il n'y avait pas de fenêtres, mais des lampesprits étaient pendus dans chaque coin et deux immenses lanternes vacillaient sur des étagères. J'étais certain que les clients trouvaient l'endroit agréable, mais il servait mal nos intérêts, partiellement à cause du manque d'endroits pour se cacher. Les seuls meubles étaient un lit étrange – une étroite plate-forme rembourrée arrivant à hauteur de taille et posée sur quatre pieds solides –, plus une minuscule table et, dans un coin, un autel en l'honneur de Leucost, le saint patron des Pinsons.

— Je pense qu'il va me remarquer si je me tiens contre le mur, dis-je sèchement.

— *Nous* remarquer, corrigea Jory, me fusillant brièvement du regard.

— Je sais, dit la Pinson. Suivez-moi.

La pièce voisine, bien plus grande, était sa chambre à coucher. Dans d'autres circonstances, j'aurais très certainement adoré jeter un coup d'œil à cet endroit merveilleusement chaotique, rempli de meubles, de vêtements, de livres, d'étagères couvertes de babioles, et d'une grande variété d'objets que je n'arrivais pas identifier au premier regard. Une immense cage décorée contenait cinq ou six oiseaux de paradis aux couleurs éclatantes et jacassant bruyamment.

Toutefois, notre objectif s'avéra être deux coffres en bois gravés et recouverts de peintures relatant l'histoire de Tangye. Alors que nous la regardions, la Pinson retira couvertures et serviettes de l'un et des instruments de musique de l'autre, déposant le contenu par terre. Jory regarda un luth avec envie.

Sous les instructions de la Pinson, Jory et moi transportâmes les coffres jusqu'à l'autre pièce et les installâmes contre le mur. Je soulevai l'un des couvercles et regardai à l'intérieur d'un air soupçonneux.

— Je ne sais pas si je vais y rentrer.

— Bien sûr que si, dit-elle. Une chose squelettique que comme toi peut se plier en deux. Et je crois comprendre que Jory est assez flexible.

Il haussa les épaules, apparemment peu gêné par l'allusion à son passé sexuel.

— Et Lord Uren ne va pas trouver étrange que la pièce contienne désormais des coffres ? lui demandai-je.

— J'y mettrai des couvertures dessus. Je doute qu'il le remarque.

Je ne pensais pas que Lord Uren soit un idiot, mais j'avais appris depuis longtemps que les gens pouvaient être remarquablement peu observateurs. J'espérais qu'il ne pose pas de questions à la Pinson concernant les coffres, parce qu'elle ne mentirait pas. Je n'étais pas certain qu'elle puisse présenter la vérité de manière créative, mais je ne souhaitais pas risquer ma vie ni celle de Jory pour le découvrir.

— Il sera bientôt là, dit-elle.

Jory m'embrassa rudement avant de soulever le couvercle de l'un des coffres et de se glisser à l'intérieur. Il rentrait tout juste, mais il me sourit lorsque je l'enfermai. La Pinson posa une jolie couverture rouge au-dessus.

Puis ce fut mon tour. Je n'appréciais pas particulièrement les espaces étroits et confinés ; j'aimais sentir que j'avais un moyen facile de m'échapper. J'aurais préféré affronter à nouveau les spectres dans l'entrepôt obscur. Mais je marmonnai dans ma barbe, me traitant d'une variété de noms et entrai. Avec le couvercle fermé et une couverture par-dessus le tout, aucune lumière ne filtrait à l'intérieur. Le bois sentait la naphtaline et la lavande, et de petites échardes me piquaient le dessus des mains. Je regrettais le thé que j'avais bu ce matin-là – du moins, regrettais de ne pas avoir pensé à me vider la vessie avant de me mettre dans cette position.

Les pas de la Pinson diminuèrent, le parquet craquant doucement sous ses pieds.

J'attendis.

Mes muscles avaient commencé à être pris de crampes lorsque j'entendis des voix. Je reconnus immédiatement Lord Uren ; il se plaignait de la semaine difficile qu'il avait eue.

— Je devrais peut-être revenir vous voir fleurdi ou fruidi si les choses ne s'améliorent pas.

— Je suis heureuse de vous aider à vous détendre, dit la Pinson. Bien, entrez et déshabillez-vous. Mais êtes-vous sûr de ne pas vouloir que vos gardes attendent en bas ?

Des gardes ? Merde. Ni Jory ni la Pinson n'avait mentionné que Lord Uren venait accompagné de gardes privés lors de ses visites. Soit mes alliés avaient été négligents soit Lord Uren se sentait particulièrement nerveux dernièrement. L'un comme l'autre, ma tâche était devenue plus ardue.

— Ils restent, dit Lord Uren d'un ton ferme.

— Très bien. Je vais chercher du vin pendant que vous vous préparez.

D'autres bruits de pas, probablement pendant que Lord Uren ôtait ses vêtements. Je supposai que le petit *poc* au-dessus de ma tête était lui jetant ses affaires sur mon coffre. Bien que je tende l'oreille, je ne parvenais pas à deviner combien de gardes l'avaient escorté ni là où ils se trouvaient. Il ne leur parla pas et ils ne dirent rien non plus.

Je me demandai ce qu'ils pensaient de leur travail, à rester plantés là pendant que leur employeur recevait des soins qui étaient très légèrement sexuels par nature. Regardaient-ils aussi quand il rendait visite à des prostitués ? S'étaient-ils trouvés dans la chambre pendant qu'il pénétrait Jory ? Je repoussai cette idée.

La Pinson revint et passa plusieurs minutes à dorloter Lord Uren – lui donnant du vin et l'installant sur la table, s'assurant qu'il soit à l'aise, lui demandant s'il voulait que la porte soit ouverte ou fermée. Les réponses étaient brèves et impatientes.

Puis elle se mit enfin au travail. À en juger par ses commentaires occasionnels et les gémissements de Lord Uren, elle lui massait les muscles. Puis elle se mit à chanter. D'abord une prière à Leucost, puis quelque chose dans une langue que je ne comprenais pas. Un sort, supposai-je. J'avais rarement été présent lors de lancers de sorts, mais la plupart de ceux que j'avais entendus avaient été prononcés dans d'autres langues. J'ignorais pourquoi. Peut-être était-ce juste un bon moyen de s'assurer que n'importe quel vieillard venant de la rue ne s'essayerait pas aux enchantements.

La Pinson ne chantait pas aussi bien que Jory. Mais tandis qu'elle continuait, chantant de plus en plus fort, une sensation de puissance envahit la pièce, faisant hérisser les poils de mes bras et de ma nuque. Mes muscles se contractèrent. Et bon sang, mon sexe tressauta comme s'il était intéressé par les événements. Je serrai vivement un de mes poignards.

Les gémissements de Lord Uren se firent plus forts et plus fréquents, et je fus incapable de dire s'ils étaient de douleur ou de plaisir. Puis il cria d'une voix rauque. J'avais toujours cru que les clients des Pinsons ne jouissaient jamais, mais peut-être avais-je eu tort. Ou peut-être avait-il simplement atteint l'extase magique.

Dans tous les cas, elle continua à chanter, mais plus doucement. Presque une berceuse. Puis elle parla.

— Dites-moi pourquoi votre semaine a été si horrible.

— Le Sous-Conseil s'est réuni. Un tas de vieux hommes et femmes radotant sur les mêmes stupidités dont ils se plaignent depuis que la ville a été construite.

— Ce doit être pénible. Mais il y a autre chose. Vous êtes très tendu.

— Je... Donnez-moi d'abord plus de vin.

Si elle fut offensée par ses manières rudes, elle n'en dit rien. Une brève pause s'ensuivit, durant laquelle je supposais qu'elle le servit et qu'il but.

— Des travaux étaient censés commencer cette semaine dans mon palais. Je veux un nouveau pavillon dans les jardins. Un endroit calme pour prendre le petit déjeuner, vous voyez, ou réfléchir sur la journée écoulé le soir. Mais la femme que j'ai embauchée est arrivée en retard racinedi, et elle a apporté les mauvais matériaux. Je voulais du bois brûlé, pas du sapin doré ! Elle a dit qu'elle allait devoir trouver un fournisseur de bois brûlé à l'extérieur de la ville et que cela prendrait une ou deux semaines de plus.

Il soupira d'un air théâtral.

J'avais passé un peu de temps parmi les nobles quand j'étais garde, et je n'avais jamais compris la profondeur de leurs plaintes ridicules. Son pavillon était retardé. Quelle tragédie ! J'avais passé une partie de ma vie sans toit sous lequel dormir, comme de nombreux Baseux. Même lorsque j'avais eu une maison, je n'avais certainement jamais eu de jardin, ni même accès à l'un d'eux. Il n'y en avait pas dans Le Bas. Cependant, le Quartier Royal avait de jolis petits parcs, des lieux tranquilles qui sentaient les fleurs et la terre propre, où fées et oiseaux voletaient au milieu des arbres et où fontaines en marbre tintaient joyeusement. Mais les habitants du Royal utilisaient rarement les parcs, puisque la plupart possédaient des jardins privés.

Lord Uren continua à râler à propos de son pavillon, comme s'il n'avait pas été responsable de la mort de plusieurs personnes cette semaine. Comme s'il ne serait pas ravi de nous voir, Jory et moi, morts.

La Pinson murmura quelque chose qui sembla compatissant. Je ne compris pas les paroles. Mais j'entendis Lord Uren lorsqu'il poussa un cri perçant.

— Pardon, dit-elle. Muscles très contractés. Tournez-vous.

Il dut avoir obéi, parce qu'un instant plus tard, elle reprit son chant. Par tous les enfers… allais-je devoir revivre ça ? Apparemment, oui. Les gémissements furent plus bas cette fois-ci. Je ne pouvais pas dire si c'était parce qu'il était épuisé ou parce que sa position sur le lit étouffait quelque peu les bruits.

— Je suppose que ce ne sont pas les problèmes avec votre pavillon qui ont nécessité la compagnie des gardes aujourd'hui, dit la Pinson.

— Non, bien que je sois à moitié tenté de les envoyer après la femme que j'ai embauchée. Je… oui, juste là !

Il haleta et geignit, et j'abandonnai tout espoir que la conversation se poursuive favorablement.

Mais j'avais sous-estimé la Pinson. Elle reprit son chant, plus fort et plus vite qu'auparavant, et le fit hurler en deux minutes. Il semblait hors de souffle lorsqu'il se remit à parler.

— Dieux, vous êtes douée.

— Je fais de mon mieux. Même quand je suis observée par des gardes.

— Arg. Je préférerais aussi ne pas les avoir dans les pattes. Mais il faut ce qu'il faut, et je me suis retrouvé dans de mauvaises affaires dernièrement.

— Oh ?

— J'ai essayé de rendre service à un parent éloigné. Il ne le méritait pas… il a déshonoré la famille tout entière avec ses habitudes immondes. Et même être renié ne lui a rien appris. Il n'a rien trouvé de mieux que de devenir une sale putain, laissant les pires racailles du Bas le baiser pour quelques briquets.

Je ne suis habituellement pas prompt à la colère. Il y a bien trop de choses dans ce monde pour enrager une personne, et la fureur vole généralement à un homme sa raison et sa prudence. Mais les paroles dédaigneuses de Lord Uren me firent bouillonner. Il insultait presque tout ce qui avait compté pour moi. Ma mère. Le Quartier Bas. Et Jory, qui s'était curieusement mis à compter pour moi.

Je tentai de calmer les battements de mon cœur alors même que ma prise sur le poignard se raffermissait. Je devais attendre. Devais espérer que Lord Uren en dirait un peu plus par lui-même. Mais quand je glissai ma main libre plus bas pour vérifier l'autre dague – une vieille et sage habitude : toujours tester ses armes avant la bataille – je ne trouvai pas le pommeau. Le fourreau était vide.

Me mordant la lèvre pour retenir mes injures, je faillis manquer ce que Lord Uren dit par la suite. Ce qui aurait été dommage puisqu'il parla de moi.

— Savez-vous ce que cette petite merde m'a fait d'autre ? Il s'est entiché de quelqu'un d'encore plus grossier que lui – un Baseux voleur et assassin à qui on a autrefois donné l'occasion de se racheter et qui a répondu comme la crasse honteuse qu'il est.

Il renifla.

— Mais peu importe. Je les aurais fait castrer et écarteler tous les deux avant le début de la nouvelle semaine.

Quelque chose rugit et cogna. Avant même que les cris jaillissent, je sus ce qui se passait et bondis hors du coffre, poignard en main.

Je tentai rapidement de donner du sens à ce chaos. Jory se battait avec un homme dans un coin de la pièce, pendant que Lord Uren se tenait nu près de la table, criant des ordres inintelligibles, une femme ayant une lame courte à ses côtés. La Pinson, l'air horrifié, s'était appuyée contre le mur.

La femme garde se précipita sur moi, et je profitai de l'avantage de ma grande taille et de mes bonnes bottes pour lui donner un coup de pied violent, la faisant reculer jusqu'à la table. Ne m'arrêtant pas pour voir si elle revenait à la charge, je répondis au cri soudain de Jory et me jetai sur son assaillant, qui tentait de lui retirer son couteau du corps. Cette vue me rendit malade. Encore plus quand il poussa Jory, qui, dans sa chute, se cogna la tête contre le coin du coffre et ne bougea plus par la suite. J'eus envie de voir s'il était toujours vivant, mais je n'en avais pas le temps. Au lieu de cela, je poignardai durement le garde, juste à la base de la nuque. Il tomba sans un bruit.

— Reste à terre ! criai-je à Jory, au cas où il entendrait.

La femme garde s'en prit à nouveau à moi, et je me retournai tandis qu'elle visait mon ventre. Le bout de sa lame déchira ma tunique, mais ne m'entailla pas la peau. Je la contrai en me jetant immédiatement sur elle, mais elle s'esquiva rapidement pour se placer hors de portée. Elle n'avait pas passé l'heure précédente repliée dans une boîte.

Nous nous fîmes face d'un air sombre. C'est une chose étrange que de se regarder dans les yeux, sachant tous deux qu'un seul d'entre nous survivra. Cela peut créer une étrange affinité alors même que l'on continue le combat. Ses yeux étaient d'un vert boueux comme le fleuve Tangye et aussi peu sympathique que ses eaux froides. Elle était plus jeune que moi, n'ayant pas plus d'une petite vingtaine d'années, mais elle était plus burinée et endurcie. Une Baseuse de naissance, supposai-je.

— Vous n'êtes pas obligée de faire ça, lui dis-je d'un ton aussi raisonnable que possible.

J'ignorais si Jory était en train de mourir derrière moi, mais je ne pouvais pas m'y attarder pour l'instant.

— Écoutez d'abord la véritable histoire.

Au lieu de répondre, elle me frappa aussi rapidement qu'un serpent de feu. C'était une combattante intelligente et elle visa la main qui tenait mon poignard. Sa dague toucha le dessus de mon poignet, ankylosant immédiatement mes doigts, mais j'attrapai le couteau de l'autre main.

Je répondis avec un coup de mon cru et lui poignardai l'épaule avant qu'elle ne saute en arrière. Si j'avais eu mes deux lames, j'en aurais lancé

125

une. Mais elle bougeait dans tous les sens, et je ne voulais pas prendre le risque de gâcher ma seule arme par un mauvais lancer.

Elle était douée. J'étais bien plus grand et avais une plus grande portée, mais elle bougeait presque trop vite pour que mes yeux puissent la suivre. J'avais de la chance qu'elle n'ait pas d'épée, mais sa dague ressemblait fortement à la mienne, de taille moyenne et très pointue. Une arme polyvalente faite pour taillader, poignarder ou être lancée, et suffisamment légère pour être maniée longtemps.

— Dites-lui ! hurlai-je à Lord Uren, qui était à présent accroupi près de la table pour se protéger. Dites-lui qui a tué Arthyen !

Lord Uren couina, mais je ne compris pas ce qu'il disait.

— Dites-lui, misérable ver de terre ! criai-je, ajoutant un rapide coup de pied dans ses côtes pour ponctuer mes paroles.

Il s'éloigna de moi à toute allure comme un crabe et se dirigea vers la garde pour être protégé.

Elle tendit le bras vers le bas, lui tira la tête en arrière par les cheveux et lui ouvrit la gorge avec sa dague. Puis elle le poussa vers moi.

Je hoquetai et m'ôtai vivement de la trajectoire.

La garde se précipita vers la porte, mais glissa sur le sang de Lord Uren, et mes jambes plus longues me portèrent en premier vers le pas de la porte. Je restai planté là en haletant, lui bloquant sa seule sortie et essayant de faire fonctionner mon cerveau surmené.

— Pourquoi l'avoir tué ? demandai-je.

Au lieu de répondre, elle se précipita vers la Pinson et la plaqua contre elle, pointe de sa dague contre la poitrine de son otage.

— Pars, gronda la garde. Pars ou je la tue.

— C'est une Pinson ! Elle n'a fait de mal à personne. Votre combat est avec moi.

La première véritable émotion s'installa sur son visage, et c'était de la haine.

— Mon combat est *à cause* de toi. Tu n'es rien d'autre que de la vase visqueuse.

Par tous les enfers, pourquoi cette femme me méprisait-elle ? Je ne l'avais jamais rencontrée. D'accord, je venais d'assassiner son partenaire, mais je ne faisais que défendre Jory. Et elle avait à peine jeté un coup d'œil au garde mort, alors je ne pensais pas qu'elle s'inquiétait particulièrement de son destin.

— D'accord. Je suis de la vase visqueuse. Je n'ai jamais proclamé être quelque chose de noble. Mais j'aimerais sortir de tout ceci vivant... pas vous ? Et j'ai besoin que la vérité éclate au grand jour.

Bien qu'avec Lord Uren désormais en cadavre tressautant, les choses semblaient assez peu réjouissantes.

— Dites-moi pourquoi vous l'avez tué.

— Ordure, cracha-t-elle.

Je ne savais pas trop si elle parlait de moi ou de Lord Uren. Elle enfonça légèrement la pointe de sa dague dans la poitrine de la Pinson.

C'était une situation désespérée. Si je partais, mes derniers espoirs de résoudre l'énigme seraient aussi morts que Lord Uren et son garde. Si je ne partais pas, si je la poussais à expliquer ses actes, elle tuerait la Pinson. Et durant tout ce temps, Jory était affalé sans bouger. Peut-être était-il mort lui aussi.

Par toutes les déités, pourquoi Dame Mort était-elle si friande de tous ceux qui m'approchaient ?

Je baissai ma main gauche au niveau de ma taille et commençai à m'éloigner de la porte.

Mais la Pinson ancra son regard dans le mien et secoua la tête.

— Non, dit-elle fermement. Pas encore.

Puis elle enveloppa sa main autour de celle de la garde et plongea la dague dans son propre cœur.

Alors que je restais ahuri pour la deuxième fois en quelques minutes, la garde grogna, libéra son couteau et attaqua.

J'esquivai sa lame, visant son cou de la mienne. Je ne fis que l'entailler, et elle frappa à nouveau, m'égratignant superficiellement le ventre. Cela piqua. Quand je tentai à nouveau de la toucher, elle se mit facilement hors de portée. Nous aurions pu combattre ainsi pendant longtemps, mais je n'avais pas beaucoup de temps. Jory était allongé dans un coin, et quelqu'un d'autre finirait par arriver. Le prochain client de la Pinson, peut-être, ou des gardes civils, ou des serviteurs de Lord Uren arrivant pour le chercher.

Je la laissai m'attaquer à nouveau, et tandis qu'elle s'avançait vers moi, je tombai à genoux. Sa lame érafla mon épaule blessée – déchirant une nouvelle fois ma cape –, mais peu m'importait. J'attrapai ses mollets, la fit tomber par terre et grimpai immédiatement au-dessus d'elle. Elle se débattit, et gronda, et agita son poignard, mais je la maintins en utilisant mon poids considérable. Je lui charcutai la main droite, la sectionnant presque, et dès que son arme toucha le sol, je frappai à nouveau, cette fois-ci en plein cœur.

Elle hoqueta et s'immobilisa, me dévisageant tandis qu'elle mourait, me détestant.

Je me précipitai vers Jory, donnant un coup de pied à l'autre garde mort pour l'écarter de mon chemin. Quand je m'agenouillai enfin devant Jory, le soulagement m'envahit – il était inconscient, mais respirait. Il ne saignait pas beaucoup, et d'après ce que je pouvais en dire, sa plus mauvaise blessure était le coup sur sa tête.

Il m'avait volé mon couteau, bon sang, et ses actions précipitées avaient gâché notre dernière chance. À ma place, quelqu'un d'autre l'aurait achevé, ou du moins l'aurait laissé là pour affronter les conséquences.

Au lieu de cela, je le secouai légèrement.

— Jory ? Réveille-toi. Je ne vais pas traverser la ville en te portant.

Ses yeux s'ouvrirent en papillonnant. Au début, son regard fut vague, mais il s'affûta rapidement et il essaya de se lever.

— Qu'est-ce que…

Je le maintins en place.

— Tu es très blessé ?

— Je suis… j'ai mal à la tête.

Il jeta un coup d'œil à sa jambe.

— Et à la cuisse. Mais dieux, Daveth, tu es dans un sale état ! Laisse-moi voir.

Il tendit la main vers moi comme s'il avait l'intention de vérifier l'une de mes blessures, et je repoussai sa main.

— Je vivrai. Peux-tu marcher ?

— Je crois.

Avec mon aide, il se leva et jeta un coup d'œil circulaire à la petite pièce, une vision d'horreur avec quatre cadavres éparpillés.

— La Pinson ! s'exclama-t-il.

— Oui.

— Et… Pourquoi as-tu tué Uren ?

— Ce n'est pas moi. C'est elle, dis-je en indiquant la femme garde.

— Ça n'a aucun sens.

— Non, en effet. Et nous n'avons pas de temps pour cette nouvelle énigme pour l'instant.

Je secouai la tête pour m'éclaircir les idées.

— Allons voir si nous pouvons trouver des vêtements qui ne soient pas abîmés.

Dans les placards de la Pinson, nous trouvâmes des tuniques et des chausses hors de prix qui nous allèrent à tous les deux, même si nous dûmes serrer fermement les lacets à la taille. Nous nous lavâmes un peu avant de les enfiler, et Jory insista pour envelopper mes blessures dans du tissu afin de m'empêcher de saigner et de tacher la nouvelle tenue. Je me demandai pourquoi la Pinson possédait ses vêtements. J'avais vu les sœurs porter uniquement de longues tuniques identiques, bleu roi avec des broderies blanches. Peut-être portaient-elles d'autres habits durant leurs moments privés.

— Nous volons, dis-je tristement après m'être habillé.

— Elle n'a plus besoin de ces choses. Tu ne l'as pas tuée, n'est-ce pas ? demanda-t-il en me regardant, sourcils froncés.

— Non. Elle se l'est fait toute seule.

— Pourquoi ?

Je grognai d'impatience.

— Je n'en sais rien. J'ignore totalement ce qui se passe. Je suis venu ici pour avoir des réponses et maintenant, tout ce que j'ai, ce sont plus de questions. Et quatre morts supplémentaires. Et maintenant que Lord Uren a disparu, je ne résoudrai jamais cette énigme.

Lord Uren était une vision pathétique, nu, en sang et recroquevillé sur un sol collant. Cependant, je ne me sentais pas désolé pour ce salaud. Il n'avait que ce qu'il méritait.

Joris plissa les yeux et se frotta la tête avec précaution.

— Où est-ce qu'on va maintenant ? demanda-t-il.

Je fis une pause alors que je nettoyais minutieusement mes poignards, puis lui jetai un regard noir.

— Je n'en ai aucune idée. C'était mon seul plan, et maintenant, il est parti en miettes. Par tous les diables, pourquoi n'es-tu pas resté dans ce coffre ?

Pendant un instant, Jory regarda silencieusement ses pieds. Quand il parla, sa voix était douce.

— Il y avait deux gardes. Je savais qu'il y en avait au moins deux parce que la Pinson a utilisé le pluriel.

— Et ?

— Et je n'étais pas sûr que tu serais capable de les éliminer tous les deux après être sorti de ton coffre. Et Uren disait ces choses sur toi...

— Un millier de personnes ont dit pire que ça sur moi. Cela m'est égal.

— Ça ne devrait pas. Ce n'est pas bien.

Je ricanai.

— Pas bien ? Peu de choses sont bien dans ce monde, trésor. Je croyais que tu l'avais découvert à présent.

Jory légèrement les épaules.

— Quoiqu'il en soit, je ne voulais pas que tu affrontes tous les gardes tout seul. Et je voulais les distraire.

— Tu les as parfaitement distraits… en te faisant toi-même toucher.

— Je ne suis pas trop ble…

— Et peut-être que j'aurais pu nous sortir de cette situation en parlant. Peut-être qu'à nous deux, nous aurions persuadé Lord Uren de dire la vérité, même avec ses voyous présents.

— Je ne m'attendais pas à ce qu'il soit assassiné par sa propre garde, dit-il en faisant la moue. Comment aurais-je pu m'y attendre ?

— Parce que tu es avec moi, et quand je suis là, les choses partent en vrille.

Je vérifiai mes poignards pour m'assurer qu'ils étaient propres avant de les glisser dans leur fourreau. Ils avaient été considérablement utilisés au cours des deux derniers jours, et j'aurais souhaité pouvoir les aiguiser…

Peut-être serait-il sage d'armer Jory afin qu'il ne soit pas tenté de voler à nouveau mon poignard. J'ignorais s'il portait toujours ce stylet, mais ce n'était pas aussi efficace qu'une lame plus grande. Évitant la mare de sang, j'enjambai la seconde garde que j'avais tuée et débouclai sa ceinture à couteaux. C'était un vol qui ne pesait pas le moins du monde sur ma conscience.

Je tendis la ceinture à Jory.

— Mets ça.

Pendant qu'il obéissait, je repêchai la dague de la garde dans la flaque de sang et la portai jusqu'au lit, où je me mis à la nettoyer.

— Putain ! m'exclamai-je.

Voyant les lettres inscrites sur l'acier, je regrettai de ne pas savoir lire.

De peur d'avoir mal reconnu la forme des marques, je me tournai vers Jory.

— Qu'est-ce que ça dit ?

Il contourna deux des corps pour me rejoindre, prit le couteau et regarda attentivement la lame.

— Euh, c'est de l'Ancien Langage. *Akoni ti farame.* Ça signifie, hmm…

— Bravoure et fidélité.

Quand il me regarda avec surprise, je levai les yeux au ciel.

130

— C'est la devise de la garde civile.

— Oh, dit-il, les yeux écarquillés.

Oui. *Oh.* J'essayai de comprendre ce que cela voulait dire. L'un des gardes privés de Lord Uren avait très certainement travaillé pour la garde civile. Mais avait-elle quitté la garde à un moment ou à un autre pour accepter un emploi avec lui, ou travaillait-elle pour les deux en même temps ? L'un comme l'autre, sa connexion avec la garde civile ouvrait une toute nouvelle gamme de possibilités sur la raison pour laquelle elle avait assassiné Lord Uren. J'avais le sentiment qu'aucune de ces possibilités ne signifiait rien de bon.

Grognant de frustration, je faillis attaquer le cadavre de Lord Uren. À la place, je donnai un coup de pied au lit.

— Par tous les diables, que se passe-t-il ?

Pendant que je piquais ma petite crise, Jory se dirigea vers le premier garde mort et récupéra son couteau. Il essuya le sang avec un bout de tissu, puis secoua la tête.

— Aucune inscription.

Je lui pris l'arme, la regardai rapidement et la jetai.

— Prends celle-ci, dis-je en lui tendant celle portant l'inscription. Elle est de meilleure qualité. Et elle rentre dans le fourreau.

Il rangea la dague d'un air pensif.

Je me frottai rudement la tête, comme si cela allait produire une solution à notre dilemme. Lorsque cela ne fonctionna pas, je me tapai le crâne dans la paume de ma main. Je n'avais jamais déclaré être malin, et les dieux savaient que je n'étais pas éduqué. J'avais deux qualités : je savais me battre, et j'étais sacrément têtu. Et si ce n'était pas suffisant pour nous sortir de ce bazar ?

Jory me surprit en s'accroupissant à côté de la Pinson et en la réarrangeant dans une position qui semblait plus confortable. Non pas qu'elle ressente un quelconque inconfort à présent. Puis il se mit à chanter, ce que je trouvai étrange jusqu'à ce que je me rende compte que c'était une prière, une vieille prière qui invoquait plusieurs déités, les suppliant de transporter sans accroc les défunts dans l'au-delà.

— C'était joli, dis-je quand il eut fini. Les dieux écouteront peut-être ta voix. Hmm. Je suppose que tu ne sais pas comment gagner la faveur de Bolitho.

— Tu crois que nous sommes une cause perdue ?

131

Je haussai les sourcils et indiquai silencieusement Lord Uren du menton.

— Les autres Pinsons pourraient dire aux gens ce qui s'est passé ici aujourd'hui, n'est-ce pas ?

Toutefois, il sembla douter de sa propre suggestion.

— Elles pourraient nous en vouloir pour sa mort, répondis-je. Où nous pourrions en mettre d'autres en danger. Et même si elles étaient sûres et coopératives, je ne suis pas certain que les autres soient encore au courant des événements d'aujourd'hui. As-tu déjà entendu parler d'un cas où elles ont donné des preuves de la mort de l'une de leurs sœurs ?

Joris secoua lentement la tête et se mordilla la lèvre.

— Nous avons peut-être une option. Mais je te garantis que tu n'aimeras pas.

XIV

LA MOITIÉ de la ville en avait après moi. Je ne possédais rien d'autre que quelques pièces et les vêtements dérobés sur mon dos. Quatre cadavres ensanglantés étaient allongés dans la pièce voisine – dont l'un était celui d'une femme qui avait essayé de m'aider, l'autre d'un homme qui avait été ma planche de salut. Mais ce qui me bouleversait le plus à cet instant était l'homme très vivant et très beau debout devant moi.

— Non, dis-je pour la vingtième fois, les bras croisés.

Mais Jory était tout aussi obstiné.

— Daveth, nous pouvons obtenir toute la vérité de lui, et…

— C'est de la nécromancie.

Je crachai le mot comme si c'était un blasphème… ce que c'était, pour moi.

— Nous n'allons pas le ramener à la vie. Pas vraiment. Nous lui poserons juste quelques questions.

— Et espérer qu'il nous réponde par sa bouche morte et froide.

— Oui.

Je frissonnai et traversai d'un pas raide la chambre de la Pinson, où j'observai une peinture de fleurs, pauvrement exécutée. Ce monde est assez moche, et la dernière chose que nous devrions faire est d'y ramener les morts. Laissons-les passer dans l'au-delà s'il y en a un, pourrir en paix s'il n'y en a pas. Par toutes les déités, j'avais vu assez d'horreurs parmi les vivants.

Jory arriva derrière moi d'un pas doux.

— Alors tu vas simplement abandonner ? Nous pouvons encore quitter la ville. Peut-être.

Ou je pouvais me poster en plein milieu de la rue et, à défaut de mieux, suivre le plan de me jeter à la tête des gardes. Je pouvais en tuer plusieurs avant de mourir. Mais cela signifierait plus de morts inutiles, et j'en avais assez. Quant à fuir, mon désir de le faire n'avait pas augmenté depuis que ce fiasco avait commencé. En vérité, je me sentais étrangement obligé de découvrir la raison du meurtre de Lord Uren, vu qu'il avait été mon employeur. En quelque sorte.

— Qu'est-ce qui te fait penser que cela fonctionnera ? demandai-je, regardant toujours les horribles fleurs.

— J'ai lu des choses.

Je me tournai pour le dévisager.

— C'est *ça* qui arrive quand on apprend à lire ? On trouve des histoires sur des nécromanciens ?

— Pas exprès. J'ai lu des histoires. Dieux, j'en ai lu *beaucoup*. Mes tuteurs voulaient que je mémorise chaque exemple où un citoyen de Tangye avait roté. Et dans au moins trois cas, les livres mentionnaient que des informations de valeur avaient été obtenues de personnes mortes. Comme lorsque la Reine Gerena a succombé à une fièvre, et…

— Je me fiche de la Reine Gerena.

Qui qu'elle ait pu être. Mes connaissances sur l'histoire de la ville étaient au mieux mince.

— Écoute. Même si je souhaitais le tenter – ce qui n'est pas le cas –, je ne peux pas vraiment traîner le corps de Lord Uren dans toute la ville à la recherche d'un nécromancien.

— Tu sais parfaitement bien où nous pouvons trouver ce genre de magie. Et nous n'avons pas besoin du corps entier…juste la tête.

— La *tête* ?

— Oui. C'est ce qu'ils ont fait avec la Reine Gerena, parce qu'ils voulaient que personne ne sache alors qu'elle était morte, et c'est difficile d'être discret quand on transporte un corps royal.

Merveilleux. Même si je devais admettre qu'une tête était certainement plus portable.

— Comment peuvent-ils parler sans poumons ?

— Je l'ignore. Par magie.

Une réponse aussi valable qu'une autre. Mais, par la grande déesse Flyra, je ne voulais pas le faire.

Avec un dernier gémissement frustré, je commençai à me déshabiller.

— Qu'est-ce que tu fais ? demanda Jory.

— Il n'y a aucun intérêt à les tacher eux aussi de sang.

Décapiter un homme avec une lame courte n'est ni un travail propre ni une tâche facile, même si son assassin a commencé le travail à votre place en lui tranchant la gorge. J'utilisai la dague qui avait appartenu à l'homme garde, parce que je ne voulais pas émousser la mienne ni celle de Jory en tranchant viande, tendons et os. Et même si une grande partie du sang s'était déjà écoulé par la plaie, c'était quand même un travail misérable et brouillon. Lord Uren n'avait pas meilleure allure en morceaux qu'entier.

Pendant que je me lavai à nouveau et enfilai mes vêtements, Jory trouva parmi les biens de la Pinson un sac avec une bandoulière. Il emmaillota la tête dans plusieurs couches de tissu, semblant peu inquiet de manipuler les restes déformés de son parent, et fourra le tout dans le sac.

— C'est toi qui la portes, dis-je tout en laçant mes bottes.

Si on longe la rive sud du fleuve Tangye et qu'on dépasse la Porte Est, on se retrouve à Port Lune, qui empeste le poisson. Mais si on passe cette même porte par la rive nord, on contourne le côté rocheux du Mont Sevi pour se retrouver complètement ailleurs : Nig Cairn. Le nom seul faisait frissonner la plupart des habitants de Tangye et réciter une rapide incantation aux dieux. Mais Nig Cairn était l'endroit où vivaient ceux qui pratiquaient la magie noire – et notre destination.

J'aurais préféré affronter à nouveau les spectres.

Nous n'arriverions jamais à traverser entièrement la ville en plein jour, pourtant, nous ne pouvions rester chez la Pinson jusqu'à la tombée de la nuit. Nous avions besoin d'un autre endroit où vous cacher, et nous avions besoin qu'il soit près.

— C'est toi qui vis près d'ici, fis-je remarquer. Ne connais-tu pas un endroit calme ?

— Un autre entrepôt hanté ? Je crains que non.

Il fronça les sourcils, concentré.

— Plus de maison close sûre ? demandai-je.

— Non. J'ai travaillé pour Branok, puis…

Il fit un geste en direction de la tête emballée, puis s'illumina.

— Attends. Je connais un endroit.

— Où ?

— Les *Deux Chats Gris*.

Je repensai à la foule que j'avais vue l'autre soir.

— Ce n'est pas calme, et tout le monde là-bas te reconnaîtra.

— De nuit, oui. Mais il n'y a personne là-bas jusqu'à tard le soir. Je connais un endroit où nous pourrons nous cacher pour l'instant, puis nous pourrons partir quand la nuit tombera.

Je pris quelques minutes pour y réfléchir. Les *Deux Chats Gris* n'étaient pas loin de la maison de la Pinson, et il était situé sur une rue très peu empruntée. Deux bons points. Je n'arrivai pas à trouver un plan alternatif, et nous avions déjà passé trop de temps chez la Pinson.

— D'accord.

Je jetai un dernier coup d'œil à la Pinson avant de descendre au rez-de-chaussée avec Jory. Elle semblait en paix. Morte, mais en paix. J'espérais que s'il y avait un au-delà, elle y était heureuse.

Nous remontâmes nos capuchons avant de sortir dans la rue, mais même avec mon visage caché, je craignais que nous soyons trop repérables. Jory restait légèrement instable sur ses pieds à cause de ses blessures à la tête et à la jambe, et mes plaies me faisaient bouger étrangement. Il y avait aussi ma taille à prendre en compte, sans parler du fardeau mystérieux à la forme étrange que Jory portait sur son épaule.

Nous ne pouvions rien y faire, même si j'aurais aimé avoir ce sort de mimétisme. Nous nous étions éloignés de plusieurs rues de chez la Pinson et je ressassais encore le visage que je pourrais emprunter, quand des cris résonnèrent derrière nous.

— Assassins ! Voleurs ! Arrêtez !

— Cours ! m'écriai-je.

Jory fut aussi rapide que moi, malgré sa tête. Ses têtes. Et il connaissait le quartier mieux que moi, alors je le laissai nous guider.

Nous courûmes dans des rues larges et étroites, passâmes devant des boutiques et des restaurants. Nous nous frayâmes un chemin à travers une foule en colère. Mes coupures me faisaient mal, même celle d'hier que Jory avait recousue – mais les cris des gardes derrière nous me motivaient pour continuer.

Il resta sur les rues les plus vallonnés, mais au lieu de grimper en direction générale des *Deux Chats Gris*, il nous fit descendre en direction du Bas. Malin. Les gardes auraient plus de mal là-bas.

Dans une rue malheureusement vide, les gardes faillirent nous rattraper. Ils étaient quatre, je pouvais le voir à présent, et je les entendis souffler derrière moi. L'un d'eux, un garçon particulièrement agile avec une tête rasée, se rapprocha suffisamment pour m'attraper le bras, mais il avait apparemment oublié que je pouvais faire plus que courir. Je m'arrêtai juste assez longtemps pour lui donner un coup de pied dans les bourses de toutes mes forces, et quand il s'effondra sur le pavé, je repris ma course et rattrapai Jory.

Lorsque nous entrâmes dans le Bas, Jory me laissa prendre le relais. Je nous fis passer devant une rue étroite où s'alignaient des maisons tordues et hautes. Les gens nous regardèrent bouche bée, mais personne ne se mit sur notre chemin et personne n'essaya d'aider à notre capture. Les Baseux n'étaient pas souvent gentils envers les gardes.

Nous nous esquivâmes dans une rue nauséabonde où nous dûmes éviter les ordures. Je souris quand les gardes derrière nous se mirent à jurer, moins accoutumés à ce lieu. Ils commençaient à perdre du terrain.

Jory commençait aussi à faiblir, sa respiration se faisant sifflante et sa grâce habituelle ayant disparu. J'utilisai ma main valide pour l'aider à enjamber un petit portail, et nous nous accroupîmes un moment dans les ombres derrière un bâtiment immense.

— Continue, siffla Jory.

— Pas sans toi.

— Prends la tête. Tu peux…

Il haleta quelques instants.

— Tu peux résoudre ton énigme. Je ralentirai les gardes.

— Non.

Je me levai et le remis debout.

— Reste avec moi.

Nous coupâmes par un jardin pavé inutilisé et nous glissâmes à travers une barrière cassée dans une autre rue, celle-ci accueillant des vendeurs ambulants de nourriture et des étals de camelotes. Nous marchions à présent, et j'avais presque décidé que nous avions perdu les gardes quand un autre cri résonna et que je les vis au loin devant nous.

Merde.

Je dus tirer sur le bras de Jory pour lui faire faire demi-tour et courir dans la direction opposée. Cependant, il était lent et trébucha deux fois. Il serait tombé si je ne l'avais pas rattrapé.

Quand les gardes se rapprochèrent dramatiquement, je plongeai derrière une charrette où des tasses en fer et des couverts bon marché étaient empilés haut. Le propriétaire couina lorsque je renversai le chariot en direction des gardes. Une demi-rue plus bas, je refis la même chose avec un chariot qui vendait des brochettes de viande – un effort plus satisfaisant parce que, à en juger par les cris, le feu brûla au moins un de nos poursuivants.

Je jetai un coup d'œil derrière moi et vis que deux hommes nous pourchassaient toujours. Jory semblait sur le point de s'effondrer, et je chancelais de douleur. Alors, avec une rapide prière à Bolitho – qui en avait certainement assez de moi à présent –, je courus jusqu'à la maison la plus proche, prononçai hâtivement un contre-sort universel de verrou, ouvris brusquement la porte et poussai Jory à l'intérieur. Puis je remis le verrou en place.

— Daveth, haleta-t-il en se pliant en deux.

— Ne gâche pas ton souffle.

J'analysai rapidement l'endroit. Comme chez Jory et dans de nombreuses autres maisons du Bas, le hall d'entrée avait une porte au rez-de-chaussée, menant sans aucun doute à un appartement. Un escalier branlant prenait presque tout l'espace où nous nous trouvions.

— En haut, ordonnai-je.

Je le fis passer en premier afin de pouvoir le pousser et l'empêcher de tomber en arrière. Nous grimpâmes trois étages – une seule porte à chaque étage –, puis nous fûmes au sommet. Une autre prière désespérée tandis que je tirais brusquement sur la porte.

Par toutes les déités, elle s'ouvrit. Nous étions dans un grenier poussiéreux, vide hormis quelques meubles cassés et plusieurs cadavres de petits animaux. Et, comme je l'avais espéré, une fenêtre. Je regardai la rue en contrebas et fus ravi de voir que c'était l'autre côté du bâtiment dans lequel nous étions entrés. Il n'y avait aucun signe de gardes dans la ruelle étroite au-dessous.

Le châssis de la fenêtre était coincé par la peinture, et je brisai presque la vitre en essayant de le libérer. Mon corps tout entier hurlait de douleur, mais j'ouvris enfin la fenêtre, puis sortis sur le minuscule balcon et regardai vers le haut. Oui, cela pourrait fonctionner. Ou alors Jory et moi finirions écrasés sur le pavé comme des œufs cassés. Mais même cela était une meilleure mort que ce que les magistrats de la ville nous feraient.

— Viens ici, ordonnai-je. Je vais t'aider.

Jory regarda en l'air d'un air méfiant.

— Le toit ?

— Je le faisais souvent quand j'étais gamin. C'est un bon moyen de s'échapper.

Il me jeta un coup d'œil de biais.

— À qui essayais-tu d'échapper ?

— Ça variait.

Je n'étais plus aussi agile qu'à cette époque-là, et quand, enfant, je grimpais, je n'avais pas d'abord été découpé en morceaux. Je pris une profonde inspiration et poussai Jory. Mes blessures brûlaient comme du feu, mais je serrai les dents tandis que Jory se hissait et grimpait sur le toit.

Il disparut de ma vue pendant un moment.

— Ils sont tous rattachés ! s'écria-t-il doucement.

— Je le sais. Tu me donnes un coup de main ?

Son moment de pause signifiait probablement qu'il avait retiré le sac de son épaule, puis il fut à plat ventre, son visage me regardant et ses bras pendant par-dessus le rebord. Je sautai pour attraper ses mains, mais les ratai, vacillant presque par-dessus le bord du balcon. La seconde fois, je réussis, et tandis qu'il tirait, j'enfonçai mes bottes dans le mur et montais. J'avais l'impression que ma main droite allait tomber. Grognant et jurant considérablement, j'arrivai au sommet, et Jory et moi restâmes allongés côte à côte, haletants, regardant le ciel brumeux.

— Comment va ta tête ? demandai-je une minute plus tard.

— À merveille.

Il me regarda attentivement.

— Tu saignes.

— Où ?

— Partout. J'ai l'aiguille et le fil…

— Pas ici. Viens.

Quand il eut remis le sac sur son épaule, nous avançâmes lentement sur les toits plats, attentifs aux tuiles manquantes et aux planches pourries. Nous eûmes de la chance que cette rangée de maisons soit en un relatif bon état ; nous ne traversâmes le plafond de personne. Quand nous arrivâmes à la fin de la rangée, Jory regarda l'autre côté de la ruelle d'un air inquiet.

— Je ne peux pas sauter aussi loin.

— Moi non plus. Attends.

Je cherchai une longue planche qui soit un peu plus lâche que ses voisines, et Jory m'aida à la retirer. Elle était suffisamment longue pour atteindre le bâtiment suivant, mais elle était étroite.

— Est-ce que tu peux traverser ?

— J'ai un bon équilibre, dit-il.

— D'habitude, peut-être. Mais avec ce coup à la tête ?

Il finit par traverser en rampant, tout comme moi. Pour une fois, j'étais reconnaissant d'être maigre ; si j'avais été plus lourd, la planche n'aurait peut-être pas tenu.

Nous continuâmes sur les toits pendant un certain temps, nous dirigeant globalement vers le haut de la colline. Quand j'étais enfant, je m'arrêtais pour profiter de la vue. Parfois, je faisais semblant d'être un roi inspectant son royaume. Mais pas aujourd'hui. Je voulais juste me trouver

139

un endroit sûr et m'effondrer. Pendant ce temps, Jory était silencieux, suivant consciencieusement mes ordres.

Finalement, nous arrivâmes à un endroit où l'écart était trop grand à traverser. Et, de toute façon, avec mon poids, je n'aurais pas fait confiance aux planches. Le bâtiment et ses voisins semblaient abandonnés.

— J'espère qu'il n'y a pas de spectres, marmonnai-je, bien que nous soyons trop loin du fleuve pour cela.

J'examinai attentivement notre environnement et décidai qu'un grand balcon, deux étages plus bas, nous accueillerait. Probablement. Je me laissai tomber en premier, grognant de douleur en atterrissant, et fis de la place pour que Jory atterrisse à mes côtés.

Puis nous entrâmes en rampant simplement par la fenêtre – la vitre avait disparu depuis longtemps – et nous frayâmes un chemin dans le noir jusqu'à la sortie du rez-de-chaussée. Je repérai un corps humain en chemin, rien que des guenilles au-dessus d'os et quelques mèches de cheveux. Il était affalé dans un coin, abandonné. Si Jory le vit aussi, il n'en dit rien.

Personne ne nous attendait dans la rue, pas même des mendiants ou des gens pris dans les affres des Rêves. Il semblait que toute la ville avait oublié ce quartier.

— Pourquoi ne pouvons-nous pas rester ici ? demanda Jory, indiquant le bâtiment que nous venions de quitter.

Il semblait véritablement épuisé, mais au moins, sa respiration était revenue à la normale.

— Nous avons besoin d'eau. De nourriture, si nous en trouvons. Et à la tombée de la nuit, nous attirerons les rats et les ombrenaines à cause de l'odeur du sang.

— Charmant.

En longeant les bâtiments et en utilisant des passages sombres, nous parvînmes aux *Deux Chats Gris* sans autres mésaventures. Jory me conduisit derrière le bâtiment, où un passage protégé séparait le théâtre d'un simple plongeon dans le fleuve. Il marmonna un sort à une porte qui ne se remarquait pas, et qui s'ouvrit sans protester.

— Tu sais comment entrer, observai-je.

— Il y a eu des moments où j'ai dormi ici. Quand l'argent était particulièrement rare.

Nous étions dans une longue et fine cuisine qui sentait les oignons et la bière. Se déplaçant avec confiance, Jory trouva deux grands pichets, qu'il remplit à une pompe et me tendit. Je les tins maladroitement à cause de ma main engourdie. Puis il trouva un bol en faïence et, avec un petit bruit de triomphe, découvrit un garde-manger. Il remplit le bol de noix, de pommes et de fromages.

— Je ne sais pas si nous pouvons payer pour cela, fis-je remarquer.

Il nous restait peu de pièces et nous aurions encore besoin de payer un nécromancien.

— Les propriétaires me doivent une semaine de paye.

Je doutais que ce soit la vérité, mais ne dis rien. À la place, je le suivis, me courbant pour passer une porte basse et descendant des marches en pierre jusqu'à une cave. Il alluma deux lampesprits, nous donnant à peine assez de lumière pour nous débrouiller. Dans la pénombre, j'aperçus une paillasse pour dormir et beaucoup de caisses en bois.

— Déshabille-toi, ordonna-t-il.

Pendant que j'obéissais, il sortit le paquet d'herbes qu'il avait acheté la veille. Il retira alors mes bandages, jurant doucement face à ce qu'il voyait.

— Tu es dans un sale état.

— Mais je suis vivant.

Il humidifia un bout de tissu et tamponna précautionneusement mes plaies, puis utilisa l'aiguille et le fil pour les recoudre. Je supportai stoïquement jusqu'à ce qu'il humidifie les herbes et étale la pâte résultante. Cela piqua horriblement, surtout sur mon poignet, me faisant siffler et jurer. Mais il posa enfin des bandages frais et annonça que le résultat était satisfaisant.

— Laisse-moi voir les tiennes, dis-je, tendant la main vers lui.

Il baissa ses chausses.

— Ce n'est vraiment rien.

Une longue estafilade rouge courait le long de sa cuisse, gâchant sa peau parfaite. La blessure semblait enflée et douloureuse, mais elle avait déjà cicatrisé et ne semblait pas profonde.

— Ça va s'infecter si tu n'utilises pas ces herbes, le mis-je en garde.

Quand il ne réagit pas, je pris le bol et mis la mixture sur mes doigts, puis l'étalai sur lui. Il resta très immobile, sa peau se couvrant de chair de poule à mon contact. Malgré mes douleurs pénétrantes et ma fatigue, j'avais envie de le toucher davantage, d'apprendre les secrets de son corps si je ne pouvais apprendre ceux de son esprit. Je me contentai de passer un pouce sur la pointe de sa hanche, puis je remis délicatement ses chausses en place.

— Tu n'es pas obligé de t'arrêter, dit-il en plaçant sa main contre ma nuque.

— Comment va ta tête ?

— Un peu douloureuse. J'ai connu pire après une nuit de mauvais vin.

— Va te reposer.

Sans même jeter un coup d'œil à la paillasse, il secoua la tête.

— Non.

Il m'attira davantage et posa son front contre le mien, un geste intime qui me donna presque le tournis.

— Tu es plus blessé que moi, et tu… eh bien, dormir te ferait du bien.

— J'ai supporté pire que ça.

— Daveth, ce n'est pas parce que tu as souffert que tu le mérites. Et ça ne veut pas dire que tu dois continuer à souffrir.

— Non, dis-je en rigolant. Je peux aussi mourir.

— Nous allons tous mourir. Ne pouvons-nous pas *d'abord* goûter à un peu de bonheur ?

J'allais lui dire que le bonheur était un mythe, mais il s'agenouilla devant moi et enfouit son nez dans mon entrejambe. D'accord. Pas du bonheur, mais au moins du plaisir. Je croyais au plaisir. Ses cheveux étaient doux contre la peau douce de mes cuisses, son souffle chaud contre mon aine. Il y avait quelque chose de légèrement pervers dans nos positions – lui à genoux, entièrement habillé, alors que j'étais debout devant lui, nu. Mais en voyant la façon dont il leva la tête pour me regarder, je pus presque croire que j'étais plus qu'un Baseux maigrichon sur qui des marques récentes s'ajoutaient aux vieilles cicatrices.

Il me prit en bouche et m'avala en entier, et il me fallut toutes mes forces restantes pour rester droit. J'eus une vision passagère ; nous deux fraîchement lavés, moi rasé de près, Jory allongé nu sur des draps en soie avec les rayons du soleil transformant sa peau en or. Si c'était l'au-delà, je le souhaitais. Même les déités en seraient envieuses.

Jory prit son temps avec moi. Mes genoux flanchèrent et je m'accrochai à ses épaules pour me soutenir. Dans la brève volupté de ses mains et sa bouche, je pus presque oublier ma douleur et la certitude de notre ruine imminente. Je m'imaginais respecté et aimé. Je m'imaginais heureux.

Je jouis dans un long soupir interminable.

Puis je m'habillai et m'assis sur la paillasse, dos contre le mur en pierre, un bol de nourriture à mes côtés. Je m'attendais à ce que Jory me rejoigne.

Au lieu de cela, il baissa les yeux vers moi avec un léger sourire.

— Puis-je chanter pour toi ? Ce sera peut-être mon dernier spectacle.

— Oui.

Je mâchai plusieurs noix et les fit passer avec de l'eau, regrettant que ce ne soit pas de la bière.

Avec un sourire plus large, il délaça ses bottes. En quelques secondes, il fut complètement nu, et sous les lampesprits, il semblait d'argent plutôt que d'or, sa blessure récente ne gâchant en rien sa perfection. Il était également à moitié en érection. Bien que je sois trop vidé pour répondre physiquement, j'appréciais la vue presque autant que j'avais aimé son contact.

Il chanta doucement, avec un léger éraillement dans la voix que je n'avais jamais entendu auparavant. Je ne comprenais pas les paroles, qui étaient prononcées dans l'Ancien Langage, mais je me dis que c'était une chanson d'amour. Quelque chose sur l'envie et le déni, ou peut-être la perte. Les yeux de Jory étincelaient.

Après avoir fini de chanter, pendant que les notes résonnaient encore doucement dans la pièce, il se mit à se caresser. Son regard resta ancré dans le mien.

J'avais vécu dans des quartiers confinés avec d'autres hommes et femmes quand j'étais garde, et j'avais eu ma part de sexe. Mais je n'avais jamais rien expérimenté de tel. C'était un Rêve, une toile d'araignée magique enroulée autour de moi, une visitation des déités. Je jurai de chérir tendrement ce souvenir, et, quelques secondes avant que Dame Mort vienne enfin réclamer mon corps, je me le remémorerais et mourrais en souriant.

Jory ne brisa notre contact visuel à aucun moment, pas même lorsqu'il jouit.

Il s'habilla et s'assit à mes côtés, et nous partageâmes notre petit repas en silence. Puis il passa la main sous les plis de sa tunique et sortit une petite boîte en bois qui s'avéra contenir des apaiseurs. Il en alluma un et prit une bouffée, puis il me le tendit.

— Non, dis-je.

— Pourquoi ?

— C'est une habitude que je n'ai jamais prise.

Il haussa les épaules et tira dessus une nouvelle fois.

— J'en fumais souvent avant d'être renié. C'est un trop grand luxe depuis.

— Où as-tu trouvé ceux-là alors ?

Aucune réponse. Nous regardâmes la petite volute de fumée s'élever dans les ombres des poutres du plafond. Après avoir terminé son apaiseur, il jeta le mégot et en alluma un autre. Il s'appuya contre mon épaule.

— Dis-moi quelque chose d'heureux, Daveth.

— Comme quoi ?

— Je ne sais pas. Quelque chose de bien qui t'es arrivé.

— Ta performance, à l'instant.

Il sourit rapidement.

— Je suis content que tu aies apprécié. Mais dans ton passé ? Il a bien dû y avoir quelque chose.

Malgré ma réticence à répondre, je me mis à parler.

— Je voulais être garde. C'était mon salut. La preuve que je n'étais pas un déchet.

Je soufflai.

— J'étais naïf et à peine plus qu'un gamin.

— Je doute que tu aies jamais été naïf.

— Je l'étais concernant la garde civile. Je pensais qu'ils étaient ce qu'ils proclamaient être : le pouvoir de la vertu. J'ignore d'où je tenais cette impression. Aucun Baseux ne pense du bien des gardes. Mais moi oui. Et un après-midi, je me suis lavé et je me suis présenté à leur poste à l'extérieur du Quartier royal. J'ai demandé à voir l'officier aux commandes.

— Ils t'ont écouté ? demanda Jory, surpris.

— Je suis sûr qu'ils pensaient que je serais une bonne distraction. Ils sont allés chercher la capitaine. Quand je lui ai dit que je voulais rejoindre la garde, tout le monde a ri. Mais j'ai dit que je me battrais avec deux d'entre eux pour prouver ma valeur. Il y a eu plus de rires. Cependant, la capitaine a accepté. Elle a choisi deux de ses meilleurs hommes et nous sommes tous allés sur le petit terrain d'exercice derrière le bâtiment. Nous nous sommes battus aves des épées émoussées d'entraînement.

— Et tu les as battus.

— Oui. Pas facilement, mais j'ai gagné. Le soir même, j'étais accepté en tant qu'apprenti. Et par toutes les déités, le sentiment que j'ai éprouvé quand je me suis allongé sur *mon* lit de camp, avec *mon* uniforme à mes côtés et les couleurs de la garde aux murs !

J'avais été content cette nuit-là – non, *heureux* – d'être au milieu des mes compatriotes ronflant et pétant. Ravi d'appartenir à quelque chose. Quel idiot.

144

— C'est un bon souvenir, dit Jory. Ce qui s'est passé par la suite ne le gâche pas ?

— Non. Je peux gérer l'amertume sans oublier la douceur.

J'appuyai la tête contre le mur et fermai les yeux.

— Et toi ? Un bon souvenir ?

Il resta si longtemps silencieux que je crus qu'il n'allait pas répondre, ce qui ne serait pas juste puisque c'était lui qui avait commencé ce petit jeu. Mais alors il soupira.

— À quinze ans, j'ai quitté discrètement le palais et ai traversé la ville tout seul. Je ne l'avais jamais fait. J'ai trouvé cela très audacieux de traverser le Bas sans gardes. J'ai grimpé le Mont Sevi jusqu'au sommet, où se trouve le temple de Flyra. Mais je ne suis pas rentré. Je suis resté dehors à regarder l'océan, et j'ai imaginé avoir des ailes qui pouvaient s'étendre pour m'envoler. Je me suis senti... plein de promesses.

— C'est... joli.

Ça l'était, même si je ne pouvais l'exprimer correctement.

— J'ai chanté. Beuglé autant que mes poumons le permettaient, en fait. Et des prêtres m'ont trouvé – ils ont deviné que je venais du Quartier Royal – et m'ont fait dire mon nom de famille. Mes parents n'étaient pas contents de moi quand leurs gardes m'ont ramené à la maison.

— Doux, puis amer ?

Il rit doucement.

— Oui. Mon père m'a battu. Mais alors même qu'il le faisait, je me suis rendu compte que rien n'enlèverait le souvenir du sentiment que j'avais éprouvé au sommet de la colline.

Après plusieurs minutes de silence, il sortit les apaiseurs. Je l'arrêtai de ma main avant qu'il puisse en allumer un.

— J'aimerais que tu ne le fasses pas.

— Pourquoi ?

— L'odeur... me rappelle quelqu'un.

— Un amant ? demanda-t-il, le regard fixé sur les caisses en bois en face de nous.

Ce n'était pas le bon mot. Je ne m'étais jamais leurré sur ce que Myghal ressentait pour moi, ni ne m'étais pâmé d'amour pour lui. Il était beau et élégant ; j'étais consentant.

— Quelqu'un avec qui je couchais, dis-je.

— Hmm.

Il rangea la boîte.

— Tu n'as jamais eu d'amant ?

Je voulais bien reconnaître que l'amour existait, mais pas pour des gens comme moi.

— Non.

— D'ami ?

Cela me fit ricaner.

— En fin de compte, nous finissons tous comme lui, dis-je en indiquant du doigt le sac contenant la tête de Lord Uren. Nous finissons tous seuls. Tout le reste n'est qu'illusion.

— Mais une illusion peut être belle.

Il appuya sa tête sur mon épaule, et nous attendîmes la nuit.

XV

LA NUIT était tombée sur la ville lorsque nous quittâmes la cave des *Deux Chats Gris*. L'air charriait les odeurs de fumée et de cuisine, et quand nous descendîmes une rue où s'alignaient des maisons modestes et propres, j'entendis des discussions amicales à travers les fenêtres ouvertes. Un enfant rire. Une femme chanter.

Je portais la tête de Lord Uren. Jory avait offert de le faire, mais il avait déjà trimbalé la chose, et je me disais que c'était mon tour. De plus, quelle meilleure façon d'entrer dans Nig Cairn qu'avec un morceau d'homme mort pendu à mon épaule ?

Tandis que nous dépassions des boutiques fermées pour la nuit, Jory repéra un prospectus cloué sur un mur et s'arrêta.

— Notre tête a été mise à prix, dit-il.

Je ne fus pas surpris.

— Combien ?

— Dix couronnes pour moi, quinze pour toi.

— Je vaux plus ? demandai-je, en éclatant de rire.

— Bien sûr. Tu es le plus dangereux. Je ne suis qu'un voleur.

Je sentis le poids de la tête de Lord Uren et tentai de ne pas penser à celle de Jory rangée dans un sac. Ou à la mienne. Bien que personne ne se donnerait la peine d'une telle absurdité. Une fois que nous serions morts, nos restes seraient simplement jetés dans le fleuve. Peut-être les spectres nous trouveraient-ils et seraient-ils heureux que nous n'envahissions plus leur entrepôt.

Nous vîmes d'autres prospectus lorsque nous traversâmes l'Argent, mais aucun dans le Bas, où peu de gens savaient lire. Dommage, vraiment – les Baseux désireraient plus ardemment la prime. Personne ne nous arrêta lorsque nous descendîmes vers les berges.

Côté nord du fleuve se trouvait un chemin non pavé, la terre tassée solidement par une centaine de générations de piétons. Comme il n'y avait aucune lanterne, notre traversée de nuit fut légèrement difficile. Mais elle était également aussi sûre qu'elle l'aurait été dans la ville, parce que peu de personnes empruntaient ce chemin et qu'aucune d'elles ne nous verrait bien. De plus, la majorité essayait aussi d'éviter l'attention des gardes.

Jory fredonna si doucement que je pus à peine l'entendre.

— Mon luth me manque, dit-il tandis que nous longions une immense pile d'ordures nauséabondes. Et toi ?

— Je n'ai pas de luth.

Il me donna un coup de coude.

— Tu n'as pas pu retourner chez toi non plus. Y a-t-il quelque chose là-bas qui te manque ?

Je réfléchis un instant.

— Juste… la sécurité. J'avais aussi cette nouvelle tenue, mais je ne peux pas dire que je la pleure.

— Y a-t-il quelque chose ayant de la valeur à tes yeux ?

Bien que j'aie le sentiment qu'il parle de plus que de possession matérielle, je grognai :

— Mes lames et mes bottes. Je les ai encore.

Je ne mentionnai même pas ces pièces qui reposaient à la banque, parce que je ne les avais pas possédées suffisamment longtemps pour en avoir un vrai sentiment d'appartenance.

Alors que nous approchions de la Porte Est, le fleuve s'élargit et les bâtiments se firent plus rares. Ici, l'odeur était pire, puisque les eaux usées de la ville faisaient route vers l'océan, mais nos chances d'être arrêtés étaient réduites.

Le mur de la ville apparut devant nous, ses remparts éclairés par des lampesprits. Je ne l'avais jamais vu de nuit, et très rarement de jour. C'était étonnamment joli. Quand le sentier passa entre le mur et le fleuve, je fis glisser ma main le long des pierres anciennes, me demandant combien de personnes avaient marché ici avant.

Personne ne gardait cette porte ; il y avait peu à garder. Les habitants de Tangye venaient rarement par ici, et les pêcheurs de Port Lune entraient dans la ville uniquement pour vendre leurs marchandises. Ce qui ne laissait que Nig Cairn. Mon cœur se mit à battre la chamade à cette simple pensée.

Bientôt, nous fûmes entièrement sortis de Tangye, et le chemin longea le bas du Mont Sevi avant de tourner vers le nord, loin du fleuve. Ici, l'air marin tenait à distance la brume de la ville, aussi Jory et moi fûmes-nous récompensés de la vision de milliers d'étoiles scintillantes – une vue rare pour les habitants de Tangye. Mais nous ne nous arrêtâmes pas pour admirer le spectacle et continuâmes consciencieusement à avancer.

Lorsque le premier cône de pierre se profila devant nous, Jory me prit la main.

— Es-tu déjà venu ici ? demanda-t-il nerveusement.

— Une fois.

Je venais d'intégrer la garde civile. Notre Capitaine m'avait envoyé ici avec trois nouvelles recrues, soi-disant pour livrer une lettre mais, en réalité, pour tester notre courage. L'un de mes compatriotes avait jeté un simple coup d'œil à Nig Cairn avant de retourner en ville en courant, abandonnant sa nouvelle carrière. Le reste d'entre nous avions accompli notre tâche, mais nous avions tous été pâles et pressés, et dès que nous étions revenus à Tangye, nous nous étions saoulés. Et cela avait été une visite de jour.

J'ignorais à quel point les histoires étaient exactes, mais j'avais entendu dire que Nig Cairn avait été construit bien avant Tangye, avant même que l'Ancien Langage ne soit parlé. De nombreux, nombreux siècles plus tôt, le peuple de Nig Cairn était sans arrêt attaqué par des dragons et des serpents de mer, tout en étant réticent à l'idée de s'éloigner de l'océan. Pour se défendre, ils avaient creusé la terre, créant une ville presque entièrement souterraine. Leur stratégie avait fonctionné pendant un moment, jusqu'à ce qu'une épidémie balaye la majorité de la population et laisse quelques passages infestés de fantômes. Les survivants s'étaient retirés à l'intérieur des terres et avaient construit une nouvelle cité au-dessus du sol. J'ignore ce qui était arrivé aux dragons et serpents. Peut-être que l'épidémie les avait tués aussi.

— La tête que tu transportes est la chose la moins effrayante du coin, chuchota Jory lorsque nous passâmes entre deux cônes.

Ils faisaient quatre ou cinq fois ma taille et brillaient faiblement, mais je n'avais aucune idée de la source de lumière. Les cônes étaient essentiellement des sorties pour les pièces souterraines ; une seule porte en permettait l'entrée. Cette voie unique était le fait des habitants les plus récents de Nig Cairn.

Nous arrivâmes au plus grand cône, qui était aussi celui qui brillait le plus. Il semblait être monolithique, mais je savais comment entrer.

— Daveth Blyd et Jory Pearce, annonçai-je fortement. Nous recherchons des services particuliers.

Une voix d'un genre indéterminé siffla de nulle part, faisant sursauter Jory.

— Quel genre de services ?

Le mot suivant sortit avec difficulté.

— Nécromancie.

— Qu'avez-vous à offrir en retour ?

— De l'argent.

Le silence retomba, et je crus que nous allions être renvoyés – une perspective qui ne me désolait pas entièrement. Mais alors un fort grattement commença et une ouverture apparut dans la roche.

Prenant une profonde inspiration, je fis un pas en avant. Jory était sur mes talons, et s'il émit un bruit consterné lorsque la roche se referma derrière nous, je ne lui en voulus pas.

La lumière diffuse imprégnait également l'antichambre, donnant un ton légèrement gris à tout ce qui l'entourait, y compris notre peau et les cheveux de Jory. Les murs autour de nous étaient rugueux et inégaux, creusés de plusieurs petits trous. Ils me faisaient penser à de vieux os. Et en fait, un squelette humain était affalé contre un mur, ses yeux creux semblant étrangement me regarder.

Jory marmonna une petite prière, mais je restai silencieux. Je me disais que Bolitho avait assez entendu parler de moi jusqu'à présent.

L'escalier descendant jusqu'au cœur de Nig Cairn était taillé à même la roche et grandement accidenté. Les murs se rapprochaient. Quelque chose pendait si bas au plafond que je dus baisser la tête. Je n'aimais pas me sentir piégé, mais je continuai, parce que je n'avais pas d'autres options. La tête de Lord Uren se faisait plus lourde à chaque pas.

Jory et moi arrivâmes sur un palier où un couloir s'étendait de chaque côté de nous. Mais une marque rouge apparue au sol, nous poussant vers d'autres marches.

— Jusqu'où allons-nous devoir nous enfoncer ? demanda doucement Jory.

— Aussi profondément que nécessaire.

Nous descendîmes, suivant la marque rouge, empruntant un passage étroit, une immense pièce qui résonnait, puis un autre escalier. Nous ne vîmes rien de vivant, mais dépassâmes plusieurs piles d'os humains. Certains étaient des squelettes intacts, alors que d'autres n'étaient constitués que de pièces choisies – principalement des crânes. J'aurais juré que ces crânes nous regardaient.

— Qui sont-ils ? demanda Jory.

— Des morts.

— Mais comment sont-ils morts ?

— Quelle différence pour nous ?

Ils avaient dû pousser leur dernier soupir récemment, ou peut-être étaient-ils morts au cours de l'épidémie plusieurs milliers d'années auparavant. L'un comme l'autre, ils n'étaient ni plus ni moins aussi morts que l'homme dont la tête rebondissait contre mon dos.

Ah… mais l'homme sans vie que nous vîmes par la suite fut complètement différent.

Jory hoqueta et empoigna mon bras blessé, me faisant grogner. Mais je ne me libérai pas de sa prise, ni ne quittai du regard l'apparition devant nous. Il avait été beau autrefois et avait à peine dépassé l'adolescence quand il était mort. Ce n'était pas l'épidémie qui l'avait emporté – d'horribles brûlures recouvraient son torse et ses cuisses, sa chair ressemblant plus à du charbon qu'à de la peau. Son visage était intact, et il nous observait avec des yeux qui brillaient d'un vert légèrement plus vif que la pierre.

— Laissez-nous passer, dis-je au fantôme.

Sur le ton de la conversation, parce qu'il n'y avait aucun intérêt à envenimer les choses inutilement.

Le fantôme me dit quelque chose, mais je ne compris pas un seul mot. Je me tournai vers Jory.

— Est-ce que tu as compris ?

— C'était en Ancien Langage.

— Je m'en doutais. Qu'a-t-il dit ?

— Hmmm…

Jory se lécha les lèvres. Puis il me surprit en s'adressant lui-même au fantôme, utilisant également des mots que je ne comprenais pas. Le fantôme lui répondit.

— Je… je ne suis pas très doué. Dieux. Je crois qu'il veut que tu fasses quelque chose à la personne qui l'a assassiné.

— Ce sera difficile, marmonnai-je.

La personne qui avait fait du tort à ce garçon avait dépassé le stade de la vengeance depuis des siècles.

— Demande-lui qui c'était.

Une brève conversation s'ensuivit, la partie de Jory plus hésitante que celle du fantôme, et finalement, Jory hocha la tête.

— Son maître. Notre fantôme était… un apprenti, je crois. Je ne suis pas sûr de ce mot. Quoiqu'il en soit, il travaillait pour un forgeron qui s'est mis en colère contre lui et l'a frappé, puis lui a jeté dessus une pelletée de charbons ardents. Quelle horrible façon de mourir !

— Il y a peu de bonnes façons, dis-je avant de soupirer. Demande le nom de son maître.

Joris s'exécuta, et même moi, je compris la réponse : Avesanto. Pas un nom que j'avais déjà entendu, mais je supposais que les gens s'appelaient différemment à l'époque du fantôme. Peu importe. Je hochai la tête en direction du fantôme, me raclai la gorge et chuchotai une courte demande à Yestwi, le dieu de la justice. Lui et moi n'étions pas normalement en bon terme, mais je me disais que nous pouvions faire une exception dans ce cas. Et comme je ne connaissais aucune prière formelle pour Yestwi, je tentai une requête globale, demandant qu'Avesanto soit puni d'une manière ou d'une autre pour ce qu'il avait fait à son propre apprenti. Si jamais cet homme mort depuis longtemps *pouvait* être puni. À en juger ce fantôme-ci, ils pouvaient certainement souffrir.

J'ignorais si Yestwi écoutait ; les dieux sont impénétrables, c'est ainsi. Mais le fantôme sembla satisfait, ce qui était tout l'intérêt. Il nous sourit même. Puis il disparut.

Jory relâcha bruyamment sa respiration.

— Attendait-il ici depuis toutes ces années ?

Quand étais-je devenu un expert en défunts ? Je haussai les épaules et me remis à suivre la marque rouge.

— Peut-être. Il est mort à Tangye… j'ignore quand il s'est déplacé à Nig Cairn.

À l'époque où l'Ancien Langage était parlé, Nig Cairn était déjà complètement abandonné. Ce ne fut que plus tard – mais quand même il y a plusieurs centaines d'années – que quelques personnes commencèrent à y vivre. Et ces quelques privilégiés avaient une bonne raison de vivre en dehors des murs de la ville : ils pratiquaient la magie noire.

La magie noire n'était pas exactement interdite à Tangye, principalement parce qu'imposer une telle interdiction serait impossible. Toutefois, elle était fortement découragée, et personne ne voulait vivre près de ceux qui la pratiquaient. Je pense que les sorciers noirs n'étaient pas non plus particulièrement désireux d'être voisins avec le reste d'entre nous. Ils préféraient le calme, l'absence d'odeurs de la ville et une presque solitude, aussi avaient-ils pris résidence à Nig Cairn. Finalement, ceux qui étaient trop criminels ou trop brisés ou trop malades même pour le Bas les avaient rejoints, et ensemble, ils formaient une sorte de communauté.

J'avais entendu dire que les habitants de Nig Cairn élevaient et produisaient des créatures qui n'étaient plus humaines. J'avais entendu dire que les sorciers qui pratiquaient la magie noire y vivaient presque éternellement, leur corps vieillissant, mais ne mourant et ne se décomposant pas. J'avais entendu dire que certains d'entre eux repêchaient les corps dans le fleuve et les ramenaient sous terre, où ils leur donnaient un semblant de vie, les transformant en esclaves impuissants. J'avais entendu dire que parfois, ils voulaient de la viande plus fraîche et kidnappaient des gens dans les rues de Tangye. J'avais aussi entendu plus que ça, mais rien d'appétissant. J'ignorais si quelque chose était vrai.

Nous marchâmes dans Nig Cairn pendant un long moment. Mes pieds se firent de plus en plus lourds, et j'étais étourdi d'épuisement. Jory devait être épuisé aussi, mais il ne se plaignait pas. Nous vîmes trois autres fantômes, tous si effacés qu'ils étaient à peine visibles, mais aucun d'eux ne demanda quoi que ce soit. L'un était un enfant qui pleurait silencieusement à notre passage.

— Daveth ?

La voix douce de Jory me surprit après un si long silence.

— Pourquoi as-tu aidé ce fantôme ?

— Il était sur notre chemin.

— Tu aurais pu le combattre.

Je secouai la tête.

— Je ne sais pas comment battre un fantôme. Je ne pense pas que mes armes lui feraient grand-chose, et je ne peux pas tuer quelqu'un qui est déjà mort.

— Mais tu n'as même pas essayé.

Je le regardai.

— Affronter les spectres n'était pas suffisant pour toi ? Maintenant tu veux que je combattre des fantômes.

— Et lutter avec des esprits ? demanda-t-il en souriant. En fait, non. Je pense que tu as géré ça parfaitement bien. J'étais juste curieux de savoir pourquoi tu as choisi la route que tu as choisie.

— Opportunité.

— C'est tout ?

Exaspéré, je poussai un soupir.

— Qu'est-ce que tu veux entendre ? Écoute. Je me bats bien. C'est la seule chose dans laquelle j'excelle. Mais ce n'est pas quelque chose que je veux faire tout le temps et sans aucune bonne raison.

Je réfléchis brièvement au fait qu'il savait que j'avais tué quatre personnes au cours des deux derniers jours. Il ne croyait probablement pas ce que je lui disais, et qui pourrait lui en vouloir ?

— Ça ne m'amuse pas de blesser les autres. Je n'en perds pas forcément le sommeil, mais si je peux l'éviter, je le fais. C'était facile à éviter avec ce fantôme. Et comme je l'ai dit, de toute façon, je n'ai aucune idée de comment blesser un fantôme.

— Tu es un homme intéressant, Daveth Blyd.

Je ne savais pas ce que Jory voulait dire par là, et il n'expliqua pas.

Finalement, la marque nous conduisit à une ouverture irrégulière voilée par un tissu noir moisi. Une main pâle et osseuse apparut et tira le tissu sur le côté.

— Entrez, grinça une voix masculine.

La pièce faiblement éclairée semblait être un espace de travail et non un endroit prévu pour dormir. Mais je ne pris pas beaucoup de temps pour l'analyser, préférant à la place me concentrer sur le nécromancien. Si c'était ce qu'il était. Il ne semblait pas particulièrement corrompu ou dangereux. Il avait l'air d'avoir mon âge, de petite stature, avec des os délicats et de grands yeux gris. Ses longs cheveux noirs étaient noués en queue de cheval, et il avait une petite moustache nette. Ses vêtements étaient assez simples, similaires à ceux que l'on pourrait voir dans le Quartier des Forgerons.

Nous nous scrutâmes mutuellement.

— Daveth Blyd ? demanda-t-il enfin, sa voix étonnamment grave. Et Jory Pearce. Il y a une prime généreuse pour vous deux.

— En effet, confirmai-je.

Je ne demandai pas comment il le savait. Peut-être était-il allé à Tangye ce jour-là et avait-il lu les prospectus, bien que j'en doute.

— Ça ne sera pas facile pour vous de nous livrer à la garde.

— De toute façon, je n'apprécie pas la compagnie des gardes. Mais tous les deux, vous êtes intrigants. Au fait, je m'appelle Nywol. Asseyez-vous.

Il nous indiqua deux tabourets.

D'ordinaire, j'aurais hésité à obéir, mais j'étais reconnaissant d'avoir la chance de reposer mes jambes. Jory rapprocha son tabouret de moi avant de s'asseoir.

— Nous avons quelques fugitifs ici, vous savez, dit Nywol. Mais je ne pense pas que vous vouliez vous joindre à nous.

— Non.

— Et je suppose que ce que vous voulez vraiment à un rapport avec cette tête que vous transportez.

Il le dit aimablement, comme si les gens transportaient des bouts de corps chaque jour. Peut-être le faisaient-ils à Nig Cairn. Quant à savoir comment il savait pour mon sac, eh bien, il était nécromancien. Il savait beaucoup de choses sur les morts.

Je fis glisser le sac de mon épaule et le posai à mes pieds. Cependant, il ne vint pas le chercher. Il se tint près d'une table, jouant distraitement avec ce qui semblait être une mèche tressée de cheveux humains argentés.

— Qu'attends-tu de ta tête, Daveth ?

— Je veux qu'elle parle.

— Qu'elle fasse la conversation lors d'un dîner ? Qu'elle raconte des histoires avant de dormir ? Peut-être ton ami Jory veut-il chanter en duo.

Je jetai un coup d'œil à Jory, dont le visage restait impassible.

— Non, dis-je.

Je tapotai doucement le sac du bout des orteils.

— Il était impliqué dans une conspiration et m'y a entraîné. Sept personnes sont mortes – à ma connaissance – et je suis tenu responsable de la plupart de ces morts. Peut-être toutes.

— Et en réalité, tu ne les as pas assassinées ?

Mon regard ne faiblit pas.

— Quatre d'entre elles. Toutes les quatre ont essayé de nous tuer.

Il rit.

— Donc, tu n'es que partiellement responsable. Cela m'amuse que les gens comme toi essayent de justifier ce qu'ils font. Et vous me condamneriez pour ce que je fais, alors que je n'ai jamais causé la mort de personne.

Il n'expliqua pas ce qu'il voulait dire par « gens comme toi », et je ne posai pas la question.

— Je ne justifie rien. Je cherche des réponses.

— Et il les détient.

— Oui.

— Hmmm.

Il posa la mèche argentée et prit à la place une bouteille en verre. Le contenu était trouble et encore moins appétissant que l'eau du fleuve Tangye. Je ne voulais pas savoir ce qu'il y avait à l'intérieur.

J'avais dépassé l'état d'épuisement et il ne me restait que bien peu de patience précieuse.

155

— Vous allez aider ou pas ? lançai-je.

— Cela dépend si nous arrivons à un accord agréable. Je ne suis pas un homme charitable.

— Nous avons de l'argent.

Cela sembla l'amuser considérablement.

— Vraiment ? Quelques briquets ? Un rémi ou deux ?

— Plus que ça, dit Jory.

Mais ce n'était pas beaucoup plus.

Nywol secoua la tête.

— Cela pourrait être mille couronnes que cela me serait égal. Je pourrais en obtenir vingt-cinq rien qu'en vous livrant. Mais regardez autour de vous, messieurs. Cela ressemble-t-il à la pièce d'un homme qui aime l'argent ?

Il marquait un point. Ses meubles étaient en plus encore mauvais état que les miens, le bois mangé par les vers et le tissu décomposé. Il avait des étagères et des tables remplies de choses, mais la plupart d'entre elles ressemblaient à ce qu'un pilleur d'épaves pourrait repêcher dans le fleuve avant de les rejeter, pas des objets ayant une quelconque valeur.

— Que voulez-vous ? demanda Jory.

Le sourire de Nywol n'était pas agréable.

— Je peux vous donner un enchantement pour faire parler votre tête. Vous pourrez lui poser des questions auxquelles il répondra la vérité, bien que je doive vous avertir que les morts prennent tout au sens propre du terme. Ils semblent perdre toute notion de nuance et de symbolisme. Mais je pense que vous êtes assez malins. Vous pourrez en retirer vos réponses.

— Que voulez-vous ?

Quand Jory répéta la question, sa voix ressemblait presque à un grognement.

— Ce qui a de la valeur pour *moi*.

— Comme ?

Quand Nywol sourit, il ressembla à un squelette.

— Pour commencer, du sang. Un peu de chacun de vous. Pas assez pour vous tuer, bien sûr, juste une petite contribution. Le sang est un ingrédient courant dans mon travail, pourtant il est difficile d'en trouver du frais.

Il souleva ses bras, révélant un réseau de cicatrices à l'intérieur de chacun. Certaines des marques semblaient vieilles, alors que d'autres étaient rouges et fraîches.

Bien que j'aie déjà perdu une bonne quantité de sang au cours des deux jours précédents, je hochai la tête.

— D'accord.

— Excellent. J'ai aussi besoin d'autres fluides corporels. Dans ce cas-ci, du sperme.

Je sautai de mon tabouret pour le fusiller du regard.

— Non. Vous n'allez pas…

— Je vais le faire, m'interrompit Jory, avant de me jeter un coup d'œil et de hausser les épaules. Ce n'est pas si difficile à faire.

— Pas pour toi, dit Nywol.

Et j'eus envie de réduire son visage satisfait en bouillie. Je ne savais même pas pourquoi j'étais autant en colère. Ce n'était, comme il l'avait dit, qu'un autre fluide corporel. Jory et moi en avions déjà déversé aujourd'hui, sans aucune autre raison que parce que c'était agréable. Mais Nywol me donnait la chair de poule, et je n'aimais pas la façon dont il regardait Jory.

— Ne t'inquiète pas, me dit Nywol. Ça ne m'intéresse pas de le baiser. J'ai toujours préféré les femmes, et maintenant, eh bien, j'ai fait certains sacrifices pour mon pouvoir. Le sexe ne m'attire plus.

Des sacrifices. Avait-il été castré ? Je frissonnai.

— D'accord, dis-je. Si Jory accepte.

— Bien. Mais ce n'est pas tout ce que je demande.

— Vous voulez plus ? Par tous les enfers, Nywol, vous nous avez déjà demandé de…

Il grogna, son visage transformé par la colère.

— Tu crois que ce que je fais coûte aussi peu ? Une épaisse barrière sépare la vie de la mort, et tu n'as aucune idée de ce à quoi j'ai renoncé pour avoir le pouvoir de le percer. Aucune idée ! J'aurais pu faire danser les étoiles elles-mêmes au creux de ma main, et pourtant je suis ici, comme un rat dans son terrier, tout ça pour avoir l'occasion de jeter des coups d'œil sur ce qui se passe de l'autre côté.

Il avait perdu la tête, je le réalisais à présent. Je me demandai si sa santé mentale avait été l'un des sacrifices ou s'il avait été fou avant de plonger dans les ténèbres. Je me demandai si quelqu'un dans Nig Cairn était sain d'esprit.

— Qu'est-ce que vous voulez ? demandai-je, les dents serrées.

Sa colère disparut immédiatement, remplacée par un sourire agréable.

— Une sorte de divertissement.

— Vous voulez que je chante ? demanda Jory.

157

— Non, pas cela. Je ne suis pas extrêmement intéressé par la musique. Je pense que ce sera le sort de Daveth.

— Je ne sais pas divertir.

— Si. Tu es un guerrier, non ?

Je haussai les épaules.

— Ce n'est pas un jeu.

— Non, en effet. Mais toi et moi avons une connaissance en commun. Nous avons tous deux passé un temps considérable en sa compagnie, bien que dans des circonstances différentes. J'aimerais te regarder danser avec elle.

— J'ignore de quoi vous parlez.

C'était un mensonge. J'avais une bonne idée de ce qu'il voulait dire, et cette idée même me glaça le sang.

Il sourit et tira sur le côté le rideau de l'ouverture. Une femme entra.

Elle était grande et mince comme moi, vêtue d'une tunique ayant la couleur du fleuve à l'aube. Ses cheveux émeraude s'entortillaient comme des serpents. Son visage… elle n'en avait pas. Pas exactement. Quand je la regardais directement, je ne voyais rien que du gris, comme si je regardais dans un nuage d'orage. Mais si je détournais le regard juste un peu, je pouvais deviner ses traits, bien qu'ils soient changeants. Une seconde, elle ressemblait à Lord Uren ou Myghal Tren ; la suivante, elle ressemblait aux gardes que j'avais tués ce matin-là. Parfois, elle me ressemblait. Toutefois, le pire fut lorsqu'elle pencha légèrement la tête et que, pendant une minute tremblante, je vis les yeux sans vie et la bouche béante de ma mère quand je l'avais découverte morte.

— Non, haletai-je.

Jory était devenu complètement immobile, comme s'il s'était transformé en statue, mais Nywol semblait joyeux.

— Ne lui tourne pas le dos maintenant. Tu l'as déjà invoquée quatre fois au cours des derniers jours – tu me l'as dit toi-même. Et un nombre incalculable de fois par le passé. Je pense qu'elle a développé un faible pour toi.

— Je ne veux pas mourir, dis-je.

Ce qui était stupide, parce que très peu de personnes le voulaient *réellement*, alors je pense qu'on peut le prendre pour acquis. De plus, je savais que depuis que j'avais rencontré Jory, mes heures étaient comptées. J'avais de la chance d'avoir duré jusqu'ici. Mais à regarder Dame Mort, je pensais presque la vouloir *réellement*.

— Il ne te reste plus grand-chose pour lequel vivre, dit-elle d'une voix claire et douce.

J'aurais aimé la contredire, mais je n'avais rien à dire, aucune munition à jeter. Mis à part une baise occasionnelle et beaucoup de bière, j'avais peu de choses qui valaient la peine de continuer à respirer. Mais bon sang, j'étais en vie, et je n'allais pas abandonner aussi facilement.

— Danse avec elle, dit Nywol. Si tu survis, je ferai parler la tête.

— Et sinon ?

Il sourit à nouveau comme un squelette.

— Alors tu deviendras mien.

Je n'avais pas envie de penser à ce qu'il ferait de moi. Je ne savais même pas comment les cadavres étaient utilisés – hormis ce que nous avions prévu pour Lord Uren – et je n'avais aucun désir d'y réfléchir. Mais cette simple idée me donna des frissons dans tout le corps.

Jory se plaça entre moi et Dame Mort, ses paumes tendues dans sa direction.

— Non. Il ne le fera pas.

Je le repoussai.

— Si. Tu fais un paiement à Nywol, Jory, et je ferai aussi ma part.

— Il y a tout un monde entre se branler et danser avec la Mort !

— N'appelle-t-on pas la délivrance sexuelle la « petite mort » ?

Quand il ouvrit la bouche pour protester, je secouai la tête.

— Peu importe. Si c'est ce qu'il faut, alors…

— Oublie ce qu'il faut ! Oublie Uren et les gardes et toute leur merde. Viens avec moi, Daveth. Nous verrons le monde.

Voir le monde. Comme s'il n'allait pas s'ennuyer de ma compagnie à quelques lieues de la ville. Je n'avais rien à lui offrir – ni à personne d'autre. J'avais mes talents de combattant, mais en dehors de cela, je ne ferais très certainement pas un bon compagnon d'aventure.

— J'ai besoin de le faire, dis-je d'un ton monotone.

Et quand Jory essaya de s'interposer à nouveau, je le repoussai. Durement cette fois-ci, aussi recula-t-il en trébuchant et tomba-t-il contre son tabouret, les renversant tous les deux. Avant qu'il puisse se relever, je saisis la main de Dame Mort.

Une fois tous les deux ou trois ans, une vague de froid s'abat sur Tangye. De la glace se forme sur les flaques et dans les fontaines. À deux reprises, j'ai même vu de la glace sur les berges de fleuve. Des mendiants et des Rêveurs meurent en nombre, leurs corps trouvés dans l'aube grise, effondrés contre des bâtiments et dans des ruelles.

La main de Dame Mort était plus froide que la glace, plus froide même que les spectres fluviaux. La fraîcheur me pénétra immédiatement, envoyant des éclats de douleur dans mes veines. Mais je ne la lâchai pas.

Des voix se mirent à chanter. Pas celle de Jory, ce qui fut étrangement un soulagement. Elles étaient magnifiques même si elles me soulevaient l'estomac, comme un joli fruit qui s'avérait empoisonné. La langue n'était ni la mienne ni l'Ancien Langage ; elle me semblait ancestrale, comme si les montagnes et la mer pouvaient la parler. Et pourtant, j'eus la sensation que je pourrais presque la comprendre si j'écoutais attentivement.

Je n'avais dansé qu'une seule fois auparavant, avec Jory, mais quand Dame Mort passa un bras autour de ma taille, les mouvements me vinrent naturellement. D'aussi près, elle embaumait le parfum et la putréfaction. La pièce tout entière sembla grandir à l'infini, puis disparaître. Aucun meuble ne se trouva sur notre passage, et je ne sentis plus ni Jory ni Nywol. Juste la musique, les parfums et Dame Mort.

Elle me regarda, et son visage devint plus visible tandis que ses traits semblaient se mettre en place. Je les reconnus immédiatement. En fait, ils me ressemblaient plus que je ne l'avais réalisé. Le même visage étroit et de grands yeux bleus, un même nez long, une même bouche large.

Ma mère n'avait pas été une belle femme – pas même jolie, vraiment. Excepté quand elle souriait, ce qui était rare. Tout le temps que je l'avais connue, et surtout lors des dernières années, son regard avait toujours été brouillé par les goutterêves ou brillant de manque. Je ne lui en avais jamais voulu pour cela, et c'était toujours le cas. Les gouttes avaient été sa seule échappatoire à la misère, l'asservissant en retour.

— Elle te manque, dit Dame Mort.

— Non. Cela fait des années, et je suis adulte.

— Mais tu te rappelles la façon dont elle te tenait quand tu étais très petit et comment elle te donnait sa part de nourriture s'il n'y en avait pas assez pour vous deux. Tu te rappelles l'époque où elle t'a emmené sur le toit au cours d'une rare nuit claire et t'a raconté des histoires sur les étoiles. Tu te rappelles qu'elle t'appelait son Dav-Davie, son petit oiseau.

Les paroles de Dame Mort me firent saigner plus profondément que ne l'avait fait n'importe quel couteau.

— Arrêtez, suppliai-je.

— Tu penses qu'elle est très loin et que tu l'as perdue pour toujours, mais tu as tort. Elle est aussi près que je le suis. Je peux te le montrer.

Par toutes les déités, je faillis accepter. Cela aurait été tellement simple. Mais alors, je me souvins des conséquences d'un tel accord ; Nywol, libre d'utiliser mon cadavre – et peut-être mon âme aussi. Et Jory laissé seul.

— Non, dis-je.

Dame Mort répondit avec un petit rire.

— Tu es difficile, n'est-ce pas ? Tu te rends délibérément les choses plus dures.

Je ne répondis pas. La chanson continua, et je me demandais combien de temps nous avions dansé. Cela me semblait être une éternité. Peut-être mourrais-je de vieillesse. Ou à cause du froid, qui me pénétrait à présent si profondément que je ne me rappelais plus ce que c'était d'avoir chaud.

Mais Dame Mort sourit alors.

— Te rappelles-tu la première fois que nous nous sommes rencontrés ?

— Ma mère.

— Non. Elle était morte depuis des heures quand tu l'as trouvée, et j'étais partie depuis longtemps.

Ce n'était pas un souvenir auquel je m'accrochais. Ma mère affalée contre le mur sur sa paillasse, le corps presque raide, le regard fixe. C'était l'été, et les mouches…

— Et qu'as-tu fait alors ? demanda Dame Mort.

— J'ai fui.

Mes jambes étaient engourdies, mais je continuais à danser.

— Oui, mais tu n'as pas fui quelque chose. Tu as fui *vers* quelque chose. Où es-tu allé ?

Même à l'époque, j'étais rapide, mes jambes s'activant tandis que je dévalais les rues particulièrement empreintes d'odeurs nauséabondes. Les gens étaient assis sur des pas de portes et devant des murs, et ils s'éventaient avec des bouts de papier ou leurs mains. Ils semblaient bouger si lentement. Cependant, je volais, ma respiration se faisant saccadée, jusqu'à ce que j'atterrisse dans une ruelle étroite. Et là, j'avais pénétré d'un air décidé dans une petite boutique dans laquelle j'étais déjà entré quelquefois. Elle sentait les herbes et les onguents.

Le sorcier qui possédait la boutique était un homme corpulent qui se tenait debout uniquement quand il devait aller chercher quelque chose pour ses clients. Il portait toujours des vêtements tachés et avait un visage rouge et huileux.

— Qu'est-ce que tu veux, gamin ? avait-il demandé d'un ton traînant, levant les yeux depuis sa chaise.

Je haletais presque trop durement pour parler.

— Goutterêves. Ma mère.

Il avait plissé les yeux, puis m'avait regardé.

— Ah, je te reconnais. Elle est déjà en manque ? Elle est venue ce matin.

Il avait haussé les épaules, s'était levé et avait tendu une main.

— Cinq briquets.

— Elle est morte ! avais-je hurlé-je.

Son expression n'avait pas du tout changé.

— Tu les veux pour toi, alors ? C'est quand même cinq briquets.

— Donnez-moi trois rémis.

Il avait éclaté d'un rire sifflant.

— Et pourquoi est-ce que je ferais ça ?

— Elle est morte à cause de vous. Vous pouvez payer pour son bûcher funéraire.

Parce que si je ne donnais pas cet argent aux responsables funéraires, son corps serait simplement jeté dans le fleuve comme un déchet.

Le sorcier avait de nouveau ri.

— Elle est morte parce qu'elle était stupide et en a trop pris en une seule fois. Et quel est l'intérêt de funérailles pour quelqu'un comme elle ? Qui viendrait ? Juste son petit bâtard.

Mes souvenirs de ce qui est arrivé ensuite sont... flous. Je sais que j'ai sorti mon couteau. C'était un bon couteau, bien équilibré et pointu, et quand ma mère me l'avait donné, elle m'avait appris à le garder propre et bien entretenu. Je sais qu'il y a eu beaucoup de sang. Mais je ne me souviens pas où j'ai frappé le sorcier ni combien de fois, et je ne me rappelle pas si l'un de nous a fait du bruit.

Puis je fuyais à nouveau, longeant la rivière pour laver le sang avec l'eau souillée.

— Elle a fini sans bûcher funéraire, dis-je à Dame Mort. Elle a été jetée dans le fleuve.

— Oui, tout comme le sorcier. Mais c'est comme ça que nous nous sommes rencontrés. Tu as été mon loyal serviteur depuis.

Je grognai.

— Je ne vous sers pas.

— Alors qui sers-tu, Daveth Blyd ?

— Personne.

— Précisément. Pas même toi.

Elle se pressa étroitement contre moi.

— Mais tu pourrais. Tu pourrais me servir.

Je savais que les humains mentaient, mais j'avais toujours supposé que la Mort était honnête. À présent, je savais que non.

— Allez vous faire foutre, dis-je, mes dents claquant tellement de froid que je pouvais à peine prononcer les mots.

Dame Mort me sourit à nouveau et me laissa partir. La musique s'arrêta, et ma conscience de la pièce revint. Nywol se tenait là où il s'était trouvé auparavant, regardant avec avidité. Mais Jory semblait pâle et malade.

Elle se tourna vers Nywol.

— Il danse bien. Mais je crains de ne pas avoir réussi à le séduire aujourd'hui.

— J'aime les hommes, grognai-je.

En un éclair, elle se transforma, ses cheveux devenant ondulés et jaunes, ses traits devenant beaux et masculins.

— Comme ceci ? demanda la Mort avec la voix de Jory.

— Je vous l'interdis.

— Je reviendrai pour lui en fin de compte, tu sais. Et pour toi. Je viens pour tout le monde.

Puis la Mort vacilla et devint une femme aux cheveux verts et sans visage.

— Mais ce n'est pas ton heure.

Elle se tourna vers Nywol, qui s'inclina profondément, puis elle quitta la pièce.

163

XVI

APRÈS LE départ de Dame Mort, Jory sembla hésiter à m'approcher, peut-être parce que je l'avais repoussé trop violemment ou parce que la puanteur de la Mort me collait à la peau. Mais il me regarda attentivement.

— Finissons-en, dis-je à Nywol.

— Très bien. Mais je suis déçu, j'avais espéré te rajouter à ma collection. Bon, j'ai encore une chance, je suppose. Si les gardes te rattrapent, je peux payer quelqu'un pour qu'il me ramène ton corps. Du moins, ce qu'il en restera.

— Finissez, répétai-je.

Souriant faiblement, Nywol hocha la tête. Il saisit un petit bol en faïence qu'il tendit à Jory.

— Tu peux aller derrière ce rideau, si tu veux, dit Nywol avec un semblant de courtoisie.

Jory serra les mâchoires avant de s'éloigner d'un pas lourd. Je repérai une petite alcôve sombre avant qu'il laisse retomber le rideau, puis tout ce que je pus voir furent ses bottes par l'interstice au-dessous du tissu.

Cela me laissa seul avec Nywol, plus ou moins, et bien qu'il semble joyeux, ce n'était pas une compagnie agréable pour moi.

— Pourquoi faites-vous *ça* ? demandai-je, agitant vaguement les mains.

— Tes activités ne sont probablement pas moins savoureuses. Pourquoi les fais-tu ?

— Une fois que quelqu'un est mort, je le laisse tranquille.

Je jetai un coup d'œil à la tête de Lord Uren et grimaçai.

— Normalement. Et je ne sais pas faire autre chose.

— Moi non plus. Mes origines sont presque aussi humbles que les tiennes. Mais j'ai découvert que j'avais quelques dons pour la magie, et j'ai cultivé ces dons. Tout comme tu t'es entraîné avec tes dagues.

— D'accord. Mais pourquoi la magie noire ? Il y a plein de sorciers en ville. La plupart sont riches.

— Oui, mais nous avons déjà établi que l'argent ne m'intéresse pas.

— Qu'est-ce qui vous intéresse, alors ?

J'essayai de ne pas laisser mon regard errer sur le rideau, mais je ne pus m'empêcher de me demander à quoi – ou à qui – Jory pensait.

— Le pouvoir, bien sûr. Pas le petit pouvoir. Je me fiche d'avoir de l'autorité sur les hommes et les femmes, de leur dire quand et où travailler. C'est si insignifiant. Je veux plus.

Il souffla.

— Honnêtement, j'aimerais avoir de l'autorité sur les dieux, mais cela n'a jamais été réalisé par personne et les risques sont trop grands. Alors j'ai choisi la deuxième meilleure solution. En ce moment, je suis le partenaire de Dame Mort, dans une faible mesure. Un jour, j'espère être son maître.

— Pourquoi ?

— Parce que l'homme qui maîtrise la mort gouverne tout.

Par toutes les déités ! J'espérai avec ferveur que si mon esprit devenait un jour aussi pourri, quelqu'un me couperait la tête.

En parlant de cela…

— Pourquoi ne vous occupez-vous pas d'elle pendant notre attente ?

Je donnai un peu coup dans la tête.

— En temps voulu, répondit-il.

Par la suite, nous restâmes silencieux, Nywol souriant faiblement pendant que je me renfrognais. Plusieurs minutes s'écoulèrent avant que Jory ne ressorte avec le bol, sourcils froncés. Il posa le bol sur la table près de Nywol, puis recula et croisa les bras sur le torse.

— Satisfait ? demanda-il.

— Oui. Tout ce qui reste, c'est le sang.

Je commençai à sortir mon couteau, mais Nywol tendit la main.

— Attends.

Il poussa un étrange sifflement grave.

La chose qui entra quelques secondes plus tard en traînant des pieds n'était plus vivante. Par le passé – je n'avais aucune idée de quand –, elle avait été un beau jeune homme. Aujourd'hui, sa peau était grise, son regard brumeux et son expression vide. Elle était nue, et des symboles et dessins tatoués ornaient la majeure partie de son corps. Quand elle s'arrêta sur le pas de la porte, je vis qu'elle tenait un bout de verre noir. De l'obsidienne, supposai-je, bien que je n'aie jamais vu auparavant cette pierre extraordinairement chère.

— Donne-la au plus grand, ordonna Nywol.

La créature se rapprocha. Elle ne sentait pas la mort, ce qui me surpris, mais je reculai quand un cafard pointa le bout de sa tête au coin de la bouche de la chose avant de redisparaître à l'intérieur. Quand le malheureux tendit la main, je vis que l'obsidienne était nichée dans la chair, bien qu'il n'y ait pas de sang.

— Prends-la, dit Nywol en la montrant.

— Est-ce ce que vous auriez fait de moi si Dame Mort m'avait tué ?

— Peut-être. Ou peut-être aurais-je été plus créatif.

Ma peau se recouvrit de chair de poule, mais je retirai le morceau de la paume de la créature et réfléchis à l'endroit où me couper. J'avais déjà un certain nombre de blessures ; peut-être serait-il mieux d'en rouvrir une.

Nywol arriva avec un autre bol, celui-ci plus grand que celui qu'il avait donné à Jory.

— Là-dedans, je vous prie. Vous pouvez utiliser le même bol. Cela m'est égal que vos sangs se mélangent.

Pendant que Nywol et Jory regardaient, je remontai ma manche et défis le bandage autour de mon poignet droit. Nywol regarda ma plaie avec intérêt, mais ne dit rien tandis que je tranchais les points méticuleux de Jory. Du sang frais s'écoula rapidement dans le bol que Nywol tenait sous mon bras.

— Ça suffit ! s'écria Jory quelques secondes plus tard.

Nywol haussa les épaules ; je refermai le bandage et me tournai vers Jory.

— Tu es vraiment d'accord ?

— Vas-y.

Il me donna son bras, mais au lieu de couper son poignet comme moi, j'entamai légèrement sa chair en dessous de son coude. Cela faisait mal, j'en suis sûr, mais s'il devait se battre à nouveau, une blessure à cet endroit le handicaperait moins. Il resta immobile jusqu'à ce que le saignement diminue et j'ordonnai à Nywol de reprendre le bol. Je déchirai un bout de ma tunique au niveau de l'ourlet et le nouait autour de la coupure.

— La tête, dis-je à Nywol.

— Bien sûr.

Après avoir mis le bol de côté et m'avoir pris l'obsidienne des mains, il planta profondément le morceau dans le torse de la créature. Jory hoqueta et je grimaçai, mais la créature ne réagit pas du tout.

— Va, ordonna Nywol.

La chose s'éloigna lentement, traînant des pieds. Cependant, elle s'arrêta juste avant d'atteindre le pas de la porte et, que les dieux me viennent en aide, me lança un bref regard désespéré – le seul signe de véritable pensée ou sentiment qu'elle ait montré. Puis elle partit.

Je m'apprêtai à attraper un de mes couteaux quand Jory m'arrêta de sa main.

— Non, dit-il en silence.

Il avait raison. Je pris une profonde inspiration et envoyai une prière silencieuse à Bolitho. De la part de la chose morte au lieu de moi-même, pour une fois. J'aime à penser que Bolitho écoutait.

Joyeusement ignorant, Nywol souleva le sac et le porta jusqu'à la table. Il sortit la tête du sac, défit les couches de tissu et attrapa la tête par les cheveux. Lord Uren avait souffert d'être décapité et transporté toute la journée. Du sang séché s'écaillait sur le rebord irrégulier de son cou, et ses yeux n'étaient que partiellement clos. Mais Nywol caressa la tête tout comme un primeur aurait inspecté une courge particulièrement intéressante.

— C'est drôle, dit Nywol. Une fois qu'un homme meurt, peu importe qu'il ait été un mendiant du Bas ou le roi lui-même. Différents voyages, même destination.

Bien sûr que cela importait ! Le roi recevait un bûcher funéraire avec des centaines de personnes en deuil, alors que le mendiant était jeté dans le fleuve. Le roi laissait sa famille dans le deuil mais financièrement à l'aise ; le mendiant laissait sa famille – s'il en avait une – encore plus démunie qu'avant.

— Faites-le parler, dis-je.

— C'est un enchantement facile, surtout avec une tête aussi fraîche. Mais il est limité. Il ne dure qu'une heure et ne peut être utilisé qu'une seule fois. Voulez-vous l'invoquer maintenant ? Ou alliez-vous amener la tête quelque part pour qu'elle prouve votre innocence ?

Mince. Si Lord Uren parlait maintenant, ma curiosité serait satisfaite, et les problèmes que Jory et moi avions resteraient graves. Nywol n'était pas un bon témoin. Il n'accepterait probablement jamais de défendre mon cas devant une personne influente, et *si jamais* il acceptait, j'ignorais s'il ne me trahirait pas. Et dans tous les cas, la parole d'un nécromancien ne valait presque rien.

Cela signifiait que je devais me tourner vers quelqu'un d'autre. Je n'allais pas impliquer une Pinson, pas après ce qui était arrivé à la dernière. Ma dernière option restante était exécrable. Mais c'était tout ce que j'avais.

— Je veux que la tête parle plus tard.

— Très bien.

Tenant toujours la tête, Nywol ferma les yeux et murmura quelque chose d'inintelligible. L'air crépita comme lors d'un orage, et les traits de Lord Uren convulsèrent comme s'il avait mal. Ses yeux s'ouvrirent brusquement, bien qu'ils ne semblent concentrés sur rien de particulier.

Nywol se mit à remballer la tête.

— C'est tout ? demanda Jory.

— J'aurais pu rajouter des éclairs et de la fumée pour que cela soit plus impressionnant, mais oui, c'est tout. Quand vous serez prêts à lui parler, appelez simplement son nom trois fois. Et rappelez-vous, il ne peut pas mentir, mais vous allez le trouver obtus.

Il fourra la tête à nouveau dans le sac, qu'il tendit à Jory.

Bien que Nywol ait clairement fait *quelque chose* à la tête, je n'avais aucun moyen de savoir s'il avait respecté sa promesse. Je pourrais appeler le nom de Lord Uren comme il me l'avait dit sans que rien ne se passe, et Jory et moi serions morts. Je décidai d'espérer que la fierté de Nywol pour son travail était suffisante pour qu'il soit honnête en la matière.

Jory posa le sac sur son épaule, et ensemble, nous nous dirigeâmes vers le pas de la porte.

— Nous aurons besoin d'un guide pour sortir d'ici, dis-je.

— Vous l'aurez. Bonne chance, Messieurs. Peut-être vous reverrai-je.

Nous ne le remerciâmes pas.

La marque rouge nous attendait dans le couloir, et elle nous conduisit fidèlement jusqu'à la surface. Nous passâmes devant d'autres fantômes en chemin – et, apparemment, une femme vivante —, mais aucun ne nous ennuya. Parce que Nig Cairn avait plus de sorties que d'entrées, notre trajet fut bien plus court, et nous nous retrouvâmes bientôt à l'intérieur de l'une des pierres coniques. L'habituel bruit de grattement précéda son ouverture, et lorsque nous fûmes dehors, la pierre se referma.

Même si nous étions encore dans Nig Cairn, au sens strict du terme, il était magnifique de voir la voûte céleste et de respirer l'air frais.

— Où allons-nous maintenant ? demanda Jory.

— Nous retournons en ville.

— Et ensuite ?

— Nous nous cachons dans le Bas jusqu'à demain matin.

Je réfléchis un instant.

— Puis nous envoyons un message à quelqu'un. Nous le rencontrons…
dans l'entrepôt des spectres, je pense. Nous faisons parler Lord Uren. Le reste n'est plus entre nos mains.

— Qui est ce quelqu'un ? demanda Jory, l'œil acéré.

— Un capitaine de la garde civile.

Jory arqua vivement les sourcils.

— Tu vas nous livrer droit dans les mains des gardes ?

— Il sera peut-être… enclin à écouter. À nous croire. Et s'il le fait, il peut nous garder en sécurité. Il ferait un excellent témoin devant un juge.

— Et qui est ce garde charitable ?

Je grimaçai.

— Le capitaine Myghal Tren. Celui qui, pour moi, se rapproche le plus d'un amant.

JORY M'INTERROGEA sans relâche pendant que nous retournions en ville. Mais j'étais fatigué et blessé et j'en avais assez de tout, aussi ne répondis-je pas, et quelques minutes plus tard, il tomba dans le silence. Le bruit de nos bottes sembla artificiellement bruyant.

Lorsque nous approchâmes en vue des murs de la ville, je m'arrêtai.

— Qu'y a-t-il ? demanda Jory, immédiatement sur ses gardes.

— Rien.

C'était étrange de voir Tangye de l'extérieur. Cela rendait mon chez-moi étranger et me rappelait que la ville avait existé des siècles avant ma naissance – et continuerait, indifférente, après ma mort. Je discernais la beauté du haut mur en pierre et des imposants remparts décorés de lampesprits, mais je pouvais aussi sentir l'odeur fétide des eaux usées et voir le manteau de brume flotter sur la ville.

Tangye est dévouée à la déesse Flyra, dont le temple orne le plus haut point de la ville. Cependant, vraiment, c'est Dame Mort qui devrait être vénérée au sein de ces murs de marbre, celle dont la grâce est implorée durant les couronnements et les festivals importants. Tangye est à elle.

Nous restâmes sur les berges du fleuve pour traverser la Porte Est. Avec l'obscurité pour nous cacher et presque personne d'autre sur le chemin, nous ne rencontrâmes aucun problème.

— Où allons-nous ? demanda Jory.

J'avais réfléchi à plusieurs options depuis que nous avions quitté Nig Cairn. J'avais même envisagé la possibilité de retourner à l'entrepôt, mais je n'avais pas la force de combattre les spectres. Dieux, la simple pensée de mon lit médiocre et de mon appartement infesté de rats n'avait jamais eu autant d'attrait !

— Nous restons près du fleuve.

Il ne demanda pas ce que je voulais dire par là. Peut-être qu'il savait.

Nous passâmes devant le Pont Royal en direction de Meryasek, qui était considérablement hors de notre chemin mais plus sûr, en raison du peu de personnes. Après avoir traversé le pont, nous rebroussâmes chemin le long de la rive sud.

Les pilleurs d'épaves vivent dans des huttes délabrées près des rives du fleuve. Bien que les cabanes soient sur pilotis, elles sont inondées après chaque grosse pluie. L'odeur est horrible autour de leur maison, et l'air n'était jamais entièrement dénué de fumée. Les pilleurs d'épaves meurent jeunes, soit abattus par la maladie soit noyés dans le fleuve qui les a auparavant nourris. Pourtant, ils continuent à piller, d'une génération sur l'autre.

Certaines personnes déclarent que les pilleurs ont de l'eau du fleuve dans leurs veines au lieu de sang. Mais j'en avais vaincu un une fois quand j'étais jeune, et le sang qu'il avait versé était aussi rouge que le mien.

Je choisis une cabane près du bord intérieur, et tandis que Jory et moi nous tenions enfoncés jusqu'aux chevilles dans la boue, je m'écriai :

— Ho ! Ryty et Ver !

Après une brève pause, la porte s'ouvrit en grinçant et quelqu'un jeta un coup d'œil dans notre direction, leurs traits indistincts dans le noir.

— Qui est-ce ? demanda une femme.

Je baissai la voix.

— Daveth Blyd et un ami.

Je m'inquiétais qu'il n'y ait aucune réponse, mais un instant plus tard, une échelle de corde tomba dans notre direction. Y grimper tira sur chaque blessure de mon corps, mais je montai rapidement avec Jory sur mes talons.

Les propriétaires de la cabane nous attendaient à l'intérieur, Ryty petite et mince et Ver grande et ronde, les deux femmes arborant des sourcils froncés sceptiques. Elles étaient mariées l'une à l'autre, mais avaient une sorte de relation intermittente compliquée avec une autre femme pilleur qui vivait à quelques minutes de là.

Ryty remonta l'échelle, ferma la porte et tira le verrou. Puis nous nous dévisageâmes mutuellement à la lueur de quelques lanternes vacillantes.

— Qu'est-ce que vous voulez ? demanda enfin Ver.

— Un abri. Juste pour ce soir.

J'ignorais si elles étaient au courant que nos têtes étaient mises à prix. Si c'était le cas, l'argent les aurait très certainement intéressées. Mais les pilleurs d'épaves ne savaient pas lire et n'interagissaient pas beaucoup avec les gens extérieurs, ils avaient encore moins d'amour pour la garde civile que le reste des Baseux.

Ryty et Ver échangèrent un long regard avant que Ver ne se tourne vers moi à nouveau.

— Que pouvez-vous payer ?

Je fis une estimation grossière de nos pièces restantes, sachant que ce ne serait pas suffisant.

— Environ quatre rémis.

Elles éclatèrent d'un rire franc et rauque.

— Ce n'est pas suffisant, dit Ryty.

— Mais c'est tout ce que nous avons.

Un autre échange muet entre elles, suivi par le hochement de tête de Ver.

— Vos bottes.

— Quoi ?

— Donnez-nous vos bottes. Puis vous pourrez rester jusqu'à demain matin.

— Vous pouvez avoir les miennes, offrit Jory alors que j'hésitais.

Mais elles secouèrent la tête à l'unisson.

— Les siennes sont meilleures, dit Ryty.

Ce qui était vrai.

Avec un soupir contrarié, je me penchai pour défaire mes lacets.

XVII

Nous étions tous les deux recroquevillés sur des couvertures usées dans le coin de la cabane. Malgré les ronflements de Ver, je m'endormis presque instantanément. J'eus l'impression d'avoir à peine fermé les yeux lorsque Jory me réveilla en me secouant.

— Presque l'aube, dit-il.

— D'accord.

Nos hôtesses nous regardèrent en silence tandis que nous partions. Elles n'avaient pas offert de petit déjeuner, et je n'en demandai pas. Je frissonnai à l'idée de ce dont se nourrissaient les pilleurs d'épaves.

Nous n'étions pas loin de l'entrepôt, et nous ne vîmes personne à part quelques autres pilleurs. Ils nous lancèrent des regards curieux, mais ne dirent rien. La boue froide claquait entre mes orteils nus, me frigorifiant et me rappelant désagréablement l'époque où j'étais un enfant et un adolescent sans chaussures. J'espérai que mes plantes de pieds ne s'étaient pas trop ramollies au cours des années qui avaient suivies, protégées comme elles l'avaient été par mes bottes de bonne qualité.

— Tout le monde ici te reconnaît ? demanda Jory.

— Beaucoup d'entre eux.

— Mais peu me connaissent. Tu me retrouves à l'entrepôt ? Je vais nous trouver de quoi manger et boire.

J'avais envie de refuser, mais il marquait un point. Nous avions peu mangé la veille, et même si je me disais que nous pouvions rater quelques repas supplémentaires sans tomber raides morts, nous avions besoin de boire. De plus, j'avais besoin de quelques fournitures.

— Trouve aussi du papier et un stylo. Nous devons envoyer un message.

— D'accord. Comment l'enverrons-nous ?

— Je m'en occupe.

Nous restâmes plantés dans la grisaille douce du petit matin, nous dévisageant.

— Sois prudent, dis-je enfin.

Il sourit.

— Toi aussi.

Tandis que je m'éloignais, je le sentis me regarder.

Au lieu de me rendre directement à l'entrepôt, je me dirigeai vers le sud à quelques rues de là, jusqu'à un bâtiment délabré au toit effondré. Les fenêtres du rez-de-chaussée étaient fermées par des planches et les étages supérieurs étaient des trous béants. La structure avait été légèrement plus solide quand j'étais enfant, mais pas de beaucoup. Je supposai que la magie avait dû l'empêcher de s'écrouler entièrement.

Remerciant ma maigreur, je me glissai entre des planches cassées à l'arrière du bâtiment pour entrer. Je tirai le sac avec la tête à l'intérieur ; cette fichue chose était certainement ennuyeuse à charrier partout. Je traversai sur la pointe des pieds un couloir étroit empli de toile d'araignée avant de pénétrer dans une immense pièce, vide à l'exception d'une dizaine de bosses sur le sol. Au moins mon manque de chaussure m'avait rendu plus silencieux.

— Bonjour, dis-je.

Les bosses prirent vie, certaines d'entre elles sifflant comme des chats, la plupart brandissant des armes improvisées. Quelques-unes auraient très certainement aimé s'échapper, mais je bloquais l'entrée.

— Vous devriez toujours avoir plus d'une façon de sortir d'une pièce, dis-je gentiment. Et si je mettais le feu pile où je me tiens ? Vous cuiriez tous.

— Qu'est-ce tu veux ? gronda la silhouette la plus large, toujours plus petite que moi de plusieurs têtes.

J'étais incapable de dire si c'était un garçon ou une fille.

— Je cherche Wenna.

J'essayai de me rappeler le nom de l'ami qu'elle avait mentionné, celui pour qui Jory avait fait une bonne action.

— Ou Tomi.

— Connais pas.

— Je vais dans la maison des spectres. Je donnerai un rémi à celui ou celle qui m'amènera Wenna en moins d'une heure.

Je devais être confiant et me dire que ces jeunes ignoraient que ma tête était mise à prix ou, s'ils le savaient, qu'ils préféreraient un rémi de ma part plutôt qu'une récompense plus importante de la part des gardes, qu'ils détestaient probablement.

En tout cas, cela les fit bouger. La plupart d'entre eux avaient rarement possédé autant d'argent en une seule fois. Je repartis par le chemin

173

emprunté pour arriver, et je les entendis quitter le bâtiment à toute vitesse derrière moi.

Les gamins des rues de Tangye étaient comme une petite armée désorganisée. La garde civile les avait sous-estimés quand j'étais enfant et durant mon temps en tant que garde, et ils les sous-estimaient tout autant aujourd'hui. Ce n'est pas parce qu'une personne est jeune et petite qu'elle n'est pas utile – ou dangereuse. Et en tant que messagers, ils avaient les avantages supplémentaires d'être agiles et de ne pas être remarqués par la population. Quand j'étais l'un deux, je m'étais souvent senti invisible, ce qui n'était pas nécessairement mauvais. J'aurais bien eu besoin de cette magie à présent.

Je me dépêchai de retourner à l'entrepôt avant que la pleine lumière et que la population du Bas ne me surprennent.

C'était étrange, mais après l'épreuve de Nig Cairn, l'entrepôt ne me semblait pas effrayant. En fait, quelques minutes après mon arrivée, la température chuta brusquement, mais les battements de mon cœur restèrent calmes. Je me retournai lentement ; il y avait un spectre, seul. Il flottait à quelques pas de moi, semblant m'analyser.

— Grasse matinée ? demandai-je. Je ne t'en veux pas. J'aimerais faire une bonne sieste moi aussi.

Il ne réagit pas. J'ignore à quel point les spectres sont doués de sensations. Je ne sais même pas trop ce qu'ils sont. Certaines personnes pensent qu'ils sont un genre de fantôme, les restes incorporels d'humains morts, mais j'en doute. Ils ne ressemblent certainement pas aux fantômes que j'ai vus à Nig Cairn. Si je devais parier, je dirais que les spectres sont les esprits du fleuve lui-même. Pourquoi le fleuve Tangye ne pouvait-il pas avoir... eh bien, d'âme ? Ou plusieurs âmes.

— Nous ne serons pas ici longtemps. Peut-être pourrais-tu nous laisser rester juste quelques heures ? Je crains de n'avoir rien pour te payer. Je suis sans le sou.

Je remuai mes orteils nus.

Il s'approcha et tendit un appendice. Son bras, supposai-je, bien que cela ressemble davantage à une fine ligne de brouillard épais. Il me toucha l'épaule et je sentis sa fraîcheur à travers l'épaisseur de ma cape ainsi que de ma tunique. Mais ce n'était rien comparé au toucher de Dame Mort.

Je ris.

— J'ai aussi trop dansé.

Le spectre ne bougea pas. Il n'avait aucun visage, et c'était préférable à Dame Mort, qui avait volé celui de ma mère. Malgré le manque d'expression, je ressentis une émotion émaner du spectre. De la curiosité peut-être ?

— Est-ce que cela te met en colère, ce que nous avons fait à ton fleuve ? Il a dû être propre autrefois. Il l'est probablement encore, avant de traverser la ville.

Venue de nulle part, j'eus une brève vision d'eau propre bondissant joyeusement sur des rochers ronds et contournant d'immenses rocs, des étendues vertes l'entourant et un surprenant ciel bleu au-dessus de lui.

Je soupirai.

— Ma mère a été donnée au fleuve après sa mort. Cela n'a pas été fait en guise de sacrifice… bien qu'on puisse peut-être y penser ainsi. C'était une femme bien autrefois, je pense. Tu devrais t'en souvenir.

Le spectre s'éloigna de quelques pas en flottant, baissa son bras et s'inclina. Bien que surpris, je m'inclinai à mon tour. Puis il disparut à travers une fissure entre les murs de bois.

La chaleur venait juste de revenir dans mon corps lorsque Jory revint. Jusqu'à ce que je voie son visage, je n'avais été qu'à moitié certain de le revoir – qu'il ait été attrapé par les gardes ou qu'il ait simplement fui Tangye sans moi. Quand il s'approcha, je l'attirai impulsivement dans une étreinte brusque.

Il s'écarta quelques secondes plus tard.

— Tu vas écraser notre petit déjeuner.

Mais il souriait.

— Et tu sembles plutôt ravi de toi-même.

— J'ai envoyé un messager et j'ai eu une charmante discussion avec un spectre.

Il regarda rapidement autour de lui.

— Un spectre ?

— Il est parti. Tu sais, il y a deux nuits, quand ils ont attaqué ? Je ne suis pas sûr que c'était une attaque. Je pense qu'ils essayaient juste de deviner ce que nous sommes.

— Ils auraient pu trouver un moyen plus poli de demander.

Jory attrapa ma main et tira dessus pour que je m'assoie par terre.

— Manger.

Il me tendit un bol en grès fin avec une feuille attachée fermement au-dessus. Une fois qu'on l'enlevait, on pouvait l'utiliser comme cuillère pour attraper le contenu.

Sans le vouloir, il avait trouvé l'un de mes plats favoris, un porridge épais parsemé de fruits secs et de morceaux de viande épicée. C'était non seulement coûteux, mais c'était le genre de repas qui gardait un estomac plein pendant des heures. Jory avait rapporté deux bols, plus un immense outre contenant du thé tiède. C'était un petit festin, surtout lorsqu'il sortit, avec un plaisir évident, un sac en papier rempli d'amendes sucrées.

— As-tu aussi trouvé du papier et un crayon ? demandai-je en frottant mon estomac satisfait.

Quoi qu'il arrive d'autre aujourd'hui, au moins je ne rencontrerais pas la mort affamé.

— Oui.

— Écriras-tu un message pour moi ?

— Bien sûr.

Il devait avoir des poches infinies cachées dans sa tunique. Il sortit quelques fines feuilles de papier de l'une d'elles, ainsi qu'un stylo enchanté qui n'avait jamais besoin d'encre.

— N'est-ce pas cher ? demandai-je.

— J'ai eu un bon prix.

Son visage innocent ne me trompa pas ; il l'avait probablement volé. Mais ce n'était pas le moment d'être difficile.

— Écris, ordonnai-je.

Puis je le regardai avec fascination transcrire mes mots. Je n'étais pas un expert, mais son écriture semblait exceptionnellement propre. Peut-être même un peu originale.

Myghal,

J'ai peut-être tué des gens, mais je ne suis pas un assassin. Je pense que tu le sais. Il y a un complot qui met en danger la ville et la monarchie. J'ai une preuve. Viens à la maison aux spectres et je te la montrerai.

Daveth

Jory dut signer à ma place, parce que je ne pouvais même pas écrire cela.

Comme il convenait à un scribe obéissant, il ne posa aucune question pendant que je dictais. Quand nous eûmes fini, il plia le papier, fit fondre un peu de cire avec un apaiseur, et écrivit le nom de Myghal sur le revers.

Il était juste en train d'ouvrir la bouche, sans aucun doute pour m'interroger, quand j'entendis des voix. Deux enfants entraient précautionneusement dans l'entrepôt, les yeux écarquillés. L'une était Wenna, qui sourit en me voyant. L'autre était une fillette tout aussi sale et légèrement plus jeune qui était, supposai-je, l'un des enfants que j'avais réveillés ce matin.

— Donne-moi mon rémi, exigea l'enfant.

— Tarif excessif, fit remarquer Jory.

Mais il donna une pièce à la fille. Elle la serra fermement et s'enfuit en courant. Toutefois, Wenna resta, ses yeux brillants.

— J'ai besoin que tu apportes un message à quelqu'un, dis-je en tendant le mot. C'est important.

— Ça parle de quoi ?

— C'est une longue histoire. Je vais te payer maintenant, et ensuite je devrais avoir confiance en toi pour que tu le livres. Si tu ne le fais pas, Jory et moi allons mourir.

Je ne mentionnai pas que nous risquions de mourir malgré tout. Un petit ajout de peur ne faisait pas de mal.

— Si nous mourons, nos fantômes reviendront te hanter.

Elle plissa le front d'un air dubitatif.

— Vous savez pas faire ça.

— Si. Nous venons tout juste de rencontrer un nécromancien de Nig Cairn.

— Daveth a dansé avec Dame Mort en personne, dit Jory. Je l'ai vu.

À présent, ses yeux s'écarquillèrent.

— À quoi ressemblait-elle ? chuchota Wenna.

— À ma mère, répondis-je.

L'expression de Wenna était bien trop vieille pour elle, et elle hocha la tête.

— Est-ce que ton papa aussi est mort ?

— Je ne sais pas. J'ignore qui il est.

— Tu as des frères ? Des sœurs ?

— Il n'y a que moi.

Joris se rapprocha légèrement de moi, mais ne dit rien.

— Je vais le livrer, dit Wenna. Promis.

Risquer ma vie sur la parole d'un galopin n'était pas avisé, mais ce n'était certainement pas la chose la plus idiote que j'avais faite cette semaine.

— Donne-lui les pièces qu'il nous reste, indiquai-je à Jory.

Il le fit. Ce n'était pas beaucoup. Mais elle pourrait avoir plusieurs repas avec ça. Puis j'eus une idée.

— Est-ce que tu sais où je vis ?

— Oui.

— D'accord. Je doute de jamais retourner là-bas. Si j'ai raison à ce sujet, l'endroit est à toi. Le loyer est payé pour encore un mois. Le mot de sort pour le verrou est *sécheresse*. Il y a une cape convenable là-bas, et je te laisse aussi le reste de mes biens.

Son visage mince fut grave et sa voix faible.

— D'accord.

C'était bien. Au moins quelqu'un de méritant profiterait de ma mort.

Apparemment inspiré par mon offre, Jory parla.

— Les miens aussi. Demande autour de toi si tu ignores où je vis. Mon loyer n'est payé que pour la semaine, mais je possède quelques jolies choses. Si tu les vends sagement, tu finiras avec quelques belles pièces dans ta bourse.

— Je veux pas que tu meures, dit-elle. Il y a beaucoup de mauvaises personnes à Tangye, mais pas toi.

Je ricanai.

— Je ne veux pas mourir non plus, petite.

Je suppose que c'était agréable qu'un habitant de la ville me préfère vivant.

Elle tendit la main et je lui donnai le papier. Elle regarda le nom en plissant les yeux, puis secoua la tête.

— Je ne sais pas lire.

— Moi non plus. Ça dit Capitaine Myghal Tren. Il est dans la garde civile. Amène-le à la maison des gardes sur la Route Royale à l'entrée du Quartier Royal.

— Et s'ils ne m'écoutent pas ?

— Sois persuasive. Lance mon nom s'il le faut.

Avec précaution, elle rangea la note dans ses vêtements.

— Je vais dire une prière pour toi. Il y a une prêtresse qui passe de temps en temps et qui nous donne à manger si nous l'écoutons, et elle nous a appris quelques prières. Je ne sais pas si elles fonctionnent, parce que j'ai prié pour toutes sortes de choses et ne les ai pas eues. Mais peut-être que ça fonctionnera cette fois-ci.

— Merci, Wenna.

Après un rapide sourire, elle disparut, nous laissant seuls Jory et moi.

— Veux-tu te reposer ? demanda-t-il.

— Non.

Il s'approcha et posa sa paume chaude contre ma joue.

— Veux-tu baiser ? dit-il d'un ton séducteur, ancrant son regard dans le mien tandis que son pouce caressait doucement.

Je m'écartai, bien que je n'aie nulle part où aller et que rien dans la pièce ne soit aussi intéressant à regarder que lui.

— Tu peux arrêter ton numéro, dis-je sans me retourner.

— Tu crois que je joue ?

— Je pense que tu as décidé que ta meilleure chance de survie est avec moi – ce qui est faux – et que tu fais de ton mieux pour me garder entre toi et les lames des gardes.

Je soupirai et me retournai pour lui faire face.

— Je ne t'en veux pas. Je ne dirais même pas que je ne le mérite pas, vu que c'est moi qui ai commencé toute cette histoire en essayant de t'amener à Lord Uren. Et je me tiendrai devant ces lames quoi qu'il arrive. Mais pour l'amour des dieux, Jory, laisse-moi passer mes dernières heures sans mensonges.

Il me dévisagea, les lèvres pincées entre ses dents. Finalement, il m'adressa un petit sourire triste.

— Je n'arrive pas à décider en lequel d'entre nous tu as le moins foi.

— Jory...

— L'honnêteté n'est pas mon point fort, mais je vais essayer.

Il baissa les yeux un instant comme s'il rassemblait ses pensées.

— Quand ma famille m'a renié et que mon amant m'a abandonné, j'ai eu pendant quelque temps l'espoir que d'une certaine manière... d'une certaine façon, je regagnerais au moins une partie de ce que j'avais perdu. Je pensais que quelqu'un m'entendrait peut-être chanter et tomberait amoureux de moi. Pas un homme riche – je ne suis pas cupide –, mais peut-être un artisan ou un marchand ayant une vie confortable. Beaucoup d'entre eux étaient certainement désireux de me baiser.

Je n'avais pas envie d'entendre cela, mais ne pouvais m'éloigner. Après tout, je l'avais invité à parler.

— Ce n'était pas ce que tu voulais, dis-je.

— Le sexe en tant tel ne me dérange pas, mais j'avais envie de plus. Je ne pense pas que ce soit trop demander, d'être aimé.

— L'amour est un mensonge.

Son regard se durcit.

— Je t'interdis de dire ça. Ta mère t'aimait et tu l'aimais aussi. Vous n'avez pas eu assez de temps ensemble, et en fin de compte, elle a trahi. Mais tu avais de l'amour. Ne le nie pas.

Je crispai les mâchoires, mais ne dis rien. Je me demandai plutôt quelle différence quelques vieilles miettes d'affection feraient sur un cœur. Une grande différence, dirais-je.

Il prit une profonde inspiration et continua.

— Cela m'a pris trop de temps, mais finalement, je me suis rendu compte qu'aucun de ces hommes ne m'aimerait. Ils ne le pouvaient pas, parce qu'ils n'avaient aucun respect pour moi. Je n'étais qu'un prostitué.

— Il n'y a pas de *que*, grondai-je. Je t'ai dit ce que je ressentais à ce propos.

— Je sais. C'est là où je veux en venir. Pas une seule personne ne m'a vu autrement que comme un jouet. Même Uren – surtout Uren. Et j'ai baissé les bras. Pourquoi crois-tu que j'ai opposé si peu de résistance quand tu es venu me voir la première fois, même si j'en connaissais l'issue ?

— Parce que tu savais que je gagnerais si nous nous battions.

— Probablement. Mais j'aurais pu trouver un moyen de m'échapper si j'avais essayé. Je n'ai pas essayé. J'en étais arrivé à un point où cela n'avait plus d'importance. Puis tu m'as protégé quand les hommes d'Uren nous ont attaqués.

— Je…

— Attends. Tu l'as fait. Et plus que ça.

Il fit un pas en avant et me caressa le fil de la mâchoire.

— Tu as été impatient avec moi et tu n'as pas confiance en moi, mais tu ne m'as jamais rejeté ni montré de mépris parce que je suis un prostitué. Tu n'as jamais agi comme si j'étais… souillé.

— Tu ne l'es pas. Je sais ce que c'est d'être souillé, et tu ne l'es pas.

— Tu ne l'es pas non plus, tu sais. Ne fais pas cette tête, Daveth. Si tu refuses de me juger, tu devrais arrêter de te juger toi-même aussi durement. En tout cas, c'est la vérité. Et tu me fascines – je n'ai jamais rencontré quelqu'un comme toi. Je ne pense pas qu'il existe quelqu'un d'autre comme toi. Tu es une créature mythique, comme un cheval. Peux-tu imaginer un immense animal qui laisse les gens lui monter dessus pour les conduire partout ?

Il rit et me caressa à nouveau.

Je me contentai de secouer la tête, incrédule.

— Daveth, si tout ce que je voulais de toi était ta protection, crois-tu vraiment que je serais venu dans un bâtiment hanté par des spectres – deux fois ? Serais-je descendu dans Nig Cairn pour discuter avec un nécromancien ? Tout ce que je veux de toi, c'est toi. J'aimerais avoir eu le temps de mieux te connaître, mais si ce tout ce que nous avons, ce sont ces quelques petits jours, alors je m'en contenterai.

Quand il m'embrassa, je ne le repoussai pas.

XVIII

BIEN QUE je ne sache toujours pas si je devais croire Jory, j'en avais *envie*. Et je supposais qu'il n'y avait pas grand mal à passer une heure ou deux dans l'illusion.

Je le laissai me retirer mes vêtements et le regardai se déshabiller – lentement et avec grâce, comme s'il m'offrait un spectacle. Quand il m'attira dans ses bras, cela parut suffisamment réel, et ses baisers furent rudes et avides. Tandis qu'il me mordillait le fil de la mâchoire, je fis la seule chose que je ne faisais *jamais* durant le sexe : je gardai les yeux fermés.

Cela ne mit pas fin au sort qu'il m'avait lancé. En fait, l'envoûtement s'intensifia, ma peau frissonnant même sous ses plus douces caresses, mon corps vibrant avec ses mots doux chuchotés et ses exclamations à demi-avalées.

— Tu me laisseras te faire tout ce que je veux ? demanda-t-il, me caressant.

— Oui.

— Tu ne discuteras pas ou ne résisteras pas ou ne me donnera pas d'ordres ?

— Fais ce que tu veux.

— Pourquoi ?

Je n'avais pas de réponse, aussi répondis-je par une invitation.

— Guide-moi dans cette danse, Jory.

Il m'attira vers le sol.

Les planches étaient inconfortables sous nos capes et la poussière nous fit éternuer. Nous n'avions pas le temps de prendre notre temps, et pourtant, nous réussîmes malgré tout à être tendres. Il chevaucha mon bassin et s'abaissa lentement, glissant de salive et de fluides, et quand je le pénétrai, ce fut comme si nos cœurs se rejoignaient eux aussi. Il poussa un cri quand il jouit – tout comme moi, quand je suivis rapidement son exemple –, puis il s'effondra au-dessus de moi, tous deux essoufflés et sans force.

— Danser avec la vie peut être agréable, tu ne trouves pas ? murmura-t-il.

Je hochai la tête, et quand il enfouit son visage au creux de mon cou, je sentis de l'humidité. Je ne pensais pas que c'était de la sueur.

Nous avions fait l'amour. Je le nommai ainsi dans ma tête – plutôt que simplement *baisé* –, parce que je trouvais cette notion réconfortante. Par toutes les déités, je méritais au moins tout cela. Tout comme lui.

À nouveau vêtu, je fis les cent pas dans l'entrepôt. Jory était appuyé contre un tas de cageots, dessinant des formes dans la poussière. Ses joues étaient encore rouges. Il leva les yeux lorsque je fis mon centième passage près de lui.

— Qui est Myghal Tren ?

— Un capitaine de la garde civile.

— Il était presque ton amant ?

Nous allions donc discuter de cela. J'aurais presque préféré danser avec Dame Mort.

— Quand j'ai rejoint la garde, je l'admirais. Il était beau, fort et attirant.

— Vous êtes devenus amants, alors ?

— Nous baisions. Myghal… eh bien, disons juste que ses goûts en la matière ne sont pas vraiment judicieux. Nous n'étions pas censés coucher l'un avec l'autre, parce qu'il était mon sergent, alors nous restions discrets. Je me sentais flatté qu'il veuille de moi.

Jory hocha la tête comme si cela avait du sens.

— Je peux le comprendre.

— Il est la seule personne avec qui j'aie eu des rapports sexuels réguliers. Bon sang, en dehors de toi, il est la seule personne avec qui j'ai fait quoi que ce soit plus d'une fois. Quand ils ont trouvé cette dague dans mon coffre, ils ont voulu me pendre, mais Myghal a intercédé en ma faveur. Je lui dois ma vie, je suppose.

— C'était grand de sa part, dit Jory, les bras croisés, nullement impressionné par la générosité de Myghal. Est-ce que vous avez continué à baiser après qu'ils t'ont chassé ?

— Non. Il ne pouvait pas prendre le risque d'être vu avec moi une fois que j'ai été discrédité.

— Et ça s'est fini comme ça ?

Je haussai les épaules et continuai à tourner en rond. Mais à présent, Jory marchait avec moi, me suivant de près comme le plus persistant des mendiants, me regardant dans l'expectative à chaque fois que je jetai un coup d'œil dans sa direction.

Je soufflai et m'arrêtai.

— Oui. Je l'ai vu il y a un mois environ. Le salaud a à peine vieilli. Nous avons baisé en souvenir du bon vieux temps, et c'est tout. Il est… C'est comme tu as dit à propos des hommes qui ont couché avec toi. Il ne me respectera jamais. Qui pourrait lui en vouloir ?

— Mais tu lui as envoyé un message.

— Je n'ai personne d'autre vers qui me tourner ! m'écriai-je, frustré. Puis je respirai profondément pour me calmer.

— Il est vaniteux et trop sûr de lui, mais il m'a tiré d'affaire une fois. Peut-être qu'il écoutera. Et s'il le fait, il aura l'attention des gens qui comptent.

Alors même que les mots quittaient ma bouche, je sus à quel point ils semblaient idiots. Peut-être m'étais-je leurré en prétendant que Myghal tenait à moi, m'imaginant qu'il me sauverait à nouveau. Mais voilà, nous en étions là.

— D'accord, dit Jory.

Il commença à dire quelque chose d'autre, mais des voix fortes nous parvinrent de l'extérieur.

Je me précipitai pour attraper la tête dans le sac, et quand Jory resta simplement planté là au centre de la pièce, je le poussai très fort avant de l'entraîner derrière des cageots.

— Reste ici ! lui ordonnai-je.

Peut-être survivrait-il au moins à cet échange.

Quelques secondes plus tard, quatre personnes firent irruption dans l'entrepôt. Myghal était à la tête de trois gardes en uniforme, tous des hommes costauds aux épées dégainées. Celle de Myghal était dans son fourreau tandis qu'il avançait droit vers moi et se plantait juste hors de ma portée, les mains sur les hanches.

— Tu as eu des aventures intéressantes, dit-il sur le ton de la conversation. Où est Jory Pearce ?

— Je l'ignore.

— On vous a vus ensemble.

— Nous étions ensemble. Je l'ai envoyé chercher de la nourriture avec ce qu'il nous restait d'argent et il n'est jamais revenu.

J'espérais que Jory n'était pas embêté que je sous-entende qu'il était un lâche. J'essayais de lui sauver la vie.

Myghal souffla comme s'il ne s'était pas attendu à autre chose.

— Tu aurais pu trouver quelqu'un de plus loyal à sauter, Davi.

184

Ignorant la pique, je soulevai le sac.

— J'ai la preuve de mon innocence – et de celle de Jory aussi. Et la preuve d'une conspiration contre le Prince Clesek.

— Vraiment ?

— Myghal, tu me connais. Tu sais qui je suis. Crois-tu honnêtement que j'aurais assassiné toutes ces personnes pour… Je ne sais pas quelle explication circule. Gain personnel ?

Il m'examina minutieusement.

— Je t'ai connu, autrefois. C'était il y a longtemps. La vie dans le Bas endurcit les gens. Cela fait oublier à certains d'entre eux la morale humaine de base. Peut-être t'est-ce arrivé.

— J'ai autant de morale qu'avant, grondai-je.

Myghal rit.

— Peut-être. Alors, quelle est ta preuve ?

Je sortis la tête du sac, jetai ce dernier et déballai la tête. Je n'avais pas envie de tenir cette horrible chose, aussi la posai-je par terre devant mes pieds.

Regardant avec un intérêt apparent, Myghal sembla plus amusé que surpris.

— C'est donc là que se trouve le reste de son corps. Je ne peux pas dire que cette partie soit une grosse amélioration par rapport au reste. C'est un étrange souvenir à conserver.

— Lord Uren faisait partie d'une conspiration pour assassiner le prince. Il a essayé d'entraîner Jory dans l'affaire, et quand cela n'a pas fonctionné, je suppose qu'il a décidé que j'étais un bon moyen d'éliminer Jory. Il voulait s'assurer qu'il ne parle à personne. Je ne sais pas avec certitude si Lord Uren avait l'intention de me tuer depuis le début, mais je soupçonne que oui.

Myghal secoua la tête.

— Des témoins fiables disent que tu as tué le sorcier.

— Sort de mimétisme.

Cela le fit renifler.

— Je ne t'aurais jamais cru avoir une telle imagination. Davi, viens sans gestes brusques. Je ne vais pas mentir et te dire que tout finira bien, mais je m'assurerai qu'ils t'exécutent proprement et rapidement.

— C'est très gentil à toi, dis-je d'un air renfrogné. Écoute, tu n'es pas obligé de me croire. Lord Uren peut te le dire lui-même.

185

Espérant de toutes mes forces que le nécromancien n'avait pas menti, j'appelai :

— Lord Uren. Lord Uren. Lord Uren.

Lord Uren ouvrit les yeux.

Les trois gardes hoquetèrent et jurèrent, reculant tous d'un pas et levant davantage leurs épées. Mais Myghal retroussa simplement les lèvres de dégoût.

— Tu fréquentes des nécromanciens ? Pas étonnant que tu empestes la mort.

Ignorant Myghal, je me penchai pour redresser la tête, qui s'était inclinée. M'adresser à elle ainsi aurait été… mal.

— Lord Uren ? dis-je d'une voix forte. Vous m'entendez ?

La voix qui sortit de la bouche en mouvement n'était pas humaine, mais conservait une bonne partie de la tonalité de Lord Uren.

— Oui.

Les gardes jurèrent à nouveau. L'un d'eux commença à reculer vers la porte, mais Myghal se précipita vers lui et le tira en avant par le bras.

— Si tu pars sans ma permission, je te ferais pendre avant l'aube, espèce de lâche.

Bien qu'il soit devenu très blanc, le garde hocha la tête et reprit sa place aux côtés de ses camarades. Je me sentis soulagé qu'aucun d'eux ne se soit aventuré dans la direction de Jory.

Si Lord Uren avait un avis sur sa situation actuelle, son expression neutre ne le montrait pas.

— Dites-nous ce qu'il s'est passé, Lord Uren, dis-je.

— Je suis mort.

— Avant ça.

— J'ai saigné.

— Pourquoi avez-vous saigné ?

— J'ai été blessé.

— C'est une perte de temps… commença Myghal en s'avançant vers moi.

Je sortis un couteau.

— Attends.

Il fronça les sourcils, mais s'arrêta. Les autres gardes reculèrent légèrement, et je trouvai leur crainte encourageante. Je ne savais pas si c'était dû à ma réputation de combattant, à l'hypothèse que j'avais récemment assassiné plusieurs personnes ou à la tête parlante à mes pieds.

186

Quelle qu'en soit la cause, j'en étais heureux. Un adversaire effrayé était plus facile à battre.

Couteau toujours en main, je m'adressai à nouveau à Lord Uren.

— Qui vous a tué ?

— Tu m'as coupé la tête.

Il réussit à avoir l'air légèrement irascible malgré sa voix monocorde.

— Oui, mais étiez-vous déjà mort quand je vous ai décapité ?

— Oui.

— Et qui vous a infligé la blessure qui vous a tué ?

— Cette femme.

— Quelle femme ?

— Celle qui m'a tué.

S'il n'était pas déjà mort, j'aurais été grandement tenté de le poignarder.

— Qui était la femme qui vous a tué ?

— Une employée.

Je jetai un coup d'œil à Myghal, qui ne semblait pas impressionné.

— Pourquoi vous a-t-elle tué ? demandai-je.

— Je ne sais pas.

Cela semblait vraiment le déranger.

— Pour qui travaillait-elle ?

— Moi.

— Quelqu'un d'autre ?

— Moi.

— Qui l'a employée avant vous ?

— Je ne sais pas.

Bon, cela ne m'amenait nulle part, et c'était lent. Je décidai de prendre une autre direction.

— Qui a tué Arthyen ?

— Un homme.

— Est-ce *moi* qui l'ai tué ?

— Je n'étais pas là.

Bon, c'était vrai.

— Avez-vous payé quelqu'un pour qu'il prenne mon visage et tue Arthyen ?

— Non.

Myghal secoua la tête.

— Si tu essayes de prolonger ta vie, tu choisis un sacré mauvais moyen de le faire.

Je me renfrognai et me creusai la cervelle pour trouver une meilleure façon de poser la question. Puis cela me vint brusquement.

— Est-ce qu'une personne à votre service a payé un homme pour qu'il prenne mon visage et tue Arthyen ?

— Oui.

— Et avez-vous donné l'ordre à votre employé de le faire ?

— Oui.

— Tu vois ? dis-je à Myghal.

— Cela ne signifie pas que tu es innocent. Juste que deux des victimes sont mortes de la main de quelqu'un d'autre.

Mais il paraissait troublé, ce qui était un progrès.

Je me reconcentrai sur Lord Uren.

— Pourquoi avez-vous payé quelqu'un pour tuer Arthyen ?

— Je le voulais mort.

Je pouvais lui donner un coup de pied qu'il parlerait encore, non ? Je l'aurais fait si mes pieds n'étaient pas nus.

— Pourquoi le vouliez-vous mort ?

— Afin qu'il se taise.

Myghal ricana.

— Apparemment, ça n'aurait pas nécessairement fonctionné.

Mais je savais bien lire ses expressions, et la raideur aux coins de sa bouche et le léger creux entre ses sourcils signifiaient qu'il prenait la situation très au sérieux. Bien.

— À quel propos vouliez-vous qu'Arthyen se taise ?

— Jory Pearce.

Cette fois-ci, Lord Uren semblait irrité. Il avait emporté sa rancune avec lui, semblait-il.

— Quoi Jory ?

— Ce que Jory lui a dit.

— Qui était ?

— Des secrets.

À ce rythme-là, nous mourrions de vieillesse.

— Quels secrets Jory a-t-il dit à Arthyen ?

— Les plans.

— Les plans de quoi ?

— Du meurtre.

— Assez ! gronda Myghal. C'est insensé.

Mais quand il essaya de se rapprocher, je brandis à nouveau mon couteau.

— Quel meurtre ? insistai-je.

— Celui que nous planifions.

— Le meurtre de qui ?

— Clesek.

Le visage de Myghal pâlit et les gardes échangèrent des regards abasourdis. La mention du nom du prince avait touché un point sensible.

— Vous et d'autres personnes complotiez-vous pour assassiner le Prince Clesek ?

— Oui.

— Jory était-il censé faire partie du complot ?

— Oui.

— A-t-il refusé de participer ?

— Oui.

— Tu vois ? dis-je, m'adressant à Myghal plutôt qu'à Lord Uren. Jory est innocent.

— Uren n'a pas dit ça… juste qu'il ne faisait pas partie du complot.

C'était juste. En fait, je doutai que Jory soit complètement irréprochable. Il avait volé mon couteau assez facilement ; une personne faisait ce qu'elle devait pour survivre. Mais j'étais au moins convaincu qu'il n'avait joué aucun rôle actif dans la conspiration d'Uren, et je *savais* qu'il n'avait assassiné personne au cours des derniers jours.

— Laisse-le partir, dis-je à Myghal. Il ne mérite pas ça.

— Je croyais que tu étais ici pour laver ton nom, pas celui de la putain voleuse qui t'a laissé en plan.

— Nous sommes ici pour obtenir la vérité.

— Ah, Daveth. Tu aurais dû passer l'âge de cette stupidité il y a longtemps, pourtant te voici, aussi idéaliste que lorsque tu étais un jeune accusant tes compagnons gardes de corruption.

Pris par surprise, je le dévisageai.

— Je n'étais pas idéaliste. J'ai été surpris avec un couteau volé, tu te souviens ?

J'agitai le couteau dans ma main pour marquer le coup.

Il haussa les épaules comme si cela n'était pas important, et d'une certaine façon, il avait raison.

Je continuai.

— Tu viens d'entendre qu'il y a des manigances pour assassiner le prince, et tu as entendu que Jory n'a rien à y voir. Je peux aussi prouver mon innocence… j'ai été mêlé à cette histoire à cause d'un mensonge il y a quelques jours. Tu dois protéger le prince et laver mon nom. S'il te plaît, Myghal !

Mais il se contenta de me dévisager d'un air impassible… et la vérité me frappa comme un coup en plein ventre.

— Oh, non, chuchotai-je.

Si je n'étais pas un tel idiot, je l'aurais vu depuis longtemps. Mon estomac se retourna et ma gorge se serra. Par toutes les déités, je nous avais causé la pire des choses possibles. J'envoyai une dernière prière silencieuse à Bolitho au nom de Jory. Au moins, laissez-le s'échapper.

Et je posai à Myghal la dernière question importante.

— As-tu mis cette dague dans mon coffre ?

Il sourit.

— Eh bien, cela a pris bien plus longtemps que je ne m'y attendais. Quand tu as rejoint la garde, je t'ai trouvé prometteur. Oui, tu étais doué avec des lames, mais tu étais aussi un Baseux. J'avais certaines attentes de ta part. Tu m'as déçu.

— Tu savais que ces gardes extorquaient de l'argent, dis-je en plissant les yeux. C'est toi qui l'as organisé. Sale démon menteur.

Il secoua un doigt dans ma direction.

— J'aurais pu les laisser te pendre. Rappelle-toi.

— Je suis sûr que tu es intervenu par pure bonté d'âme.

— Eh bien, ce n'était pas parce que je ne pouvais pas vivre sans ton cul osseux. J'ai connu mieux, même quand tu étais enfant, Davi, et tu n'as pas bien vieilli.

Il aurait fallu de la vanité pour être blessé par de telles paroles, mais sa trahison me fit trembler. Je n'avais jamais cru qu'il m'aimait, pourtant je ne pensais pas qu'il m'utiliserait aussi bassement.

— Lord Uren, qui vous a envoyé à moi au départ ?

Lord Uren répondit promptement :

— Myghal Tren.

— Tu aurais pu faire partie de tout ça, dit Myghal, feignant la tristesse. J'ai essayé de te convaincre, tu t'en souviens ? Peut-être que, le temps passant, je me serais même assuré que tu aies de l'argent et une position de pouvoir. Capitaine de la garde.

— J'aurais été ton pion, et quand je n'aurais plus été utile, tu m'aurais assassiné.

Il haussa les épaules.

Je baissai les yeux vers la tête de Lord Uren et me demandai qui d'autre était impliqué. D'autres membres du Sous-Conseil ? Myghal avait-il aussi quelques-uns de ses partisans là-bas, prétendant être des employés loyaux, mais prêts à frapper si quelqu'un avait l'air de révéler son rôle ? Peut-être la moitié des nobles mineurs de la ville avait-elle des serviteurs et des gardes privés qui transportaient secrètement des armes provenant de leur temps passé dans la garde civile.

— Tellement de morts, dis-je doucement. Tout cela pour que tu puisses devenir riche et puissant ?

— Je serai chef de la sécurité du prochain roi. Ce qui signifie que je dirigerai la ville.

Peut-être était-ce parce que je n'étais rien d'autre qu'un Baseux, mais je n'avais jamais compris cela. Bien sûr, c'est agréable d'avoir une bourse remplie. Un endroit confortable où dormir et un ventre plein – j'aimais ces choses-là. J'avais très certainement apprécié mes belles bottes. Mais donnez-moi ces choses simples et je serais l'homme le plus heureux de la ville. Surtout si, commençais-je à réaliser, j'avais un homme pour me réchauffer la nuit – un homme qui reste le lendemain matin et me fait sourire ; un homme qui tient à moi. Je ne tuerais certainement jamais afin d'avoir plus que cela. Non pas que je déclare être meilleur que quiconque, parce que les dieux savent que je ne le suis pas. Je n'aime simplement pas invoquer Dame Mort pour si peu – et c'était vrai avant même que nous dansions.

— Myghal, dis-je.

Puis je me penchai, attrapai la tête de Lord Uren et la jetai en direction des gardes.

L'un des hommes hurla et s'enfuit par la porte. Pour ce que j'en sais, il court encore. L'un des hommes restants leva les mains en geste défensif, pendant que le troisième lâchait son épée et se débattait avec la tête. Excellent. Je tirai mon second couteau et me précipitai en avant, me jetant de tout mon poids – et le couteau tendu – sur celui qui avait attrapé Lord Uren. Il gronda et lâcha la tête. Je crus que j'avais raté ma cible, mais il recula alors en chancelant, se tenant la poitrine, et s'effondra.

Malheureusement, c'était ma main blessée qui tenait le couteau, et ma prise faiblit. Aussi, lorsque l'homme tomba, emporta-t-il ce couteau avec lui.

Le dernier garde se jeta immédiatement sur moi, Myghal restant flou au coin de mon œil. Un rapide coup d'épée du garde érafla ma cape, mais pas ma peau, tandis que j'esquivais rapidement sur le côté. Son coup suivant m'entailla le bras – peut-être profondément, je n'arrivais pas à le dire –, mais j'attrapai avec succès l'arme lâchée par le garde mourant.

Une épée dans une main et une dague dans l'autre, j'affrontai Myghal et son garde. Je m'entraînais souvent avec Myghal quand j'étais jeune. En fait, bien que j'aie déjà été un adepte des lames courtes, il m'avait appris à en manier une longue. Il était très doué, et j'avais très récemment pu constater qu'il était resté en forme.

L'autre homme était corpulent et, de ce que j'avais vu, comptait plus sur la force brute que sur la finesse.

J'étais épuisé, blessé à plusieurs endroits, et pieds nus. Une grande partie de moi voulait poser ma dague et mon épée et les laisser venir à moi. Laisser le fleuve me prendre.

Mais il y avait Jory, que je ne comprenais pas – et en qui je n'avais toujours pas entièrement confiance. Il était une énigme que j'adorerais résoudre. Et la façon dont il m'avait caressé la peau pendant que nous faisions l'amour, la façon dont il m'avait regardé dans les yeux, m'avait fait… Espérer n'est pas le bon mot. Je ne crois pas en l'espoir. Mais il m'avait fait voir des possibilités auxquelles j'ignorais rêver.

Je danserais avec des démons dans l'enfer le plus profond avant d'abandonner cela sans me battre.

Je me jetai sur Myghal.

Il m'évita parfaitement, ripostant avec un petit coup d'épée. La pointe entailla mon épaule près de la blessure de la veille, ce qui fit très mal, mais je conservai mon équilibre et mon élan. J'attaquai à mon tour et fus satisfait quand je touchai son torse, déchirant sa jolie tunique et le faisant saigner. Il me grogna dessus, mais de perdit pas son sang-froid.

Le garde m'attaqua aussi, donnant un grand coup vers ma nuque. Si je n'avais pas esquivé, j'aurais été dans la même position que Lord Uren, juste moins bavard. Mais là, je sentis juste l'air frôler ma peau.

Je n'avais pas le temps de réfléchir, juste d'agir. Je plaçai quelques coups et en reçus d'autres, et mon corps hurla en silence sous le traitement rude. Nous ne plaisantions pas. Même s'il me restait des paroles intelligentes

192

à dire, je n'avais plus de souffle pour les prononcer. Je n'avais d'attention que pour le métal brillant et les yeux de mes adversaires. Le garde était sourd à la colère et à la peur, mais Myghal... Je crois que dans ces moments désespérés, il en était venu à me haïr.

Tandis que j'évitais un autre coup, ma jambe céda et je tombai, mon épée quittant mes doigts désormais mous pour tomber sur le sol avec fracas. J'avais toujours ma dague – ma chère dague familière – dans mon autre main, et je charcutai la cuisse du garde. Il tomba sur moi en hurlant ; levant la pointe de ma lame, je lui transperçai l'œil gauche.

Il s'empara de mon arme – ma main était glissante de sang et de sueur –, mais quand il essaya de se lever, il tomba sur le côté, frissonna et s'immobilisa.

J'étais allongé sur le dos contre le sol de l'entrepôt, désarmé, ne sachant pas si je pouvais me lever. Ce qui importa peu, parce que Myghal posa la pointe de son épée contre mon cou.

— Tu es un bon combattant, mais tu n'as jamais été rien d'autre qu'un déchet du fleuve, dit Myghal avant de pousser brusquement un cri.

De la sueur avait coulé dans mes yeux, brouillant ma vision, aussi ne compris-je pas immédiatement ce que je voyais. Mais Myghal se retourna vivement, brandissant son épée. Jory Pearce souriait dangereusement, son couteau trempé du sang de Myghal.

— Une putain et un fils de putain, cracha Myghal. Parfait.

— Et chacun de nous est un homme bien meilleur que vous ne le serez jamais, rétorqua Jory. Il n'y a aucun mal à accepter de l'argent en échange d'un peu de plaisir offert, mais ce que vous avez fait est une abomination.

Myghal l'attaqua. Je tentai de me lever, mais n'arrivais même pas à m'agenouiller, et mes armes étaient trop loin de moi. Mes bras et mes jambes ne m'obéissaient plus, une punition pour les dommages que je leur avais causés. Je crus que Jory allait mourir sur-le-champ. Pourtant, il esquiva avec grâce chaque coup d'épée.

Il me vint à l'esprit que le fils d'un noble avait très bien pu recevoir des leçons d'escrime.

Bien que Myghal ait une épée et des années d'expérience d'utilisation, Jory était plus jeune d'une bonne décennie. Et il était relativement frais, alors que Myghal venait de passer du temps à me combattre – et à perdre une bonne quantité de sang. Jory esquiva, zigzagua et tourna, pendant que Myghal restait principalement immobile, attendant l'occasion de frapper. Il n'en obtint pas beaucoup, et les quelques blessures qu'il infligea semblèrent mineures.

Quand je réussis difficilement à me mettre à genoux, le monde tourna et pencha, et je n'arrivai à fixer mon regard sur quoi que ce soit. Il me vint à l'esprit que j'étais peut-être en train de mourir. Ce n'était pas aussi douloureux que ce à quoi je m'attendais ; juste flou et confus. Et frustrant parce que je voulais aider Jory.

Je tombai sur le côté et n'eus plus la force de bouger. Avec l'une de mes joues plantée dans la poussière et de petites échardes s'enfonçant dans ma barbe, je les regardai se battre. Même si je ne saisissais pas trop ce qui se passait, j'entendis clairement le cri de Jory.

— Non.

J'avais voulu hurler, mais cela sortit comme un chuchotis. Je soufflai une prière, m'adressant à toutes les déités auxquelles je pouvais penser.

— Yestwi, Bolitho, Leucost, Lyadra, Même toi, Flyra. Aidez-moi. Aidez-moi, bon sang !

Peut-être écoutèrent-ils. Je l'ignore. Mais je découvris que je pouvais bouger un peu, juste assez pour ramper vers Jory et Myghal. Je n'avais ni arme, ni plan, mais je ne pouvais pas regarder Myghal massacrer Jory – et échapper à la justice pour toujours – sans rien tenter. Myghal fit un pas sur le côté, balançant son épée pour donner ce qui aurait été un coup mortel s'il n'avait pas trébuché sur mon bras tendu.

Il tomba sur moi, vidant mes poumons de tout air. Et Jory fut immédiatement sur lui. Un liquide chaud me recouvrit, et Myghal se figea avant que son corps ne se ramollisse.

Puis son poids disparut et Jory me contempla. Des taches rouges parsemaient son visage et ses cheveux, mais ses yeux brillaient aussi vivement que le soleil.

— Tu es vivant, dit-il avec un sourire féroce.

— Pour l'instant.

— Je crois que Dame Mort a décidé que tu étais plus utile pour elle vivant.

— Tout comme toi.

Jory leva ses mains ensanglantées et les observa.

— Je n'avais jamais tué personne.

— Je suis désolé que tu aies dû le faire.

— Pas moi. Je le tuerais encore dix fois pour ce qu'il t'a fait.

Il soupira.

194

— Et à Arthyen et à la Pinson. Et les dieux savent qui d'autres.

— Si je n'avais pas été aussi idiot…

— La plupart d'entre eux seraient quand même morts. Je le serais probablement aussi. Nous avons tous les deux fait des choix, et certains se sont avérés bien mauvais. Mais je ne porterai pas le chapeau pour ça, et je ne te laisserai pas le porter non plus. Si tu veux en vouloir à quelqu'un, c'est à lui.

Il montra le corps sans vie de Myghal.

J'aurais peut-être dit plus, mais j'étais trop épuisé pour faire autre chose que fermer les yeux. Je fus vaguement conscient que Jory nettoyait et recousait mes plaies – encore. Et alors que je me rapprochais de l'oubli, je savourais encore son contact. Ma dernière pensée fut que j'espérais qu'il se soignerait aussi.

XIX

IL N'AURAIT pas dû me laisser dormir, mais il le fit. Juste une heure ou deux, je pense – assez pour les forces me reviennent un peu. Je suis résistant. Cela va de pair avec l'entêtement, je suppose. Il était sorti rapidement pendant mon sommeil, et le temps que je me réveille, il avait rapporté de la nourriture et de la bière diluée à partager.

— Ou as-tu trouvé l'argent ? demandai-je.

J'étais appuyé contre des cageots et mâchai du pain sec que j'avais trempé dans un ragoût épais. Jory avait dit que la viande était bonne pour remplacer tout le sang que j'avais perdu.

— Sur lui, répondit Jory, la bouche pleine, pointant du doigt le cadavre de Myghal. Mais il en avait étonnamment peu.

— Il n'en transportait jamais beaucoup. Je ne pense pas que l'argent l'intéressait autant que le pouvoir.

Je ne ressentais ni peine ni joie à sa mort. Je n'étais même pas amer à cause de ce qu'il avait fait. L'amertume avait dû quitter mon corps en même temps que mon sang, et je ne savais pas trop ce qu'il restait.

— Nous ne pouvons pas rester ici, dis-je.

Myghal n'avait peut-être dit à personne où ses gardes et lui se rendaient, mais quelqu'un finirait par se rendre compte qu'ils n'étaient pas revenus et partirait à leur recherche. Au moins, le garde en fuite n'était-il pas allé chercher du renfort. Sinon, Jory et moi serions morts depuis longtemps.

— Où devrions-nous aller ? demanda Jory.

— Je suis… à court d'endroits.

— Mais tu connais toutes les réponses maintenant, non ?

Effectivement… les plus importantes en tout cas. Je savais que Myghal avait essayé de m'embrigader dans son complot, et quand cela n'avait pas fonctionné, il avait dit à Lord Uren de m'impliquer. Je savais que Lord Uren avait visé Jory quand ce dernier avait refusé d'impliquer Arthyen. Je savais que Myghal avait si peu confiance en Lord Uren qu'il avait placé au moins l'un de ses gens dans sa demeure, en lui donnant pour instruction de tuer le lord, au besoin, pour le faire taire. Je savais que même si Myghal était à présent mort, il avait sans aucun doute d'autres co-conspirateurs qui risquaient d'essayer malgré tout de tuer le prince. Et – en supplément douteux – je savais à présent que Myghal avait tenté de m'utiliser des années plus tôt et avait organisé ma disgrâce chez les gardes.

Aucune de ces connaissances ne me rendait plus heureux, mais c'était mieux que de se poser des questions.

— À quoi penses-tu, Daveth ?

— Au Prince Clesek.

Jory se frotta distraitement le biceps, qui, je le soupçonnais, avait été blessé.

— Tu ne lui dois rien.

— Je sais.

— Et moi non plus. Même s'il a été gentil avec moi quand il n'était pas obligé de l'être. Est-ce que tu veux être un héros ? Est-ce tu penses qu'il te donnera une récompense ?

Il me regarda attentivement.

Je ris.

— Les hommes comme moi ne sont pas des héros.

— Je ne suis pas d'accord.

— Écoute. Je m'en fiche. Les héros, c'est bon pour les histoires d'enfants. Et je ne me soucie même pas vraiment du prince.

— Alors quoi ?

— La ville de Tangye. Elle se soucie très peu de moi, mais je l'aime. Elle est ma mère.

Jory haussa la tête.

— Et tu es un fils loyal.

— Je suppose que oui.

Je finis mon pain et bus le liquide du ragoût pendant que Jory grignotait des prunes salées et me dévisageait.

— Me feras-tu une promesse ? demanda-t-il quand nous eûmes fini de manger.

— Non. Je ne fais pas de promesses.

— Bien sûr que si. Et tu vas m'en faire une maintenant parce que tu tiens à moi.

Il releva le menton.

— Je te connais, alors ne t'avise pas à me mentir, continua-t-il.

— Je ne te poignarderai pas. Probablement.

197

— Je ne peux pas te garantir que je serai toujours honnête. La vérité est difficile pour moi. Mais je peux te jurer que je ne te trahirai jamais. Je ne suis pas lui.

Il fit un geste dédaigneux vers Myghal.

Pour une raison stupide, je le crus.

— Et quelle promesse veux-tu de moi ?

— Après avoir prévenu le prince – à supposer qu'on y survive –, nous quittons la ville. Ensemble.

— Et faire quoi ?

— Voir ce que le monde a à nous offrir.

Je baissai les yeux vers mes cuisses.

— Comment survivrons-nous ?

Il se leva, s'approcha et s'accroupit devant moi.

— Depuis que je t'ai rencontré, tu as survécu à trois atteintes à ta vie – toutes concertées –, à des spectres, des fantômes, un nécromancien et Dame Mort. Je suis confiant quant à tes capacités pour gérer ce qui pourrait nous arriver.

Je lui aurais arraché ses vêtements et l'aurait fait chanter de passion, si seulement j'en avais eu le temps et la force.

Nous déshabillâmes les gardes morts et Myghal. Je dois l'admettre, je ressentis un étrange pincement au cœur à le voir nu pour la dernière fois, tellement pâle et avec toute sa vitalité répandue sur le sol de l'entrepôt. Cependant, je me sentis mieux après avoir enfilé ses bottes. Elles m'allaient bien et, même si elles étaient trop voyantes à mon goût – avec un dessin en cuir coloré et des coutures fantaisies–, elles étaient presque aussi bonnes que les miennes. Je pris également ses chausses, vu qu'elles avaient la couleur de la garde civile et qu'elles étaient moins ensanglantées que les miennes. Mais sa tunique était ruinée, tout comme la mienne, aussi en pris-je une moins tachée sur un garde mort. Je pris aussi la cape du garde, me sentant un peu coupable pour la courte et malheureuse vie que j'avais offerte à la mienne.

— On ne peut pas laisser les corps ici, dis-je quand je fus entièrement habillé.

— Pourquoi ?

Je haussai les épaules.

— Ça semble impoli.

Quand Jory me regarda en clignant des yeux, je m'expliquai.

— Les spectres. Nous sommes leurs invités.

Il me regarda comme si j'étais fou, mais il ne discuta pas.

— Que fait-on d'eux, alors ?

— Le fleuve, bien sûr.

À une époque, une rampe descendait de l'entrepôt jusqu'au fleuve, facilitant le transport des fûts de bière jusqu'aux bateaux ancrés plus loin dans le canal. La rampe avait disparu depuis longtemps, mais en poussant des cageots, nous trouvâmes la porte qui avait mené à elle. Les gonds rouillés grincèrent horriblement. Jory et moi traînâmes les corps un par un jusqu'à la porte, les jetâmes dehors et les regardâmes atterrir dans le fleuve avec de grandes gerbes. Myghal fut le dernier. Je n'étais pas désolé de le voir partir.

Tandis que nous retournions au centre de la pièce, je jetai un coup d'œil à la tête de Lord Uren. Le sort s'était épuisé depuis longtemps et, à présent, les yeux étaient vitreux et la bouche ouverte inutilement. Il ne nous était plus d'aucune aide.

Étrangement, bien que mes sentiments envers Myghal restent neutres, je détestais encore Lord Uren pour ce qu'il avait fait à Jory. Et pas seulement pour l'affaire concernant ses fichus projets d'assassinat. Je détestais comment il avait rabaissé, utilisé et prostitué Jory – son propre parent.

Alors que celui-ci regardait, je portai la tête de Lord Uren jusqu'à la porte, la posai sur le seuil et y donnai un puissant coup de pied. Elle vola dans les airs avant d'atterrir avec un plouf plaisant.

— Ça suffit, dis-je en fermant la porte. Allons faire un truc stupide.

UNE FOIS encore, nous traversâmes le Pont Meryasek et nous frayâmes un chemin dans le Bas. Avec mon capuchon relevé, je ressemblais à un garde civil – bien qu'une personne observatrice aurait remarqué que je portais des dagues au lieu d'une épée, ce qui était inhabituel. Jory se couvrit également la tête, mais il portait sa propre cape plutôt que l'uniforme d'un garde. Malgré tout, peu firent attention à nous. Si quelqu'un nous cherchait, nous ne le rencontrâmes pas.

Le Quartier d'Argent était plus délicat. Les habitants y étaient plus susceptibles d'avoir vu et lu les prospectus nous concernant, et les gens de l'Argent étaient généralement plus aptes à faire attention aux passants. Nous restâmes donc autant que possible dans les ruelles et les rues résidentielles calmes. Je me rendis compte à quel point la garde civile était inefficace et incompétente. Je me demandai si c'était à cause de la corruption. Peut-être la plupart des membres de la garde étaient-ils occupés à rançonner les Baseux et à comploter, ce qui leur laissait peu d'attention pour les vrais problèmes, y compris les fugitifs en leur sein. Entre ma taille, le boitement que j'avais acquis ce jour-là et le pauvre état des vêtements de Jory, nous étions voyants. Pourtant, personne ne nous arrêta.

— J'ignore totalement comment arriver jusqu'au prince, admis-je tandis que nous remontions la colline, pas loin de la maison d'Arthyen.

Je pouvais nous faire entrer assez facilement dans le Quartier Royal – sans fête de bienvenue de la part de voyous cette fois, espérai-je –, mais je ne pouvais pas vraiment pénétrer dans le château. Et le prince était notoirement reclus. Pour de bonnes raisons, apparemment.

Cela serait pratique si nous pouvions prévenir quelqu'un d'autre à la place ou envoyer un message, mais je ne savais pas à qui faire confiance. Et qui aurait confiance en moi ? Même si je n'avais été pas recherché, j'avais l'air grandement peu recommandable avec mes vêtements volés tachés de sang et ma barbe naissante. Jory avait nettoyé mes blessures du mieux qu'il avait pu, mais même moi je pouvais sentir à quel point je puais. Il n'était pas dans un meilleur état.

— J'ai une idée, dit-il. En quelque sorte. C'est risqué.

— Est-ce que cela nécessitera un voyage jusqu'à Nig Cairn ?

— Non.

— Alors je te suis.

Nous entrâmes dans le Quartier Royal par la même route que la première fois. Les seules personnes que nous vîmes le long de la voie isolée furent un groupe de jeunes filles dans des tuniques décorées. Elles nous regardèrent avec crainte lorsque nous passâmes.

Les palais de la noblesse étaient immenses et tape-à-l'œil, chacun ayant une entrée gardée par une ou deux personnes en livrée. Cela semblait être un travail très ennuyeux. Nous prîmes autant que possible des ruelles, entre les hauts murs qui entouraient les immenses jardins des palais. Parfois de grands arbres surplombaient la ruelle, et ils avaient beaux être jolis, ils compromettaient la sécurité des domaines.

— Tu connais bien les chemins reculés, fis-je observer.

— Je les empruntais souvent. Je me glissais hors de la maison et me faufilais jusqu'aux abords du Bas, au départ juste pour m'amuser, mais ensuite pour retrouver mon amant.

— Tu n'avais pas l'autorisation de sortir ?

— Non, pas même avant que parents apprennent son existence. Ils pensaient que je devais passer mon temps à étudier, mais je n'ai jamais été un élève passionné.

Il eut un rire rauque.

— J'enviais les enfants que je voyais courir librement dans les autres quartiers. Je les pensais dépourvus de corvées et de responsabilités, mais il ne m'est jamais venu à l'esprit qu'ils étaient également dépourvus des besoins de base, de sécurité et d'attention parentale. Et toi ?

— Quoi moi ?

— Enviais-tu les riches enfants gâtés ?

— Je ne pensais pas beaucoup à eux. Je quittais rarement le Bas, alors la plupart des gens que je voyais étaient comme moi.

Certains étaient pires, en fait. J'avais au moins un corps en bonne santé. Et j'avais eu une mère lors de mes premières années, aussi insuffisante soit-elle. Elle ne m'avait pas jeté dans le fleuve dès ma naissance, même si, parfois, je me demandais pourquoi. Peut-être m'avait-elle aimé à sa façon et avait-elle des espérances pour moi.

Nous étions arrivés à une ruelle particulièrement étroite. Deux oiseaux du paradis roses et oranges, surpris par notre arrivée, remontèrent le mur à notre droite et disparurent par-dessus. L'air sentait les fleurs et le pain en train de cuire, et la brume était suffisamment légère pour que le ciel bleu soit visible. On aurait pu croire que les gens qui vivaient dans un environnement aussi plaisant seraient heureux, mais ma récente expérience avec la noblesse me disait que ce n'était pas nécessairement le cas.

Jory s'arrêta et indiqua le mur en pierres blanches à notre droite.

— On peut le grimper, en étant prudent. Est-ce que tu te sens assez bien pour le faire ?

— Probablement. Tu l'as grimpé plusieurs fois.

— Pas récemment, mais oui.

— Pourquoi ne pas simplement utiliser la porte de derrière ?

Elle n'était pas gardée, et bien qu'elle soit certainement fermée, Jory avait dû connaître le mot de sort quand il vivait ici. Je serais probablement capable de m'attaquer à elle, puisque j'étais doué avec les serrures.

— Je l'ai fait au début. Mais quand mes parents m'ont surpris, ils ont fait installer un charme qui me rendait malade à chaque fois que je passais. Après ça, j'ai appris à grimper.

— Tu étais prisonnier.

— Un prisonnier privilégié.

201

Qu'est-ce qui était mieux, me demandai-je : le luxe en cage ou la pauvreté en liberté ?

Il escalada le mur en premier, et je regardai attentivement. Les pierres procuraient des prises précaires pour les pieds et les mains. Il arriva rapidement au sommet et je l'entendis retomber de l'autre côté avec un doux bruit.

J'étais moins agile à cause de ma main et mon épaule blessées. Je glissai plusieurs fois et jurai beaucoup. Mais j'arrivai enfin en haut, haletant et souffrant. Cela fit à nouveau mal lorsque je tombai de l'autre côté.

Jory m'aida à me relever et je regardai rapidement autour de moi. C'était un joli endroit. Des allées de pierres brisées formaient des chemins sinueux entre des arbres entourées d'arbustes et de parterres de fleurs. Un certain nombre de statues, apparemment vieilles de plusieurs générations, embellissait les jardins. Beaucoup représentaient des animaux, certaines semblaient figurer diverses déités, et toutes étaient usées et couvertes de mousse. Jory me conduisit vers une grande fontaine qui s'écoulait paisiblement sur un côté.

— Y a-t-il des jardiniers ? chuchotai-je.

— Parfois. Je t'ai dit que c'était risqué.

Pas loin de la fontaine et dissimulée par une rangée de végétation haute se trouvait un petit bâtiment en pierre avec une lourde porte en bois. Bien que je ne puisse lire les mots inscrits sur le fronton, je reconnus la silhouette gravée au-dessus d'eux. J'avais récemment dansé avec elle.

— Le colombarium ? demandai-je.

— Personne ne vient ici en dehors des jours de festival.

Je ne comprenais pas en quoi cela allait nous rapprocher du prince, mais quand Jory ouvrit la porte, je le suivis à l'intérieur.

Je n'avais jamais vu de colombarium. Très peu de Baseux peuvent se permettre de brûler les membres décédés de leur famille, et ceux qui parviennent à réunir l'argent gardent généralement les restes quelque part dans une urne. Dans les Quartiers des Forgerons et d'Argent, les cérémonies crématoires sont plus courantes, et de petits autels à l'intérieur des maisons exhibent parfois des urnes cinéraires décorées et chères. Mais l'aristocratie est différente. Ils érigent spécifiquement des structures pour conserver les urnes. Je ne savais pas trop quoi en penser. Enfant, j'avais été peiné de penser à ma mère jetée dans le fleuve. Mais aussi sale soit-il, ce fleuve était l'élément vital de la ville. Aujourd'hui, je me fichais que mon dernier voyage se fasse dans ces eaux.

Le colombarium sombre sentait le renfermé. Quelques minuscules fenêtres perçaient le haut des murs, laissant entrer assez de lumière pour éclairer la poussière que nous venions de perturber. Au centre de la pièce se trouvaient un autel, actuellement sans offrandes, et deux bancs bas. De nombreuses étagères en pierre occupaient les murs, chacune d'elles remplies d'urnes.

— Tu as beaucoup de parents morts, fis-je remarquer.

Jory caressa une urne foncée ayant la forme d'un triton.

— Nous sommes une vieille famille. *Ils* sont une vieille famille. Je n'en fais plus partie depuis longtemps.

— Je suis désolé.

Il me renvoya un sourire rapide.

— Merci. J'ai fait ce deuil il y a longtemps.

— Alors qu'allons-nous faire ?

— Tu vas attendre ici pendant que je vais chercher quelques objets dans la maison.

— Jory…

— Ne discute pas.

Il posa une main sur mon épaule, mais la retira quand je grimaçai.

— Pardon. Je sais comment circuler dans la maison et pas toi. Tu ne feras qu'augmenter nos risques de nous faire attraper.

— Mais si quelqu'un te découvre…

— Alors peut-être que tu trouveras quand même un moyen d'arriver jusqu'au prince. Ou tu pourras simplement quitter la ville. Je ne veux combattre personne dans la maison. Je les *connais*.

— Je connaissais Myghal.

— Oui, mais les serviteurs de la famille ne m'ont pas trahi. Même les membres de ma famille ne l'ont pas fait. Oui, ils m'ont tourné le dos, mais c'était logique pour eux au vu des circonstances. Leur honneur était plus important que je ne l'étais.

De mon point de vue, c'était aussi une forme de trahison, mais je ne dis rien. Je m'assis sur un banc et Jory se pencha pour m'embrasser rapidement et vigoureusement avant de partir.

J'avais entendu dire que certaines personnes avaient peur de rester seules dans un colombarium, mais cela me semblait ridicule. Après tout, j'avais récemment conversé avec plusieurs personnes mortes qui avaient démontré considérablement plus de vigueur que les tas de cendres qui m'entouraient. Je venais de passer une journée à balader partout l'un de ces morts. Bon, une partie de lui, en tout cas. Si jamais je ressentais quelque chose en provenance des cendres, c'était une sensation de paix stoïque. Vivants, ces gens avaient été convaincus de leur valeur et de leur supériorité, et aujourd'hui, leur lieu de repos sophistiqué le confirmait. J'imaginai leurs fantômes – très différents de ceux de Nig Cairn – se prélassant, ordonnant aux esprits des serviteurs de veiller à leurs besoins, échangeant des rumeurs éventées depuis plusieurs centaines d'années.

Je me levai, arpentai la pièce plusieurs fois et inspectai certaines urnes. Elles portaient toutes un texte – le nom de la personne à l'intérieur, supposai-je –, mais je sus deviner qui pouvait bien être enfermé dans chacune. Si je devais choisir une urne pour y être enterré, j'opterais pour une en forme de dague. Cela me correspondrait. Je réfléchis à l'urne qui attendrait Jory, mais découvris que l'idée de sa mort m'était pénible.

Il était parti depuis longtemps, et je sursautai quand la porte s'ouvrit enfin. Il entra, les bras pleins.

— Je n'ai pas perdu mes talents de discrétion, dit-il l'air ravi, posant son fardeau sur l'autel.

— Nous les avons mis en pratique dernièrement.

— En effet.

Et il commença à se déshabiller. Je fus d'abord surpris, me disant que le moment et l'endroit étaient inappropriés pour faire l'amour. Mais il ricana en me voyant l'observer, me tendit un gros morceau de savon, puis souleva une grosse carafe.

— Je reviens tout de suite.

Complètement nu, il quitta le colombarium en courant. Quand il revint quelques instants plus tard, le récipient était plein. Il utilisa l'eau et le savon pour se laver – il se lava même les cheveux. Puis, souriant, il courut dehors et remplit à nouveau la carafe.

Apparemment, c'était mon tour, mais il ne me laissa pas me laver tout seul. Trop de blessures auxquelles faire attention, expliqua-t-il. Ses doigts étaient agréables contre ma peau nue. Encore mieux lorsqu'il sortit un rasoir et élimina la barbe sur mon visage.

— Et maintenant ? demandai-je.

— Maintenant que nous sommes présentables, nous nous habillons.

Je restai bouche bée devant les vêtements qu'il me donna. Au lieu de chausses, j'avais un pantalon en soie turquoise. Il était ample au niveau des hanches et des cuisses et ajusté à partir des genoux jusqu'aux chevilles. La liquette – trop courte pour être une tunique – était aussi en soie, sans manche et d'un jaune vif avec des ornements rouges le long de la patte. La cape n'avait pas de capuchon et l'intérieur était de la même soie jaune, avec un extérieur en velours noir somptueux brodé de créatures fantaisistes.

Jory avait un costume similaire, mais avec un pantalon écarlate et une liquette cobalt.

— Explique, exigeai-je.

— Quand j'étais très jeune, nous avons eu des visiteurs de… quelque part à l'ouest des montagnes. Ils étaient impliqués dans des négociations avec mes parents et ma grand-mère. Ils étaient particulièrement exotiques. Quand ils sont partis, ils nous ont donné quelques-uns de leurs vêtements et nous avons donné les nôtres en échange. Je me demande s'ils les ont utilisés. Ceux-là sont restés dans un placard.

Je baissai la tête pour me regarder, peu convaincu par le côté tape-à-l'œil. Bien sûr, Jory était magnifique. Moi, j'étais très probablement ridicule.

— Et pourquoi en avons-nous besoin maintenant ?

— Nous allons aller au château, et dire que nous sommes des visiteurs venus de très loin. Je suis scribe et interprète, mais toi, Daveth, tu es un sorcier.

Je m'étranglai.

— Moi ?

— Tu as entendu parler des études du Prince Clesek et tu es venu jusqu'ici pour voir s'il serait désireux d'échanger quelques informations avec toi.

— Et pourquoi, par tous les enfers, quelqu'un croirait-il à cette histoire absurde ?

— Parce que je parle un peu la langue que ces visiteurs parlaient – suffisamment pour duper les gardes en tout cas. Et tu vas faire montre de magie.

Peut-être sa blessure à la tête de la veille l'avait-elle embrouillé.

— Je ne suis pas un sorcier. Je ne fais pas de magie.

— Bien sûr que non. Mais les gardes non plus. Tout ce que tu dois faire, c'est les tromper. Mais ne dis pas un mot. Nous prétendrons que tu ne comprends pas notre langue.

— Jory, il y a de bonnes chances qu'ils me reconnaissent. J'étais garde, tu te rappelles ?

— Mais je suis un saltimbanque, tu te rappelles ?

Et alors, il me fit asseoir pour m'expliquer le reste de son plan.

205

XX

LE PLAN de Jory était tout bonnement risqué et absurde. Et, apparemment, notre dernière option.

J'étais soulagé de ne pas avoir de miroir, parce que je ne voulais pas voir ce que Jory avait fait à mon visage. Parmi les objets qu'il avait volés dans le palais de sa famille se trouvait du maquillage, que les jeunes adultes portaient au cours de certains dîners de festival, disait-il. Il avait généreusement étalé la chose sur moi, expliquant au fur et à mesure. Apparemment, il m'avait vieilli et donné une peau plus halée, et il avait camouflé deux vieilles cicatrices sur mon menton et mon front.

Quand il eut fini, cela grattait, mais il hocha la tête avec satisfaction.

— Tu ne te ressembles plus du tout.

— Suis-je beau maintenant ?

— Tu es toujours beau à mes yeux.

Je reniflai.

Il fonça aussi sa propre peau, puis entoura sa tête et son cou d'une longueur de soie bleue. Cela dissimulait ses boucles reconnaissables, mais pas son visage.

— Est-ce que quelqu'un te reconnaîtra là-bas ? demandai-je.

— C'est peu probable. Je n'ai pas vraiment hanté le château, même quand je vivais ici.

L'idée était que nous logions quelque part dans le Quartier d'Argent, aussi ne transportions-nous pas grand-chose. Je portai les bottes de Myghal et ma confortable ceinture à couteaux.

Jory me regarda de haut en bas.

— Tu t'en sortiras. N'ouvre simplement pas la bouche avant que nous soyons arrivés jusqu'au prince.

— Si nous arrivons jusqu'au prince.

— Uh-uh. Le secret d'une supercherie réussie est d'être tellement sûr de ses mensonges qu'on y croit presque soi-même. Nous *sommes* des visiteurs venus de très loin. Tu *es* un sorcier. Si tu mets assez de confiance dans ton jeu, même la fable la plus étrange devient crédible.

Je haussai les épaules. Il était probablement tout aussi bien que je reste silencieux. Je ne suis pas un bon menteur.

Ressortir du jardin fut plus facile qu'y rentrer, parce que Jory et moi déplaçâmes un banc en bois depuis le colombarium pour grimper sur le mur. Oui, quelqu'un le remarquerait rapidement posé ici, pas à sa place, mais les vols de Jory dans la maison seraient aussi détectés. Je ne demandai pas ce qu'il avait pris d'autre. Et je remarquai qu'il ne regarda pas en arrière quand nous partîmes.

Nous nous dirigeâmes vers la Route Royale, où il y avait une affluence modérée. Nous attirâmes de nombreux regards, mais personne ne nous arrêta. Je me disais que personne ne penserait que deux fugitifs seraient assez stupides et audacieux pour aller jusqu'au château.

Nous fîmes la queue aux portes de Château Tangye. Je me tenais le dos légèrement courbé, espérant que cela me donnerait l'air d'un vieil homme qui passait bien trop de temps penché au-dessus des livres et des parchemins. Jory regardait autour de lui, les yeux écarquillés comme un touriste, montrant occasionnellement quelque chose du doigt et disant des mots que je ne comprenais pas. J'ignorais s'il parlait un vrai langage étranger ou si ce n'était que du charabia, mais cela importait peu. Je me contentais de hocher sagement la tête.

Nous arrivâmes enfin à la barbacane. Une demi-douzaine de gardes en uniforme brillant nous dévisagea d'un air soupçonneux, et je fus soulagé de n'en reconnaître aucun. Les gardes du château étaient l'élite des gardes civils, aussi leur livrée exhibait-elle les couleurs royales bien que le sceau de la ville soit fixé à leur tunique et leur cape. Le pommeau de leurs épées brillait au soleil.

— Qui êtes-vous et que venez-vous faire ? demanda l'un des gardes, une femme massive dont les cheveux noirs étaient striés de gris.

Jory exécuta une étrange manœuvre, s'inclinant très bas et faisant un geste compliqué de la main. Quand il parla, ce fut avec un fort accent.

— Salutations, votre honneur. Nous sommes ici venus depuis Ucluetlam, royaume très très loin par là-bas.

Il indiqua l'ouest.

— Par-delà montagnes, oui ?

Les autres gardes, qui semblaient s'ennuyer alors qu'ils laissaient les autres gens passer, se rapprochèrent de nous. Nous étions probablement leur meilleure distraction depuis des siècles.

— Que venez-vous faire ? répéta la femme.

— Ah. Nous venons très très loin pour voir Sa Majesté, le Prince Héritier Clesek, s'il vous plaît.

Elle éclata de rire.

— Personne ne voit Sa Majesté.

— Ah, oui. Mais nous venons de si loin, vous voyez. Nous avons marché quatre lunes. Voyage très difficile. Et maintenant que nous avons voir – pardon – avons *vu* votre magnifique ville et nous devons voir Sa Majesté. Nous avons d'importantes informations pour lui.

Normalement, elle aurait dû nous renvoyer. Mais j'avais déjà été de corvée de sentinelle et comprenais qu'un peu de nouveauté pouvait être la bienvenue. De plus, je ne suis pas le seul à être tenté par un mystère, et Jory en représentait un particulièrement intrigant pour cette femme.

— Quel genre d'informations ? demanda-t-elle.

— C'est… mon maître, c'est un très grand… ah, je ne connais pas le mot. Il fait de la magie.

Tous les yeux se tournèrent vers moi. Je les regardai d'un air neutre, comme si je n'avais aucune idée de ce qui se disait.

— C'est un sorcier ? demanda la garde.

— Oui ! Merci. C'est un grand sorcier qui fait de la magie. Il doit voir Sa Majesté, le Prince Héritier Clesek.

— Personne ne voit le Prince Clesek.

Jory lui sourit sereinement.

— Oui, oui. Mais nous sommes venus loin et…

— Vous l'avez déjà dit.

— C'était très très loin.

Certains membres de sa cohorte durent dissimuler leur rire, et j'entendis des ricanements de la foule derrière nous. Jory devait parler prudemment afin de ne pas la faire passer pour une idiote.

— Votre honneur, s'il vous plaît. Mon maître a étudié le travail de votre prince. Votre prince, il est très connu pour ses écrits sur la magie des petites boîtes pour parler aux gens très loin. Je les ai traduits à mon maître, et même si je ne suis pas sorcier, je peux dire que ces écrits sont très bien. Il est sage, votre prince.

La flatterie était une bonne approche. De par mon expérience, je savais que les gardes éprouvaient une loyauté et une fierté féroces envers la famille royale. Cela mit aussi la foule de son côté.

La garde fronça les sourcils, mais je vis que ses défenses commençaient à faiblir alors même qu'elle continuait à lutter.

— Pourquoi ne peuvent-ils pas simplement s'écrire ?

— Votre honneur, la magie doit être touchée et sentie. Pas juste dite. C'est pour ça que nous venons si loin.

— Très très loin, intervint un homme derrière nous.

La foule rit et la garde leur lança un regard noir, mais Jory se contenta de sourire.

— Votre honneur, mon maître désire apprendre la sagesse de votre prince. Mais aussi mon maître a des informations à donner. La magie qu'il sait et peut partager.

Une autre bonne manœuvre de Jory – offrir quelque chose de valeur. Mais bien que la queue derrière nous se fasse plus longue et plus agitée, la garde n'était pas vraiment prête à céder.

— Comment puis-je savoir qu'il est vraiment sorcier ? demanda-t-elle, avant de hocher la tête. Faites-lui nous montrer ce qu'il sait faire.

Jory hoqueta et porta sa main à son torse.

— Oh, non, votre honneur. La magie de mon maître est très très forte. Dangereuse. Il ne peut pas…

— S'il ne peut pas le prouver, il ne rentre pas, dit-elle avec un petit sourire triomphant.

Fronçant les sourcils et se mordant la lèvre, Jory me regarda. Nous avions répété le morceau suivant. Il posa plusieurs questions en charabia, et je répondis en me renfrognant et en secouant fermement la tête. Quand son ton devint plus suppliant, je continuai à avoir l'air réticent. Cela ne requérait aucun rôle de ma part – je ne voulais vraiment pas participer à cette démonstration. Mais la garde croisa les bras avec entêtement, la foule murmura son enthousiasme grandissant à l'idée d'un spectacle et Jory commença à supplier tellement adorablement que je fus tenté de l'embrasser. Fronçant toujours les sourcils, je hochai brièvement la tête.

Non seulement la foule applaudit immédiatement, mais elle fut rejointe par une grande partie des gardes. Pas la femme, bien qu'elle semble ravie. Certains tours, comme les sorts de verrou, les charmes antivermine et les petits enchantements de soins, étaient courants. Au-delà, c'était rare. C'était accompagné de grosses dépenses d'argent et était réalisé en privé au profit des riches et des nobles. Cela expliquait pourquoi ces gens-là étaient aussi désireux de le voir, et cela signifiait aussi qu'ils ne seraient pas assez sophistiqués ou blasés pour juger de sa qualité.

Jory s'adressa à la garde.

— Il peut vous montrer. Mais très très petite magie seulement, oui ? Grosse magie est dangereuse.

Il utilisa ses mains pour mimer quelque chose qui explose.

— Bien, dit-elle.

Il me posa d'autres questions qui n'avaient aucun sens, auxquelles je répondis par un hochement de tête, puis il se retourna vers la garde.

— Il a besoin, ah, de quelque chose de petit. Comme ça.

Il tint ses doigts l'un près de l'autre.

— Il va le faire disparaître.

Avant que la garde puisse répondre, l'homme dans la queue derrière moi – un riche marchand, à en juger ses vêtements – tendit une boîte en argent.

— Est-ce qu'un apaiseur conviendrait ?

Cette fois-ci, bien que Jory me parle en charabia, il me posait une vraie question : pourrais-je effectuer avec un apaiseur le tour que nous avions répété ? Je hochai la tête. C'était un excellent accessoire.

Jory prit un apaiseur dans l'étui et me le tendit. Je le regardai attentivement même s'il était parfaitement ordinaire. Puis j'inspirai profondément et marmonnai quelques phrases inventées qui, je l'espérais, avaient l'air suffisamment magiques. Jory m'avait préparé avec minutie, me disant que le succès de ce que je m'apprêtais à faire reposait sur l'art de faire monter le suspense au sein du public et de les distraire de la supercherie. Le reste allait dépendre de ma capacité à utiliser agilement mes mains – un talent dont j'étais assez fier.

Je me plaçai de sorte que mon côté droit se trouve à l'opposé des gardes et des passants. Jory m'aida en se plaçant à ma droite, bloquant la vue à tout le monde. Je tins l'apaiseur entre les doigts de ma main droite comme si j'avais l'intention de la fumer, et sous elle, je plaçai ma main gauche. J'agitai les doigts en une série de mouvements compliqués et chuchotai quelques mots inventés de plus. Puis, pendant que je regardai les gestes voyants de ma main gauche, je me mis à balancer rapidement ma main droite de haut en bas. J'espérai avoir la faveur d'au moins un dieu ce jour-là.

Au cinquième mouvement, je glissai l'apaiseur derrière mon oreille, puis ramenai ma main droite à sa place initiale. Tout le monde hoqueta – même la garde qui avait interrogé Jory. Ils ne pouvaient pas voir l'apaiseur coincé derrière mon oreille : pour eux, il avait simplement disparu. Je m'inclinai et, imitant l'un des gestes que Jory avait initialement faits devant

210

la garde, plongeai ma tête entre mes mains. Cela me permit de glisser l'apaiseur sous le bandage à mon poignet.

À présent, la foule était clairement de notre côté, plusieurs d'entre eux criant que nous devrions être autorisés à entrer. La plupart des gardes semblaient être d'accord. Mais notre sentinelle obstinée resta sur notre chemin.

— Ça ne paraissait pas si difficile, dit-elle.

Jory la regarda en clignant innocemment des yeux.

— Pouvez-vous aussi faire cette magie, Votre Honneur ?

Ignorant les rires de la foule, elle secoua la tête.

— Faire disparaître un apaiseur n'est une magie valable.

— Bien sûr, bien sûr, Votre Honneur. Comme je l'ai dit, mon maître ne peut pas montrer de grosse magie maintenant. C'est très très dangereux.

— Il va devoir me montrer autre chose ou vous n'entrez pas.

Tandis que notre public grondait et protestait, Jory fit semblant d'avoir une autre conversation avec moi. Il se tourna vers la garde.

— D'accord. Encore une fois. Attendez, s'il vous plaît, votre honneur.

Il fouilla ses vêtements et sortit une grosse pièce en argent – un autre cadeau des personnes venues autrefois rendre visite à sa famille. Elle portait des symboles et écritures peu familières.

— Vous voyez ? Argent, oui ?

Il la tendit à la garde.

Elle l'examina de près, la soupesant dans sa main.

— C'est lourd. Est-ce qu'elle vaut beaucoup ?

— Oui, très, très beaucoup. Mais seulement en Ucluetlam. Mon maître va la changer en votre argent, oui ?

À en juger par le bruit des passants, tout le monde semblait aimer cette idée. Jory plaça la pièce dans ma main gauche et parla en charabia. Pendant qu'il le faisait, il tint ma main droite et retira discrètement l'apaiseur du bandage, le remplaçant par plusieurs pièces.

Je fis un signe à l'un des gardes, un jeune homme qui semblait plus enthousiasme que vif. Quand il approcha, je fis ma deuxième tentative d'art du spectacle. Je positionnai ses mains à hauteur de taille avec ses paumes tournées vers le bas. Je plaçai ma main droite sous sa gauche, ma main gauche sur sa droite : mes paumes face à ses mains. Je m'assurai que tout le monde puisse voir la pièce étrangère dans ma main gauche. Puis je baragouinai quelques mots et fit bouger ma main gauche de sorte que la pièce disparut de la vue. Avant que quelqu'un puisse trop réfléchir à l'endroit où elle était allée, je fis sortir un rémi du bandage avec mon doigt et l'appuyai contre la paume du garçon.

Il couina de surprise. Il tourna sa main vers le haut pour montrer le rémi, et pendant que tout le monde était concentré là-dessus, je cachai rapidement et discrètement la pièce étrangère dans la poche de mon pantalon. Mais je n'avais pas terminé. Je fis tendre la main au garçon quatre fois, et quatre fois je lui donnai un rémi. Il les tendit à son sergent, qui les étudia avant de hocher la tête ; Jory ne les redemanda pas. Une autre façon de distraire quelqu'un à qui l'on ment, avait-il expliqué – assouvir subtilement leur cupidité.

Les rémis avaient appartenu à Myghal, et j'étais heureux de m'en débarrasser.

Tout le monde regarda la garde dans l'expectative. Quand elle sourit enfin, les applaudissements firent éruption. Je ne sais pas s'ils étaient heureux pour nous ou juste soulagés que le file d'attente se remette bientôt en marche. Elle aboya des ordres à un subalterne afin qu'il prenne sa place, puis nous fit passer la barbacane.

Je n'étais jamais entré dans le château et aurais souhaité avoir une meilleure occasion pour en examiner les défenses. D'après les histoires que j'avais entendues, Tangye avait été attaquée un petit nombre de fois dans un passé lointain. La plupart du temps, l'ennemi avait été repoussé par les murs de la ville. Mais deux fois, les armées avait brisé les fortifications et envahi la ville, semant le chaos sur leur passage. Toutefois, quand elles étaient arrivées au château, elles n'avaient pu passer les défenses. Le château avait été assiégé pendant des semaines, et finalement Tangye avait gagné les guerres.

Je ne sais pas si ces histoires sont vraies, mais le château me parut absolument sûr. De l'autre côté de la barbacane, un pont étroit surplombait des douves sèches dans lesquelles s'alignaient des piques en métal ayant l'air vicieuses. La partie la plus intérieure du pont pouvait être relevée en cas d'urgence. Des remparts aux garde-corps crénelés se trouvaient en haut de courtines étonnamment épaisses. Sous les remparts se trouvaient plusieurs rangées de meurtrières, et une tour se dressait à chaque coin du mur.

L'intérieur des courtines fourmillait de serviteurs, gardes, marchands et personnes vêtues de belles parures. Ils nous regardèrent tous avec curiosité sans cesser leurs tâches. Des bâtiments de tailles et formes diverses se dressaient à l'intérieur des murs, et je me demandai à quoi ils servaient. Notre garde nous fit contourner d'un bon pas plusieurs bâtiments avant de nous mener dans une zone calme du jardin du château, où un petit donjon de pierre noire dominait comme un ogre. D'autres gardes du château en surveillaient l'entrée, mais ils ne firent que nous dévisager lorsque nous rentrâmes.

Alors que quelques personnes circulaient dans les couloirs du rez-de-chaussée, le premier étage sembla désert et le deuxième encore plus, poussiéreux de ne pas être utilisés et plein de toiles d'araignée abîmées pendant au plafond. Mais nous grimpâmes au troisième étage, où les deux sentinelles les plus ennuyées de l'histoire du monde encadraient une paire de doubles portes. Ils se redressent considérablement à notre arrivée.

— Des visiteurs de, euh…

Notre garde jeta un coup d'œil à Jory.

— Ucluetlam, répondit-il promptement.

Elle hocha froidement la tête.

— Des visiteurs de Ucluetlam, venus voir sa Majesté. L'un d'eux est un sorcier.

L'une des sentinelles frappa fermement trois fois, entrebâilla la porte et entra. J'espérais paraître plus calme que je ne l'étais. Jory, pendant ce temps, exécutait une magnifique performance, souriant aux gardes et tendant le cou pour s'imprégner de tous les détails du couloir comme si c'était absolument exotique.

Quelques secondes plus tard, la porte se rouvrit – plus grand cette fois – et un homme nous regarda. Il n'était pas remarquable. De mon âge, avec des cheveux clairsemés et un visage rasé de frais, un teint légèrement rougeâtre et un peu de ventre sous sa tunique chère mais simple. Il me vit en premier et sembla à peine curieux, mais quand il aperçut Jory, il écarquilla les yeux et ouvrit la bouche.

Résistant à la pulsion d'attraper mes couteaux, je me préparai mentalement à l'attaque.

Mais Jory s'inclina alors dans l'une de ses courbettes compliquées inventées.

— Je vous suis très reconnaissant de bien vouloir nous recevoir, Votre Majesté. Nous avons des informations qui vous intéresseront très très beaucoup.

Après quelques secondes supplémentaires à faire les yeux ronds, le Prince Clesek sembla reprendre contenance.

— Ce sera tout, dit-il au garde à ses côtés. Laissez-nous.

Notre garde secoua la tête.

— Je vous demande pardon, Votre Majesté, mais…

— Laissez-nous !

Quelles qu'aient pu être ses réserves, elle n'allait pas désobéir à un ordre royal. Elle s'inclina et recula. Puis le prince poussa presque le garde le plus proche pour que Jory et moi puissions entrer. Dès que nous fûmes tous les trois à l'intérieur, le Prince Clesek claqua la porte et la bloqua de l'intérieur.

Dans les meilleures circonstances, je n'aurais eu aucune idée de la façon de saluer un prince… et c'était loin d'être les meilleures circonstances. Nous étions debout dans une grande pièce encombrée et nous nous regardions mutuellement.

Jory parla en premier.

— Vous vous souvenez de moi, Votre Majesté ?

Il avait laissé tomber l'accent.

— Bien sûr. Jory Pelglaze.

Cela me surprit légèrement, mais Jory hocha la tête.

— Oui, sire. Sauf que c'est Jory Pearce maintenant. J'ai été banni de la famille Pelglaze.

Pourquoi ne m'était-il pas venu à l'esprit qu'il avait dû changer de nom ? Il avait véritablement tout perdu quand il avait préféré l'amour à la famille.

— Ah, oui, dit le Prince Clesek. J'en ai entendu parler. C'était il y a longtemps.

— Oui, Votre Majesté.

— Et est-ce pour cela que vous êtes vêtu de manière si… intéressante et avez un compagnon si intrigant ?

Il hocha la tête dans ma direction.

— Juste très indirectement. Votre Majesté, voici Daveth Blyd. Il n'est pas plus étranger que moi.

Alors que le Prince Clesek me regardait, je n'avais aucune idée de la façon de m'adresser à lui. Étais-je censé me mettre à genoux ? Murmurer des titres honorifiques ? Je me décidai pour un léger salut de la tête.

— Votre Majesté.

— Citoyen Blyd.

— Je, euh… ne suis pas un citoyen. Sire.

— Qui êtes-vous alors ? demanda-t-il avec douceur.

— Un Baseux dont la tête est mise à prix.

Cela le surprit clairement. Soit l'infamie de Jory et moi n'était pas parvenue jusqu'à lui, soit il n'avait pas fait attention. J'aurais parié pour la deuxième explication. Il nous regarda à tour de rôle, le visage sombre.

— Êtes-vous venus me tuer ?

— Non ! Jory et moi nous exclamâmes en même temps.

Ce fut Jory qui continua.

— Sire, c'est plutôt le contraire. Nous sommes venus vous mettre en garde concernant un complot d'assassinat.

— Et pourquoi feriez-vous cela ?

— Parce que nous nous y sommes retrouvés mêlés contre notre volonté. Parce que vous avez été gentil avec moi autrefois et que je ne vous veux aucun mal.

J'ajoutai ma propre raison.

— Et parce que Tangye est ma ville – même si je ne suis ni citoyen, ni noble – et je ne veux pas que des hommes mauvais et cupides lui fassent du mal.

Le Prince Clesek nous regarda. Puis il traversa la pièce, remplit trois verres et nous les rapporta. Ils contenaient du vin rouge qui, à en juger les bruits appréciateurs de Jory après sa première gorgée, était très bon.

— Asseyez-vous, dit le Prince Clesek en indiquant des fauteuils installés autour d'une table basse. Expliquez.

Et nous le fîmes.

XXI

NOUS DÛMES raconter l'histoire plusieurs fois.

La première fois, le Prince Clesek se contenta d'écouter. L'histoire requérait beaucoup d'antécédents afin que tout ait du sens, aussi entendit-il parler du désaveu de Jory et de sa vie en résultant, ainsi que de mon expulsion des gardes civils pour déshonneur. Très étonnamment, le prince n'en exprima aucun dégoût. Il écouta et but du vin, et quand nous finîmes nos verres, il les remplit une nouvelle fois.

Quand toute l'histoire fut terminée, le Prince Clesek resta silencieux. Puis il prit une profonde inspiration avant de la relâcher.

— Recommencez, dit-il.

Cette fois-ci, il posa beaucoup de questions. Au milieu de l'histoire, il envoya un des gardes chercher de la nourriture, et bien que le repas soit simple, c'était le meilleur que j'aie jamais eu.

Le temps que nous finissions le second récit, j'avais mal à la gorge et Jory aussi semblait avoir la voix éraillée. J'avais envie de me blottir avec lui dans un coin quelque part et de prétendre – juste pendant quelques précieuses heures – que le reste du monde n'existait pas. Mais nous n'avions pas encore terminé. Le prince Clesek nous dit de rester là, puis il quitta la pièce.

Je me renfonçai dans le fauteuil confortable et fermai les yeux.

— Peut-être va-t-il chercher des gens pour nous tuer, dis-je, méfiant.

— Peut-être. Je ne le pense pas.

— Jory ?

— Oui ?

— Tu as été très bon aujourd'hui.

Il était silencieux, aussi ouvris-je les yeux pour le regarder.

— Bon ? demanda-t-il enfin.

— Tu as combattu Myghal et m'a sauvé la vie. Tu as mis au point un plan insensé pour nous faire entrer ici, puis l'a exécuté avec brio. Tu es doué pour chanter et baiser – ce n'est pas nouveau pour toi. Mais tu as aussi d'autres talents. Tu es courageux et intelligent. Tu devrais le savoir.

Il détourna le regard, mâchoires serrées.

216

Nous nous levâmes brusquement quand les portes s'ouvrirent en grand. J'avais mes mains sur les poignées de mes couteaux, mais le prince Clesek leva les paumes pour m'arrêter.

— Voici Talca Ruen, annonça-t-il. C'est la seule personne à qui je confierais ma vie.

Mais mon cœur avait cessé de battre avant même qu'il ne prononce son nom, parce que je la reconnus immédiatement.

Elle ne portait plus d'uniforme, juste des vêtements sombres, joliment réalisés, mais pratiques et coupés de manière traditionnelle, mis à part pour le rebord en velours. Elle avait toujours eu les cheveux blond clair mais, à présent, ils avaient complètement éclairci et étaient blancs. Comme toujours, ils étaient courts et disciplinés, tout comme les miens.

Bien sûr, Jory ne savait pas qu'elle et moi étions des connaissances, mais nos expressions avaient dû trahir quelque chose.

— Daveth ? Qu'est-ce qui ne va pas ?

— Jory, voici… eh bien, je ne connais plus son titre. Quand j'étais garde, c'était ma capitaine.

Je crois qu'il gémit.

Le prince Clesek, d'un autre côté, sembla profondément confus.

— Qu'est-ce que je rate ? demanda-t-il.

Elle se tourna vers lui.

— Votre Majesté, Daveth Blyd est un voleur et un meurtrier.

— Il n'est ni l'un ni l'autre ! protesta Jory.

— Il porte les bottes de Myghal Tren.

— Myghal n'en a plus besoin, dis-je les dents serrées.

— Parce que tu l'as tué.

— En fait, intervint Jory, c'était moi.

Elle grogna et se retourna pour faire face au prince.

— Ils sont tous les deux le pire genre de dépravés. Un déchet du fleuve et un prostitué. Ils ont concocté toute une histoire pour se couvrir de leurs crimes, et à présent, ils sont venus ici dans l'espoir de sauver leur peau.

— C'est un mensonge ! s'écria Jory.

Le prince Clesek semblait confus et ébranlé.

— Tu connais ces hommes ? lui demanda-t-il.

— J'ai *entendu* parler de Pierce. Mais oui, je connais personnellement Blyd. Il était sous mon commandement dans la garde civile. Bien qu'il soit un Baseux – un fils de prostituée, si je me souviens bien – nous lui avons donné sa chance. Et il y a répondu par un vol mesquin. Comme on s'y

217

attendrait des ceux de son espèce. Il a de la chance que nous ne l'ayons pas pendu. Son sergent a eu pitié de lui et a plaidé la clémence. Et aujourd'hui, Blyd a remercié cette compassion en tuant le sergent et en l'accusant de trahison post-mortem.

— Il m'a parlé de la façon dont il a été expulsé, dit le prince Clesek d'un ton un peu incertain.

— Il vous a dit des *mensonges*, je suis sûre.

J'en avais assez des révélations horribles, mais là, en arrivait une autre. Je n'avais jamais été capable de lui dire quoi que ce soit pour la convaincre – parce qu'elle connaissait déjà la vérité. Par toutes les déités, elle était de mèche avec Myghal depuis le début.

Je soulevai le menton.

— Pourquoi ne l'avez-vous pas déjà tué ? Vous avez facilement accès à lui.

Son sourire contint bien trop de dents.

— Parce que j'avais besoin de quelqu'un d'autre à accuser. Cela ne s'est pas passé exactement comme prévu, mais ce n'est pas grave. Tu feras très bien l'affaire.

Et tandis que le prince restait bouche bée de confusion, elle lui attrapa le bras, l'attira contre elle et lui planta son couteau directement dans le cœur. Il ne cria même pas. Elle libéra simplement sa lame, le poussa sur le côté et me fit face.

Le capitaine Ruen avait été une excellente combattante. Comme moi, elle se débrouillait mieux avec des lames courtes. Elle était rapide et forte et douée pour anticiper les prochains mouvements de son ennemi. Elle serait une adversaire redoutable, surtout maintenant que j'étais épuisé, blessé et même un peu ivre.

Mais j'en avais assez de tout ce jeu. Tandis qu'elle s'approchait de moi à grand pas, je sortis mes deux couteaux et les lançai vers elle : un, deux.

Si je ratais mon coup, j'étais un homme mort. Bien. Laissons enfin venir Dame Mort à moi.

Je ne le ratai pas.

La première lame la toucha à la poitrine, très près de l'endroit où elle avait poignardé le prince. La seconde atterrit dans sa gorge. Son couteau tomba sur le sol en un bruit métallique et elle tomba derrière lui, se tenant le cou et hoquetant des gargouillis.

Je la laissai mourir et rejoignis Jory, qui s'était précipité pour s'agenouiller à côté du prince Clesek. Je m'attendais à trouver le prince mort lui aussi et fus choqué de le voir assis, Jory pressant un morceau de tissu sur son torse.

Le prince le repoussa avec irritation.

— Arrêtez. Cela ne servira à rien.

— Mais le couteau… commença Jory.

Le prince Clesek eut un son énervé et déchira sa tunique jusqu'au ventre. Ce que je vis en dessous n'avait aucun sens – sa peau semblait dure, sombre et brillante. Quelques gouttes de sang s'écoulaient d'un petit trou près de son cœur.

— Qu'est-ce que *c'est* ? m'exclamai-je.

Jory se rassit sur ses talons, bouche bée.

— L'une de mes expériences, dit le prince en se frottant le torse. Relativement réussie, apparemment.

— Expérience ?

— Un sort pour donner à la peau de mon torse les capacités d'une carapace d'insecte. Mon idée était qu'elle ressemble à une armure, mais plus fine et bien plus légère. C'était inconfortable au début, mais je m'y suis habitué. Et aujourd'hui, j'en suis reconnaissant. Le couteau de Talca m'a à peine effleuré.

Il baissa les yeux vers son torse.

— Même si je dois dire que j'aurais mal pendant un jour ou deux. Et Talca… J'avais une bonne idée que des complots étaient en route, mais je pensais pouvoir avoir confiance en elle.

Il avait l'air d'avoir envie de pleurer.

Mais ses yeux étaient secs lorsqu'il se releva.

— Je crains de ne plus savoir en qui placer ma confiance. Je vous crois concernant le complot d'assassinat – j'ai la preuve devant les yeux –, mais j'ignore à qui en parler.

Il était peut-être le prince héritier, mais j'étais désolé pour lui. Je savais, suite à une expérience très récente, ce que l'on ressentait d'être trahi. Et au moins, je n'avais pas à me soucier des personnes en qui je devais avoir confiance. Je n'avais confiance en personne. Enfin, à part Jory.

Celui-ci se leva, et le prince carra ses épaules.

— Vous m'avez tous les deux sauvé la vie aujourd'hui, et je crains de ne pouvoir vous récompenser correctement. Je ne peux même pas vous protéger.

219

Il soupira.

— Je ne peux même pas me protéger. Je pourrais dire que vous êtes innocents, mais je n'ai aucun moyen de savoir qui fait aussi partie du complot.

Je comprenais son point de vue. Nous l'avions peut-être prévenu avec succès, mais en ce qui concernait le reste de la ville, nous étions toujours des hommes recherchés.

— Sire, si vous pouviez simplement nous laisser un peu de temps et nous trouver un moyen de quitter le château, nous nous rendrons directement vers la Porte Ouest. Vous ne nous reverrez plus jamais.

Il hocha la tête.

— C'est sage. Laissez-moi réfléchir.

Il se frotta brièvement le menton avant de sourire.

— J'ai peut-être une réponse.

Jory et moi étions toute ouïe.

— Vous savez ce sort de mimétisme que l'assassin d'Arthyen a utilisé ? Je connais cet enchantement.

— Et à qui allez-vous nous faire ressembler ? demandai-je.

Le Prince Clesek sourit presque.

Nos DÉGUISEMENTS magiques nous firent sortir du château en toute sécurité, et pour cela, j'en étais extrêmement reconnaissant. Alors que nous descendions la colline pour quitter le Quartier Royal et traverser le Quartier d'Argent, nous récoltâmes de nombreux regards parce que nous portions toujours nos vêtements exotiques. Mais personne ne nous arrêta ni n'essaya de nous tuer. Ce qui était rafraîchissant.

Malgré tout, je trouvai toute cette affaire presque aussi déconcertante que la nécromancie.

En effet, mon visage m'était étrange, et quand je parlais, c'était avec la voix de quelqu'un d'autre, parce que cela faisait partie du sort. Ce quelqu'un d'autre était un membre de la garde du château, un jeune homme aux oreilles protubérantes et au nez bulbeux, d'après ce que pouvaient en dire mes doigts baladeurs.

Mais mon visage n'était pas mon vrai problème. Le problème reposait dans les frissons qui me prenaient à chaque fois que je jetais un coup d'œil à Jory. C'était déjà mauvais qu'il porte le visage d'un cadavre – mais ce visage appartenait à Talca Ruen.

— Est-ce que je fais une belle femme ? demanda-t-il alors que nous approchions du Bas.

Il avait également sa voix.

— Tu n'as pas de poitrine et tes hanches sont étroites.

— Peut-être. Mais j'ai de jolies fesses.

— Et un pénis, lui rappelai-je, bien que j'ignore si le sort de mimétisme faisait disparaître momentanément ses attributs masculins.

Cette simple idée me rendait malade.

— Cela ne signifie pas que je ne peux pas être une femme, dit Jory. Branok en a un et s'en est définitivement une.

Je hochai la tête pour lui accorder ce point.

— D'accord. Les femmes sont des personnes charmantes, mais je ne veux pas coucher avec elles. Surtout pas des femmes qui ont essayé de me tuer.

— À cette heure-ci, Daveth, la moitié de Tangye a essayé de te tuer.

— Seulement la moitié ?

Nous avions laissé le prince Clesek avec le vrai corps de Talca et, je suppose, un besoin de quelques explications créatives. Les gardes qui ne nous avaient vus Jory et moi partir avec nos faux visages allaient se demander ce qu'il s'était passé. Le prince Clesek s'était profondément excusé de ne pas pouvoir faire plus pour nous – il n'avait même pas de pièces pour nous aider, parce qu'apparemment, il utilisait rarement de l'argent –, mais je devinais que, de toute façon, il avait suffisamment de problèmes personnels.

Après un long silence, Jory parla.

— Je suis heureux que nous soyons allés au château. Si le prince Clesek avait été assassiné et que nous n'avions même pas essayé de le prévenir, j'aurais porté cette culpabilité. Je suis capable de me sentir coupable, ajouta-t-il sur la défensive.

— Tu es capable de faire de nombreuses grandes choses.

C'était curieux de traverser le Bas en portant le visage et les vêtements d'un autre. Encore plus de savoir que je ne reviendrais jamais. Je remarquai de nombreuses nouvelles choses : les odeurs pénétrantes, la couleur grise du ciel et la misère des bâtiments. Mais je remarquai aussi les gens, et bien qu'ils portent des haillons, beaucoup d'entre eux possédaient une force tranquille somme toute belle. Les Baseux n'étaient pas des déchets du fleuve – ils étaient forts et fiers. Et même ceux qui succombaient à l'alcool ou aux goutterêves se battaient depuis le jour de leur naissance. On pouvait leur pardonner un peu de faiblesse humaine.

La rive nord du fleuve Tangye était calme et peu empruntée. Je ne vis aucun pilleur d'épaves parce qu'ils préféraient travailler plus en aval.

Le mur de la ville et la Porte Ouest se dressaient devant nous. Et je remarquai, aussi, que les eaux ici – bien qu'elles soient encore sales – étaient plus propres que près de mon ancien chez-moi. Plus nous avancions, plus l'air et l'eau étaient propres. Je pouvais même regarder le ciel s'éclaircir et bleuir.

Je n'avais jamais traversé la Porte Ouest. En fait, il y en avait deux : une pour ceux qui arrivaient et une pour ceux qui partaient. Les ouvertures étaient hautes et larges, flanquées de portes en fer qui étaient fermées et verrouillées au coucher du soleil. Plusieurs gardes civils se tenaient à la première porte, même si personne n'essayait d'entrer. Seul un petit homme gardait la sortie. Apparemment, Tangye se souciait peu de qui la quittait.

Il en résulta que nous sortîmes de la ville sans fanfare du tout. Et la plus étrange des choses arriva. J'avais attendu de la peur, de l'anxiété, de la peine. Mais plus nous avancions, plus mon cœur se sentait léger. J'avais été un oiseau en cage toute ma vie et ne m'en n'étais jamais rendu compte jusqu'à ce que je passe cette porte.

Jory chanta – des notes joyeuses d'espoir et de promesses.

À une heure de Tangye, nos visages et nos corps reprirent leur forme naturelle, un vrai soulagement. Je pris quelques minutes pour retracer de mes doigts les joues, les sourcils et les lèvres restaurés de Jory. Et pour faire bonne mesure, je retirai l'écharpe qu'il portait toujours et enfouis mes doigts dans ses cheveux couleur soleil.

— Nous allons devoir trouver bientôt un endroit où passer la nuit, dis-je.

— Nous trouverons. Nous arriverons dans un village et je chanterai pour notre chambre et notre repas.

Il le ferait peut-être.

— Et ensuite nous allons devoir passer de l'autre côté de ces montagnes, dis-je en les montrant du doigt.

Elles étaient redoutables même de loin.

— Nous y arriverons. Nous sommes forts. Nous avons nos dagues si nous avons besoin de chasser pour dîner.

C'était vrai. J'avais récupéré les miennes sur le corps de Talca, et elles étaient à présent propres et rangées dans leur fourreau. J'aurais besoin de trouver un moyen de les aiguiser bientôt.

— Et quand nous serons de l'autre côté des montagnes, nous devrons trouver un moyen de survivre sur une terre étrangère sans un briquet à nos noms.

Jory sourit mystérieusement.

— Pas vraiment.

— Oh ?

Il fouilla une seconde dans ses vêtements, en sortit quelque chose et ouvrit la main pour me le montrer. Dans sa paume reposait une immense bague. C'était un objet voyant avec un épais anneau d'or et une couche de pierres précieuses encore plus épaisse.

— Celle de Lord Uren ?

— Plus maintenant, dit-il.

— Tu m'as dit que tu ne l'avais pas volée.

— Je ne l'ai pas fait. Enfin, pas exactement. Elle est censée appartenir à la branche Pelglaze de la famille, mais Uren l'a réclamée à mon père en échange d'avantages de la part du Sous-Conseil. J'en ai juste… repris possession.

Il sourit.

— Je te l'ai dit. Le secret d'une supercherie réussie est de presque y croire toi-même.

Je me mis à ricaner, ce qui se transforma en un rire suffisamment fort pour résonner sur les collines autour de nous. Puis j'attirai Jory pour un baiser vorace, délicieux et radieux.

J'ignorais ce qui nous attendait. Et j'ignorais si je résoudrais un jour l'énigme qu'était Jory Pearce. Mais j'avais le sentiment que je passerais un sacré bon moment à le découvrir.

KIM FIELDING

Les
lettres oubliées

William, en instance de divorce, arrive à l'Asile d'Aliénés de Jelley's Valley pour en devenir le gardien. Il a bien l'intention de faire le point sur sa vie, finir sa thèse et découvrir quel homme il peut être ; l'hétérosexualité a été un échec, mais l'homosexualité n'a jamais été une possibilité. Jusqu'à ce qu'il tombe, en faisant sa ronde, sur une boite en fer contenant des lettres ignorées du monde depuis plus d'un demi-siècle.

Elles ont été écrites par Bill, jeune homme interné soixante-dix ans plus tôt, à une époque où l'homosexualité est une maladie qui doit être soignée par tous les moyens. De lettre en lettre, William découvre Bill, sa force, son courage, ses épreuves. De ces témoignages et sa rencontre avec Colby, gay, lumineux, ouvert et profondément gentil, il tire la force de faire la paix avec lui-même.

Le bonheur semble enfin à portée de main. Ils doivent simplement se laisser une chance.

www.dreamspinner-fr.com

L'AMOUR NE SUFFIT PAS

KIM FIELDING

L'amour ne peut pas…, numéro hors série

Jeremy Cox a grandi dans une petite ville du Kansas, où sa vie était un enfer. Dès que possible, il s'en est échappé. La quarantaine passée, il gère les parcs publics de Portland, Oregon, tout en faisant de son mieux pour aider les gens de la rue, SDF et jeunes fugueurs. Son ex, Donny, dont il s'est séparé quelques années plus tôt à cause de ses addictions – alcool et drogue – réapparaît un jour devant sa porte et, par inadvertance, le met en grave danger. Comme si ça ne suffisait pas, Jeremy rencontre alors un homme fascinant, mais énigmatique, lui aussi hanté par son passé.

Qayin Hill ne possède pratiquement rien, à part des squelettes dans son placard et des démons dans sa tête. Ancien toxicomane en lutte permanente contre l'anxiété et la dépression, il ne sait pas combien de ses secrets il peut révéler à Jeremy ni comment réagir en réalisant que ce dernier veut le sauver de lui-même.

Malgré leurs problèmes respectifs, Jeremy et Qay découvrent ensemble l'amitié, la passion et un fragile espoir d'un avenir à deux. À présent, il leur faut décider si l'amour peut tout conquérir, comme le prétend le vieil adage, ou s'il ne suffit pas.

www.dreamspinner-fr.com

KIM FIELDING est très heureuse quand on la traite d'éclectique. Ses livres, qui ont gagné le Rainbow Awards, couvrent des genres très variés. Elle a beaucoup bougé sur deux tiers occidentaux des États-Unis et vit actuellement en Californie, où sa bibliothèque, depuis bien longtemps, est archi-comble. Professeur d'université, elle rêve de voyager et d'écrire à plein temps. Elle aimerait aussi avoir deux enfants parfaitement élevés, un mari moins obsédé par le football et une maison autonettoyante. Certains rêves sont plus réalisables que d'autres.

Blogs : kfieldingwrites.com et www.goodreads.com/author/show/4105707.
Kim_Fielding/blog
Facebook : www.facebook.com/KFieldingWrites
E-mail : kim@kfieldingwrites.com
Twitter : @KFieldingWrites

Von KIM FIELDING

Blyd & Pearce
Brute
Les lettres oubliées

L'AMOUR NE PEUT PAS…
L'amour ne suffit pas
L'amour est impitoyable

Publié par DREAMSPINNER PRESS
www.dreamspinner-fr.com